La vérité sort
de la bouche des ladies

DE LA MÊME AUTRICE AUX ÉDITIONS J'AI LU

Les espions qui aimaient

1 – *Mystères en Écosse*
2 – *La mission du major Stanhope*
3 – *Signé lady Sterling*
4 – *L'échec du général Scott*

SUSANNA

CRAIG

LA GAZETTE DES EFFRONTÉES – 1

La vérité sort de la bouche des ladies

Traduit de l'anglais (États-Unis)
par Joséphine Adler

J'AI LU

Titre original
THE LADY KNOWS BEST

Éditeur original
Zebra Books

Cet ouvrage a été publié avec l'aimable collaboration de Kensington
Publishing Corp., New York, et La Nouvelle Agence, Paris.

Pour Clare, qui m'inspire bien plus qu'elle ne l'imagine. Continue à jouer, à écrire et à rêver !

1

Londres, fin mai 1810

Il y avait bien longtemps que Daphné Burke n'avait pas traité quelqu'un de crétin.

En tout cas, pas à voix haute.

Mais le jour où Eileen s'échappa de sa prison – le panier dans lequel Bellis, la jeune sœur de Daphné, avait insisté pour transporter l'élégant chat blanc, tel un accessoire de mode, lors de leur promenade dans Bond Street –, la colère de Daphné éclata.

— Les jeunes filles comme il faut ne lancent pas d'insultes, eut le culot de lui rappeler Bell, imitant à la perfection les premiers mots de leur seule et unique gouvernante.

Daphné leva les yeux au ciel et contourna sa sœur pour suivre le chat dans la librairie de M. Porter.

— Alors je pense que c'est réglé : je ne suis pas une jeune fille comme il faut.

Porter était spécialisé dans les livres rares, anciens et insolites. Pas question ici de romans gothiques ni de poésie sentimentale. La librairie était faiblement éclairée, elle sentait un peu le moisi et, en ce matin de printemps, elle était totalement vide malgré la foule dans la rue. Pas même un commis en vue.

Après avoir passé le seuil de la boutique, Daphné s'arrêta un instant et prit une inspiration pour se calmer. L'odeur de papier, d'encre et de cuir serait plus apte à lui faire reprendre ses esprits que n'importe quelle fiole de sels.

Elle était presque contente de cette chasse au dahu – au chat, plutôt – qui lui offrait un moment de paix et de silence.

— Eileen ?

Les piles de livres et les étagères remplies absorbèrent son murmure. Daphné dressa l'oreille, à l'affût d'un bruit familier : des griffes grattant un pied de table, un crissement de papier sous une patte, un délicat éternuement de félin.

Mais un silence absolu régnait.

Le chat pouvait être n'importe où.

— Par ici, petit chat. Petit chat…

Rien.

Fouillant du regard les recoins sombres de la boutique, Daphné s'enfonça de plus en plus profondément dans la librairie. Elle était presque arrivée au fond quand elle aperçut une longue queue blanche remuer dans l'embrasure d'une porte. Une remise, peut-être, ou un bureau. Daphné jeta un œil par-dessus son épaule, mais toujours pas le moindre signe d'un employé.

Elle poussa la porte pour l'entrouvrir un peu plus. Sa vue était cependant bouchée par une autre bibliothèque, haute et pleine à craquer. Entendant des voix, elle jeta un coup d'œil dans l'espace étroit au-dessus d'une rangée de livres.

La pièce était plus grande et plus claire qu'elle ne l'avait imaginé, avec une haute fenêtre, certes crasseuse, à côté de la porte arrière de la boutique.

Un bureau, couvert de papiers et de registres, était coincé dans le coin près de la fenêtre, et à ses pieds encore des livres, empilés de façon plus désordonnée que dans la librairie, si tant est que ce soit possible.

Une table ovale occupait le centre de la pièce. Autour étaient installées plusieurs femmes, jeunes pour la plupart, que Daphné ne connaissait pas.

Elles sursautèrent lorsque Eileen sauta en plein milieu de la vieille table en chêne.

— Je ne savais pas que Porter avait un chat dans sa boutique, dit la plus jeune d'entre elles, une adolescente aux boucles blondes parfaites qui ne devait pas avoir plus de quinze ans.

Ses doigts étaient crispés sur le rebord de la table, comme si elle s'empêchait d'attraper le chat.

— C'est sans doute pour éloigner les souris, déclara une autre en saisissant une pile de ce qui ressemblait à des magazines, visiblement pour les sauver du chat.

Elle était plus âgée, peut-être vingt-six ou vingt-sept ans, estima Daphné. Elle avait les cheveux frisés, entre le roux et le blond, et des taches de rousseur sur le nez, juste sous ses lunettes.

— Mais nous avons encore une question à régler, poursuivit-elle, déterminée à ne pas se laisser distraire, avant que nous envoyions à l'imprimerie le prochain numéro de *La Gazette des demoiselles*.

Les yeux écarquillés, Daphné inspira profondément tout en faisant l'effort de rester silencieuse. La femme ne pouvait faire référence qu'à une seule chose : *La Gazette des demoiselles* de Mme Goode.

Daphné avait lu tous les numéros de cette nouvelle publication et en admirait énormément la philosophie. Plutôt que de minimiser les capacités des jeunes femmes, de se moquer de leurs rêves, de leur désir de vivre quelque chose de plus grand, elle offrait des connaissances et des conseils bien différents des autres gazettes du même type.

Dissimulée sous une couverture très sage et empreinte de la respectabilité conférée par l'autrice du célèbre *Guide de la maîtresse de maison*, *La Gazette des demoiselles* fournissait aux jeunes femmes des informations bien au-delà des dernières modes : des articles sur la politique, les questions législatives, la guerre contre la France ; des critiques de livres intéressants ou de pièces faisant scandale ; des dessins satiriques... Tout cela écrit anonymement afin de préserver l'identité des personnes qui risquaient leur réputation pour expliquer aux jeunes femmes des choses que la société dans son ensemble estimait qu'elles ne devaient pas savoir. Certains avaient même rebaptisé la publication *La Gazette des effrontées*.

Quand Bell l'avait surprise en train de lire le deuxième numéro, Daphné l'avait soudoyée pour qu'elle garde le secret.

Comment allait-elle expliquer son intrusion dans une réunion de la rédaction de la gazette ? Elle ferait mieux de partir avant qu'on la repère. Sauf que...

Semblant se plier à l'injonction de retourner au travail, Eileen s'affala sur la table et entreprit de se lécher une patte avant. Les papiers bruissèrent sous elle tandis qu'elle se nettoyait l'arrière de l'oreille gauche.

En bout de table, dos à la porte, se trouvait une femme dont la chevelure noire était rehaussée d'une mèche argentée. Quand elle se racla la gorge, tous les regards se tournèrent vers elle, y compris celui d'Eileen. Était-ce Mme Goode ?

— Hier après-midi, commença-t-elle, parmi le courrier adressé à la gazette, j'ai trouvé une lettre d'une lectrice nous demandant conseil.

Elle tira une feuille de papier de sous le chat.

— Elle l'a signée ainsi : « L'Affligée de Grosvenor Square ».

Grosvenor Square était un quartier assez grand pour que ce détail ne donne pas d'indication sur l'identité de l'autrice de la lettre. Mais cela fit cependant dresser l'oreille à Daphné. C'était le quartier où elle vivait avec sa sœur Bell quand elles résidaient à Londres, chez leur sœur aînée, Cami, et son époux, Gabriel, respectivement marquise et marquis d'Ashborough.

— Elle nous écrit que son père a arrangé son mariage avec un homme aisé de mauvaise réputation, semble-t-il, continua la femme. Et comme tant de pauvres jeunes filles, elle espérait pouvoir persuader l'homme de changer ses habitudes.

Un murmure de compassion s'éleva, et plusieurs de ses compagnes secouèrent la tête. Celle aux cheveux blond-roux serra la pile de magazines contre sa poitrine et ses lèvres se pincèrent de désapprobation.

— Le soir du dîner d'annonce de leurs fiançailles, la jeune femme a trouvé son futur époux dans l'obscurité avec une autre…

La femme fit une pause dans son récit, comme si elle rechignait à finir sa phrase, et sa voix se mua en un murmure scandalisé pendant qu'elle lisait les mots :

— … en train de « jouer aux échecs ».

Le cri collectif qui s'éleva de l'assemblée étouffa celui de Daphné. Elle ne savait pas exactement ce que « jouer aux échecs » signifiait dans le cas présent – elle n'était pas sûre de vouloir le savoir –, mais elle se doutait que l'Affligée de Grosvenor Square avait assisté à quelque chose de profondément choquant.

— Il faut qu'elle annule le mariage, déclara Daphné sans pouvoir s'en empêcher.

Aussitôt, un vent de panique se répandit parmi les occupantes de la pièce, que la femme plus âgée fit taire d'un geste de la main avant de se lever.

— Qui est là ? demanda-t-elle d'une voix autoritaire. Montrez-vous.

Redressant les épaules, Daphné contourna la bibliothèque et se présenta devant elles, les jambes tremblantes.

— Mais... c'est Mlle Burke, dit la femme.

À présent qu'elle la voyait de face, Daphné reconnut lady Stalbridge, l'une des femmes qui assistaient régulièrement aux salons littéraires donnés par sa sœur Cami.

— Oui, madame, répondit Daphné avant de faire une révérence.

Lorsqu'elle se releva, tous les regards étaient braqués sur elle, mais aucun n'était plus vif et malicieux que celui de lady Stalbridge, dont les yeux étaient d'un bleu encore plus clair que ceux de Daphné.

— Je suis heureuse que vous ayez accepté mon invitation à nous rejoindre aujourd'hui, dit la comtesse après une courte pause, d'un ton qui ne tolérait aucune contradiction – alors que, évidemment, il n'y avait jamais eu d'invitation.

Daphné regarda Eileen qui s'était lovée sur la table, se préparant visiblement à un petit somme. Le chat fit bouger son oreille rose, comme pour nier toute responsabilité dans le fait d'avoir attiré Daphné dans cette situation embarrassante.

Pourquoi lady Stalbridge mentirait-elle pour couvrir l'indiscrétion de Daphné ?

— Mlle Burke est la sœur de lady Ashborough, l'écrivaine, expliqua-t-elle aux autres.

Les sourcils se haussèrent autour de la table.

— Nous serions très honorées si notre petite gazette pouvait recevoir l'approbation de votre sœur, continua-t-elle.

Soudain, Daphné comprit pourquoi elle n'avait pas été immédiatement chassée.

— Et bien entendu, je serais absolument ravie si votre autre sœur, la duchesse de Raynham, pouvait écrire une contribution sur les femmes et la philosophie naturelle. Je suis certaine que ce serait pour nos lectrices une grande source d'inspiration.

Daphné sourit faiblement et hocha la tête en guise d'assentiment. Évidemment. Elle avait été idiote d'imaginer, même un court instant, que lady Stalbridge s'était donné la peine d'inventer cette histoire d'invitation parce qu'elle s'intéressait à Daphné elle-même.

Elle était le seul membre ordinaire d'une famille extraordinaire.

Cinq des six enfants Burke avaient été bénis avec une belle apparence, du génie et de l'audace. Cami et Erica étaient aussi différentes qu'une poule et un couteau, mais elles étaient toutes deux d'une beauté et d'une intelligence saisissantes. Cami, la marquise d'Ashborough, écrivait des romans politiques devenus célèbres quand Erica, la duchesse de Raynham, avait acquis une grande renommée grâce à ses découvertes en botanique et avait même fait un discours devant la Royal Society.

Paris, le frère aîné des Burke, était un avocat respecté, mais il était aussi député. Galen, son autre frère, avait écrit trois recueils de poèmes, si profonds et si populaires que le terme « poète national » avait circulé parmi les critiques littéraires. Et tous ces gens couvraient la belle et vive Bellis, le bébé de la famille, de louanges et d'attentions.

Daphné avait grandi dans leur ombre. Elle n'avait rien de saillant, pas d'éclairs d'intelligence ou d'explosion artistique. Elle était le genre de jeune femme pour qui les adverbes semblaient avoir été inventés : *raisonnablement* intelligente, *relativement* bonne musicienne, *modérément* jolie. À l'exception de ses cheveux, qui étaient d'une teinte brune pour laquelle aucune relativisation n'était nécessaire. Ni clairs ni noirs. Pas blond-brun comme ceux de Bell. Rien à voir avec les tresses corbeau de Cami ou les fougueuses boucles rousses d'Erica.

Avec le temps, Daphné avait appris à être en paix avec cet état de fait. Sa place, dans l'ombre de ses frères et sœurs, était assez confortable – en tout cas elle lui était familière, ce qui revenait au même.

Qu'avait-elle à offrir à *La Gazette des demoiselles*, en dehors d'une connexion avec les membres éminents de sa famille ?

Lady Stalbridge fit un pas en arrière et, d'un mouvement de la main, invita Daphné à s'avancer.

— Joignez-vous à nous, dit-elle en désignant du menton la chaise libre qui restait. Laissez-moi vous présenter les autres.

Daphné regarda les jeunes visages autour de la table, qui l'observaient. Visiblement, ce n'était pas seulement une gazette faite *pour* les demoiselles : elle était faite presque entièrement *par* elles. Avec un vague hochement de tête en direction des deux femmes les plus proches, elle s'assit prudemment sur le bord d'une inconfortable chaise en bois.

Retournant à sa chaise en bout de table, Lady Stalbridge adressa un signe de tête à une jeune femme qui devait avoir l'âge de Bell, aux cheveux couleur café et au nez mutin.

— Mlle Julia Addison partage avec nos lectrices son exceptionnelle connaissance du théâtre, tandis que lady Clarissa Sutliffe – celle aux boucles blondes – a une passion pour les livres et la musique. Mlle Theodosia Nelson écrit sur les questions d'importance nationale.

Une femme à la peau et aux yeux noirs sourit en guise de salutation.

— Et bien sûr, notre artiste, Mlle Constantia Cooper… (La fille aux cheveux blond-roux et aux taches de rousseur donna un coup de menton à contrecœur.)… a un œil sur la mode.

Cette dernière révélation était surprenante. La robe de Mlle Cooper était simple au point d'en paraître austère, et sa coiffure semblait tenir à l'aide d'un crayon. Derrière ses lunettes, elle observait attentivement Daphné, et il y avait quelque chose de troublant dans son regard pénétrant, comme si elle savait que celle-ci n'avait rien à faire ici.

— Je déduis de votre emportement de tout à l'heure, mademoiselle Burke, que vous n'êtes pas la malheureuse victime d'un manuel de bonnes manières, dit-elle.

Les manuels de savoir-vivre demandaient aux jeunes femmes de contrôler leur corps, leurs paroles, leurs pensées, et même leurs rêves – bref, de s'effacer et de se sacrifier – pour attirer un bon parti.

Daphné secoua fièrement la tête. Ces apprentissages n'avaient jamais fait partie de l'éducation de la maison Burke.

— Alors dites-nous, poursuivit Mlle Cooper. Pourquoi pensez-vous que l'autrice de la lettre doit rompre ses fiançailles ? C'est une position un peu audacieuse pour une jeune lady comme vous.

Daphné refusa de détourner les yeux du regard perçant que Mlle Cooper portait sur elle. Il lui fallut tout de même déglutir deux fois avant de parler.

— Parce que je... parce que je crois en l'amour.

Son interlocutrice étouffa un éclat de rire moqueur.

— Vous feriez bien de vous rappeler, mademoiselle Burke, que l'un des buts de *La Gazette des demoiselles* est de promouvoir des conduites rationnelles. Cette idée figure même sur l'en-tête de la gazette, proclamant sa mission de « faire progresser la sagesse et promouvoir une conduite rationnelle parmi les jeunes personnes du beau sexe ».

— Vous pouvez rire si ça vous amuse, répondit Daphné, gratifiant Mlle Cooper d'un regard condescendant. Mais j'ai été témoin de mes yeux de la puissance d'un mariage d'amour, et de nombreuses fois qui plus est...

Elle faisait référence aux mariages de ses frères et sœurs, et à celui de ses parents.

— Cet homme, continua-t-elle en désignant la lettre que lady Stalbridge avait encore entre les mains, n'aime pas sa promise. Je doute même qu'il soit capable d'aimer. Et je me demande également si un père qui arrange un tel mariage aime vraiment son enfant. Mieux vaut qu'elle reste vieille fille plutôt que d'être attachée à tout jamais à un mufle.

Un murmure d'approbation accueillit ses paroles.

— Bien dit, lança Mlle Nelson en hochant la tête.

— Je me demande, madame, dit Mlle Addison à lady Stalbridge après un moment, si nous ne devrions pas intégrer une chronique régulière de conseils dans la gazette.

Les lèvres de lady Stalbridge se retroussèrent, exprimant son intérêt. Elle pesa la proposition quelques minutes pendant que les autres l'observaient.

— Qu'en dites-vous, mademoiselle Burke ? demanda-t-elle enfin.

— Songez au genre de conseils qu'elle pourrait donner, objecta Mlle Cooper en ricanant. Pire encore que « Écoutez vos parents » : « Écoutez votre cœur. »

— Personnellement, je préfère faire usage de ma tête, répliqua Daphné calmement. Et je recommande à chacune de faire de même.

Quelqu'un à la table - peut-être Mlle Addison - ravala un gloussement triomphant.

— Si vous nous rejoignez, ajouta la jeune lady Clarissa, peut-être pourriez-vous consacrer votre première chronique à expliquer comment persuader un père qu'une jeune lady peut poursuivre une carrière de pianiste sans perdre sa respectabilité.

Daphné n'eut aucun mal à deviner l'identité de la jeune lady qui avait besoin de lumières sur un tel sujet. Mais elle ne put s'empêcher de se questionner sur le père en question, qui risquait d'être difficile à convaincre, bien que lady Clarissa soit parfaitement dans son droit à ses yeux.

— Je serais tentée de proposer qu'on change d'instrument, suggéra-t-elle avec un hochement de tête encourageant. Simplement pour conserver l'anonymat.

— Oui, approuva lady Stalbridge. Hors de cette pièce, l'identité de chacune doit être préservée à tout prix, y compris celle de Mme Goode. Comme vous le savez, *La Gazette des demoiselles* n'est pas vue d'un très bon œil par tout le monde. C'est triste à dire, mais de nombreuses personnes estiment encore que les jeunes femmes sont incapables de forger – et ne parlons pas d'exprimer – des opinions pertinentes sur des sujets comme l'éducation ou la culture.

Quand elle était petite fille, Daphné avait rêvé de devenir professeure. Peu à peu, cependant, elle avait fini par comprendre que les enseignantes étaient la plupart du temps des jeunes femmes qui n'avaient pas d'autre choix que d'occuper ce genre de poste. Choisir une telle profession aurait été vu comme un affront envers sa famille, comme si son père, ses frères et beaux-frères étaient incapables de l'entretenir confortablement. Et puis, cela aurait été prendre l'emploi d'une femme avide d'obtenir la respectable indépendance qu'offrait une place d'enseignante, comme l'avait été un temps sa belle-sœur Rosamund, l'épouse de Paris.

Mais elle n'avait pas totalement abandonné son rêve, jusqu'au jour où Bell l'avait regardée dans les yeux et s'était exclamée : « Tu cherches simplement une excuse pour pouvoir donner des ordres aux gens ! »

— Alors, mademoiselle Burke, reprit lady Stalbridge, qu'en dites-vous ?

Daphné soupçonnait que la proposition tenait surtout à la possibilité de convaincre ses célèbres sœurs aînées de participer à l'aventure. Ou alors qu'il s'agissait d'un moyen de s'assurer de son silence.

Mais rejoindre *La Gazette des demoiselles* en tant que chroniqueuse pourrait lui donner l'occasion d'apposer enfin sa marque dans le monde. Si toutefois on l'écoutait.

— Daph ?

C'était la voix de Bell. Elle était à l'intérieur de la boutique mais n'était pas assez proche pour avoir pu surprendre la discussion.

— J'accepte, dit Daphné en se levant d'un bond, avant d'attraper Eileen qui eut un petit couinement de protestation. Mais je dois partir. Je vous contacterai.

Lady Stalbridge se leva elle aussi et lui tendit la lettre de l'Affligée de Grosvenor Square. Elle posa un doigt sur ses lèvres pour lui rappeler que le secret devait être absolu.

Daphné hocha la tête, fourra la lettre dans son réticule et partit. Les volants de sa robe faillirent faire s'écrouler une pile de livres comme elle se hâtait vers l'avant de la boutique.

— Attention, mademoiselle, lança l'employé qui daigna enfin se montrer, s'arrêtant au milieu d'un conseil donné à un client.

— Je suis désolée, monsieur, répondit-elle en ralentissant.

Bell, qui se trouvait juste devant la porte, se retourna en entendant ses pas précipités.

— Te voilà enfin ! Mais où te cachais-tu ?

Il fallut un moment à Daphné avant de comprendre que sa sœur s'adressait au chat.

Bell prit Eileen et la déposa dans le panier qui pendait à son bras. Elle tapota le museau rose de l'animal.

— Vilaine fille. À cause de toi, Daphné est toute sale.

Daphné baissa les yeux pour constater que sa robe était couverte de poussière et que son spencer vert arborait une belle quantité de poils de chat.

— Je suis désolée d'avoir été si longue. J'étais..., commença-t-elle, ne sachant pas vraiment quelle explication donner.

Mais Bell était déjà partie. Après avoir passé sa main sur ses vêtements, sans effet notable, Daphné suivit sa sœur dans la belle lumière de ce matin de printemps.

Elle avait passé une bonne partie de son temps en Angleterre depuis le mariage de ses frères et sœurs aînés, mais elle avait toujours préféré Dublin à Londres. À présent, cependant, la perspective de rencontrer régulièrement l'équipe de *La Gazette des demoiselles* donnait un nouvel attrait à la ville.

Elle imagina se faire des amies parmi ces jeunes femmes, y compris Constantia Cooper – toutes attachées à l'idée de faire progresser la sagesse et de promouvoir les comportements rationnels. Elle-même conseillerait d'autres jeunes femmes pour qu'elles fassent les bons choix et accèdent à leurs rêves.

Et, contrairement à Bell, elles l'écouteraient peut-être !

Avec prudence, elle se mit en chemin parmi la foule, cherchant à ne pas perdre de vue sa sœur et le valet de pied qui les accompagnait dans leur excursion. Bell ne marchait jamais aussi vite que lorsqu'elle avait la permission d'acheter un nouveau bonnet.

La boutique du chapelier était bondée. Tandis que Bell se frayait un chemin jusqu'au comptoir, Daphné resta en retrait, heureuse de pouvoir rêvasser en faisant semblant d'examiner un étalage de gants. Au bout de quelques instants, son attention fut attirée par un gentleman qui, bien qu'il se tienne dans la rue, semblait la regarder fixement à travers la vitrine aux lettrages dorés.

Vêtu richement et à la dernière mode, le vicomte Deveraux se comportait toujours comme s'il savait à quel point il était séduisant, avec ses yeux bruns, son nez droit, sa mâchoire sculptée et ses cheveux blonds négligés à peine visibles sous le bord de son chapeau de castor. Si on en croyait les ragots, sa belle apparence n'était pas la seule chose qu'il avait à offrir aux femmes désirant braver le scandale d'être associées à un tel débauché.

Il était ce matin-là accompagné de son ami, le comte de Ryland, vêtu de noir comme à l'accoutumée. Lord Ryland était un gentleman jusqu'au bout des ongles, sans le moindre doute un meilleur ami que ce que lord Deveraux méritait, mais on disait qu'il était trop endetté pour chercher une épouse sans fortune.

Daphné leur avait été rapidement présentée lors d'un événement au début de la saison. Lord Ryland avait été impeccablement poli ; lord Deveraux, lui, avait oublié son nom juste après qu'il avait été prononcé, elle en était presque sûre. Leurs regards s'étaient à peine croisés.

Alors pourquoi la regardait-il ainsi à présent, avec cet air ravi ?

Quand lord Ryland adressa la parole à son ami, détournant le regard, elle s'aperçut après coup que c'était son propre reflet dans la vitrine qu'il examinait. Son sourire chaleureux et plein d'approbation n'était adressé qu'à lui-même.

Elle leva les yeux au ciel et posa à nouveau son regard sur les gants, tout en prenant mentalement note de la réponse qu'elle allait donner à l'Affligée de Grosvenor Square. Elle trouverait un moyen d'envoyer une première version à lady Stalbridge dans l'après-midi.

— Les gens l'appellent « ce diable de Deveraux », tu sais...

Bell apparut soudain à son côté, une boîte à chapeau dans chaque main. En voyant les sourcils de Daphné se lever, elle eut un léger haussement d'épaules, l'air de dire : « Comment pouvais-tu imaginer que j'allais faire un choix ? »

— Et ils ne prennent même pas la peine de chuchoter pour le dire. Je plains la pauvre fille qu'il épousera.

Daphné acquiesça. L'histoire lui semblait familière, mais comment ne l'aurait-elle pas été ? Cette affliction particulière – une union sans amour ni confiance – était très commune. À vingt et un ans, Daphné avait espéré éviter l'humiliation du marché du mariage. Mais elle ne pouvait pas laisser Bell naviguer seule dans les eaux infestées de débauchés que constituait la saison londonienne.

Elle suivit sa sœur hors de la boutique, impatiente de rentrer à la maison et de relire la lettre de l'Affligée de Grosvenor Square pour commencer à écrire sa réponse. Dans sa tête, elle essaya quelques phrases particulièrement cinglantes afin de remettre l'indélicat « joueur d'échecs » à sa place. Elle s'aperçut que son regard errait de temps en temps sur les larges épaules du gentleman aux cheveux blonds qui avançait à quelques mètres d'elles. Exactement le genre de diable qu'elle avait en tête...

2

Quelques jours plus tard

Le vicomte Miles Deveraux ne daigna pas lever les yeux lorsqu'un bruit de bottes retentit, s'arrêtant à côté de son fauteuil. Ni quand l'homme à qui appartenaient ces bottes lâcha dans un soupir exaspéré :

— Je craignais de te trouver ici.

C'était la voix d'Alistair Haythorne, le comte de Ryland. Juste ce qu'il fallait pour achever une journée déjà mal commencée. Miles porta son verre à ses lèvres avec l'intention de boire une gorgée.

Mais aucun brandy ne coula dans sa gorge. Quand avait-il terminé son verre ?

Impeccable comme toujours, Alistair commanda du café à un serveur, tout en arrachant le verre de la main de Miles avec une grimace de dégoût. Avant que ce dernier puisse refermer son poing pour riposter, Alistair plaqua un magazine contre sa paume à la place du verre. Miles cligna des yeux devant la couverture déchirée, essayant d'en déchiffrer les caractères.

— Qu'est-ce que c'est ?

— L'explication à ta misère actuelle.

Sur la défensive, Miles se redressa dans le profond fauteuil en cuir.

— Si je suis misérable en ce moment, blâme l'absence de brandy et non...

Il cligna des yeux, les plissa et recommença. Les lettres dansaient devant lui.

— *La Gazette des demiss...* euh, *des demoiselles*.

Une gazette féminine ? Il parvint tout juste à distinguer quelques absurdités sur « la conduite rationnelle et la sagesse ». Il regarda Alistair, incrédule.

Ils se connaissaient depuis... eh bien, le cerveau de Miles n'était pas en état de faire des calculs. Depuis longtemps. Depuis qu'ils avaient commencé leur scolarité ensemble à Eton. Trois jours après la rentrée, un garçon plus âgé avait fait une remarque sarcastique à propos d'Alistair. Ses frêles épaules s'étaient alors affaissées et des larmes avaient perlé au bord de ses yeux. Miles – audacieux et relativement musclé – était instinctivement venu prendre la défense du jeune garçon. Ils avaient tous les deux subi une sévère correction, d'abord par l'écolier plus âgé, puis par le directeur. Mais de cette misère partagée était née une amitié improbable, une amitié de toute une vie. Alistair avait veillé à ce que Miles réussisse dans la plupart de ses cours et, ces dernières années, à ce qu'il occupe son siège à la Chambre des lords, au moins occasionnellement. Miles, quant à lui, s'était assuré qu'Alistair ne soit pas choisi en dernier lors des matchs de cricket et l'avait même convaincu de s'accorder un peu de plaisir de temps à autre.

À cet instant, il priait pour que son vieil ami soit en train de se moquer de lui.

— Moi qui pensais tout savoir des nouveaux bonnets à la mode cette saison, se moqua-t-il en jetant la gazette sur la table.

Le journal heurta le verre vide, qui bascula sur le tapis avant de s'immobiliser.

Alistair ne sourit pas.

— Tu te caches dans ton club et tu es ivre avant midi.

Il s'empara de la gazette au moment où le serveur revenait pour déposer un plateau avec du café sur la table. Lorsque l'homme se pencha pour ramasser le verre, Alistair et Miles échangèrent un regard. Dès qu'il fut parti, Alistair murmura :

— Et tout le monde sait pourquoi.

— Le bruit court que Mlle Grey ne veut pas de moi, n'est-ce pas ?

Miles soupira profondément et s'affaissa à nouveau dans son fauteuil.

Il se doutait bien qu'une annonce dans l'édition matinale du *Times* sur l'annulation du mariage de la saison ferait inévitablement jaser.

— Pire, déclara Alistair, sans faire le moindre effort pour atténuer le choc. On révèle pourquoi Mlle Grey ne veut pas de toi. Et pire encore, ajouta-t-il en faisant un grand geste avec la gazette enroulée dans son poing, le bruit court parmi les jeunes dames elles-mêmes.

Miles regarda intensément la gazette, tout en espérant qu'Alistair cesse de l'agiter ainsi car cela lui faisait tourner la tête.

— On peut difficilement considérer une rubrique de potins comme une source fiable d'information.

Il avait été trop souvent l'objet de ragots pour éprouver une quelconque crainte.

— Si j'étais toi, Deveraux, je ne serais pas aussi dédaigneux à l'égard de cette publication. *La Gazette des demoiselles de* Mme Goode n'existe peut-être pas depuis longtemps, mais elle s'est forgé une sacrée réputation.

La voix d'Alistair devint plus grave.

— Elle promeut la liberté de pensée et la transgression des règles chez les jeunes filles. On la surnomme *La Gazette des effrontées.* Ou pire, *Le Guide des mauvaises manières* de Mme Goode...

Mme Goode, le redoutable personnage qui se cachait derrière le populaire manuel de conseils domestiques intitulé *Le Guide de la maîtresse de maison*, avait de toute évidence prêté son nom au périodique.

— *La Gazette des demoiselles...*

Miles réfléchit, se remémorant ce qu'il avait lu sur la couverture. Il se pencha et versa du café dans une tasse. Habituellement, il aurait ajouté un peu de lait et de sucre – il adorait les choses douces, comme chez les femmes –, mais aujourd'hui l'amertume convenait parfaitement à son humeur.

— Les mauvaises manières des demoiselles... voilà qui me parle.

Il éclata d'un rire sombre.

Cela n'amusait visiblement pas Alistair. Cependant, Miles était malgré lui intrigué. Parce qu'il tirait essentiellement son plaisir de la compagnie de femmes qui défiaient les règles de la société, il approuvait la philosophie générale de la gazette.

— Pourquoi cet exemplaire en particulier a-t-il l'air d'avoir été jeté dans une baignoire puis écrasé par un chariot ? demanda-t-il en désignant les pages déchirées d'un signe de tête.

— Cela a peut-être été le cas, répondit Alistair en haussant les épaules. Le périodique circule sous le manteau, parmi des filles que leurs parents enfermeraient s'ils les surprenaient à le lire.

Miles n'avait jamais cessé de s'étonner du peu de personnes qui comprenaient qu'interdire un fruit ne faisait que susciter le désir de le goûter.

— Où l'as-tu trouvé, alors ?

— Ma sœur Harriet l'avait caché à l'intérieur de son livre d'arithmétique, expliqua Alistair avec un soupir contrarié. Sa gouvernante me l'a apporté – scandalisée, bien sûr – et j'ai promis d'en parler à Harriet. Mais d'abord…

Il feuilleta la gazette.

— Je voulais que tu entendes ça… « Chère Miss B., lut-il quand il eut retrouvé la page qu'il cherchait. Récemment, mon père a accepté en mon nom la demande en mariage d'un gentleman dont la réputation n'est, je l'admets, guère reluisante. Mais je me suis persuadée que sa proposition était le signe qu'il entendait revenir de lui-même sur le chemin de la vertu. »

Miles ricana.

— Est-ce que tu es en train de prétendre que je suis le seul type récemment fiancé à qui cela pourrait faire référence ?

Alistair lui lança un regard appuyé par-dessus la gazette, avant de reprendre sa lecture :

— « Ensuite, lors du dîner organisé par mes parents pour célébrer nos fiançailles, il s'est éclipsé dans la bibliothèque où je l'ai surpris dans l'obscurité avec une autre femme en train de… »

Ah. *Cela* lui correspondait particulièrement bien.

— Alors ? demanda Miles. Quelle est l'accusation ? Que prétend-elle m'avoir vu faire ?

— Ce n'est pas écrit. Il y a une rangée de petites étoiles, comme si quelque chose avait dû être censuré.

Miles arracha la gazette des mains de son ami et scruta la page. L'esquisse d'une abeille ornait le coin supérieur de la page, la trajectoire de l'insecte indiquée par une ligne en pointillé entourant l'en-tête : *Pour de bons conseils, faites confiance à Miss Busy B.*[1] *Même si ça pique !* Finalement, son regard s'arrêta sur le passage compromettant, marqué ainsi :

****

C'était très astucieux d'inviter les lectrices à remplir les blancs avec les détails salaces que leur imagination pouvait concocter. Il prit une gorgée de café brûlant et grimaça.

— Mme Wellcroft et moi jouions aux échecs, déclara-t-il pour sa défense.

La veuve et lui étaient de vieux amis.

— Nous nous étions tous deux lassés de la conversation pendant le dîner, et ni elle ni moi n'aimons les cartes.

— « Jouer aux échecs ». Est-ce un nouveau jargon amoureux dont je n'ai pas encore eu vent ? demanda Alistair, levant le sourcil d'un air sceptique.

Il est vrai que Miles n'était pas très bon aux échecs. Certainement pas aussi bon qu'il l'était pour… d'autres choses.

— Je ne l'ai pas troussée, si c'est ce que tu insinues. Du moins, ajouta-t-il, un peu penaud, pas à cette occasion. J'ai ouvert une nouvelle page depuis mes fiançailles avec Mlle Grey.

— On pourrait s'attendre à ce que cette nouvelle page, vieille de seulement neuf jours, soit encore vierge et en parfait état. Pas déjà prête à tomber en poussière à tout moment. Et pourtant…

Miles l'entendit à peine. Il avait repris la lecture là où Alistair l'avait arrêtée.

---

1. Jeu de mots intraduisible. *Busy bee* désigne en anglais l'abeille industrieuse. *(N.d.T.)*

Je les ai surpris en train de rire tous les deux à propos de quelque chose – un pari concernant la question de savoir s'il trouverait une épouse cette saison ! Humiliée de penser que je n'avais été qu'un moyen de gagner ce pari, je me suis éclipsée sans être repérée et me suis tenue à l'écart le reste de la soirée. Depuis lors, j'ai invoqué divers maux pour éviter cet homme. Après trois visites d'un médecin, ma mère a commencé à avoir des soupçons. Si je maintiens ma promesse de me marier avec lui, je serai malheureuse. Si je la romps, ma réputation sera en lambeaux. Que dois-je faire ?

La lettre était signée : *L'Affligée de Grosvenor Square.*

— Bon sang, marmonna Miles.

Les problèmes avaient commencé lorsqu'il était arrivé en ville début avril. Il avait mentionné à quelques proches, dans la plus stricte confidentialité, qu'il pensait qu'il était peut-être temps pour lui, à l'âge avancé de vingt-huit ans, de songer au mariage.

Le lendemain soir, un homme qu'il connaissait à peine avait fait remarquer au cours d'une partie de cartes qu'il était peu probable que Miles ait tellement de choix, car certaines des meilleures familles avaient ordonné à leur fille d'éviter « ce diable de Deveraux ». Miles s'était contenté de sourire. Puis quelqu'un d'autre avait affirmé que, s'il n'y prenait garde, il pourrait même avoir des difficultés à trouver qui que ce soit à épouser. Et on ne sait comment – Miles ne savait jamais vraiment comment ces choses lui arrivaient, bien qu'il se soit mis dans des situations délicates toute sa vie –, la soirée s'était terminée avec lui debout sur une chaise, jurant d'épouser une jeune femme de qualité avant la fin de la saison.

Tous les gentlemen présents, à l'exception d'Alistair, avaient parié contre lui, leurs mises étant dûment consignées dans le fameux livre de paris du White's.

Miles avait été stupéfait par leur scepticisme ; après tout, il n'avait jamais manqué de compagnie féminine auparavant. Mais il s'était avéré qu'une réputation de libertin n'était pas un avantage pour trouver une épouse respectable. Il avait finalement réussi uniquement parce que Edward Grey, ayant dilapidé le peu de fortune qu'il possédait dans de mauvais investissements, avait vu l'opportunité de redorer le blason familial avec un gentleman qui, en plus, ne demandait pas de dot. Et parce que sa fille était une demoiselle naïve et docile – c'était du moins ce que Miles avait pensé.

Cette lettre montrait Arabella Grey sous un nouveau jour et suscitait son intérêt, ne serait-ce qu'un peu.

Mais qu'importe. Les hommes comme lui ne se mariaient pas pour être heureux ni pour apprécier la compagnie de leur épouse. Et certainement pas pour l'amour. Ils se mariaient pour perpétuer leur nom et forger des alliances. Ils se mariaient parce que c'était la seule chose attendue et respectable à faire.

Désormais, à cause de ce pari, s'il ne prenait pas femme dans le mois, il risquait de perdre bien plus que son amour-propre…

— Je suppose que tu n'as pas jeté un œil sur le livre des paris avant de venir ici ? demanda-t-il à Alistair, qui secoua la tête.

— La foule autour était trop nombreuse.

Était-ce l'imagination de Miles, ou son ami semblait-il légèrement amusé ? Alistair fit un signe de tête en direction de la gazette.

— Il semblerait que toutes les jeunes femmes en âge de se marier savent à présent quel voyou tu es.

— C'est absurde. Je ne suis pas nommé là dedans. Les gens ont sûrement mieux à faire que d'essayer de deviner l'identité d'un homme évoqué dans une lettre anonyme envoyée à une gazette.

Alistair se versa une tasse de café, ajouta une cuillerée de lait et deux morceaux de sucre avec l'aisance d'un homme qui n'a pas d'épée de Damoclès au-dessus de la tête. Il remua le tout, puis tapota la petite cuillère contre le bord de la tasse – le tintement résonna dans la tête de Miles comme un glas. Il but une gorgée avant de reprendre :

— Je te recommande de lire la réponse de *Ce poncif est sans logique. Il suppose* B.

À vrai dire, Miles se doutait des conseils que Mlle Grey avait reçus. La visite de M. Grey et de son avocat la veille avait été plus que suffisante pour clarifier la situation. Mais la curiosité le titillait. Ainsi que l'espoir, mince comme un fil, de trouver un moyen de retourner la situation à son avantage. Il se concentra à nouveau sur la page.

Chère mademoiselle A.G., commençait la réponse.

L'Affligée de Grosvenor Square.

Arabella Grey.

Un muscle se contracta près de son œil et le mince fil d'espoir, celui par lequel l'épée de Damoclès était suspendue, commença à s'effilocher.

Il a longtemps été de bon ton d'affirmer qu'un libertin repenti faisait le meilleur des maris.

Miss Busy B. désapprouve.

Ce poncif est sans logique. Il suppose que les libertins sont capables de se repentir. Mais dans toute l'histoire de l'humanité, quelles preuves ont-elles été apportées pour soutenir cette affirmation ? Assurément, le prétendu gentleman qui a demandé votre main n'en a fourni aucune.

Les fidèles lectrices de La Gazette des demoiselles *savent que nous avons toujours été d'avis que les jeunes femmes doivent rechercher et accepter la vérité. Quant à la question de ce que vous devez faire, nous estimons nettement préférable d'être une vieille fille heureuse qu'une épouse malheureuse. Cependant, si vous êtes déterminée à vous marier un jour, ne craignez pas pour votre réputation ou vos perspectives. Un véritable gentleman – et nous sommes convaincues qu'il en existe encore, même de nos jours – ne pourra vous reprocher la force et la sagesse dont vous aurez fait preuve en tournant le dos au diable lui-même.*

Le fil d'espoir se rompit quand Miles serra les dents dans un claquement sonore. « Ce diable de Deveraux ». Il avait porté cette épithète presque aussi longtemps qu'il avait porté son titre. Ce mot dans la gazette n'était pas une coïncidence, et tout le monde comprendrait l'allusion.

Toutes les jeunes femmes de Londres éligibles au mariage, et la plupart de leurs parents, s'estimeraient désormais en droit d'opposer une fin de non-recevoir à une proposition de Miles. Son titre, sa fortune et son physique avantageux lui avaient ouvert de nombreux chemins mais, en retour, son mauvais comportement les avait rendus bien escarpés.

Il faudrait du temps avant que la bonne société soit prête à lui pardonner ce qu'il avait fait à Arabella Grey.

Et le temps était la seule chose qu'il n'avait pas.

— Qui est cette mégère ? gronda-t-il, faisant claquer sa tasse contre la soucoupe posée sur la table. Cette Miss Busy Bavarde !

— Miss Busy B., corrigea Alistair en désignant l'illustration sur le haut de la page avec la pointe de sa cuillère. Je suppose qu'il s'agit d'un jeu de mots sur l'abeille industrieuse. Et pour répondre à ta question : personne ne le sait. Selon ma sœur, cette chronique est la première de ce genre à paraître dans la gazette.

Les tempes palpitantes, Miles commença à feuilleter le périodique, sans savoir au juste ce qu'il cherchait. Il devait sûrement y avoir des indices concernant la personne qui avait écrit cette chose, non ?

Ce n'est qu'après une inspection plus minutieuse qu'il commença à comprendre ce que voulait dire Alistair au sujet de cette publication. Les critiques étaient plus acerbes, les opinions plus tranchées que ce à quoi on pouvait généralement s'attendre. Même les illustrations étaient… eh bien, caricaturales, d'une certaine façon. Moqueuses.

Plissant les yeux devant une image, Miles inclina la tête de côté.

Alistair lui arracha la gazette des mains et la referma.

— Dis donc, protesta Miles. Ça ressemblait terriblement à…

— As-tu découvert une nouvelle recette de biscuits, Deveraux ?

— C'était *toi*. Mais pourquoi l'artiste t'a-t-il dessiné avec un bâton dans le… ?

— Manteau ? l'interrompit Alistair. Je n'en ai pas la moindre idée. Quelqu'un qu'on ne connaît que sous le nom de Miss C. dessine ces « planches du mauvais goût », comme on les appelle. Apparemment, elle prend plaisir à tourner les gens en ridicule.

En dépit de sa propre situation, Miles lutta pour réprimer un sourire. Alistair avait toujours été plutôt terne, particulièrement en matière vestimentaire. Sa ribambelle de sœurs, cadettes et aînées, l'incitait depuis des années à faire de meilleurs choix.

— Assez parlé de moi, dit Alistair en pliant la gazette et en l'enfouissant dans la poche de sa veste. Que vas-tu faire ?

— Faire ?

Miles versa encore du café dans sa tasse, bien qu'il soit déjà plus dégrisé qu'il ne l'aurait souhaité.

— Eh bien, je vais accepter l'invitation au bal de lady Clearwater ce soir, bien sûr. Il semblerait que je sois de nouveau à la recherche d'une épouse.

Alistair le regarda, étonné.

— Mais...

— Mais d'abord, je crois que je vais écrire à Miss Busy B. pour la remercier. Il existe quelque part une jeune fille sotte et romantique qui a lu la lettre de Mlle Grey et s'est lancé le défi de dompter ce diable de Deveraux.

3

L'expression « un beau diable » avait-elle été inventée pour décrire lord Deveraux ?

Daphné savait bien que non. Pourtant, il entra dans la salle de bal des Clearwater avec un sourire et une allure qui défiaient chaque souffle, chaque murmure.

Grand et élégamment vêtu de blanc et de noir, il s'arrêta dans l'embrasure de la porte, juste assez longtemps pour que chaque regard puisse se poser sur lui. Puis il inclina la tête pour montrer qu'il prenait acte de l'attention de la foule, comme si celle-ci avait voulu lui rendre hommage. Le mouvement fit briller ses cheveux bruns aux reflets dorés à la lueur des centaines de bougies. Encore un ou deux baisers du soleil d'été et ils deviendraient blonds – blond foncé, la couleur des blés mûris au soleil ou du chêne poli.

Dans la fraction de seconde qui s'écoula entre ce salut sarcastique et le moment où il redressa la tête, tous les invités du bal tournèrent leur attention vers Mlle Grey, tel un vol d'étourneaux se déplaçant dans un même mouvement, guidés par leur instinct.

Tous, sauf une. Si elle était consternée par son audace de se présenter ici ce soir, portant le scandale de la rupture de ses fiançailles comme une médaille à la poitrine, exposant la pauvre Mlle Grey à un désarroi encore plus grand, Daphné s'aperçut qu'elle ne pouvait détourner les yeux de l'odieux lord Deveraux.

Ainsi, lorsqu'il releva la tête, leurs yeux se rencontrèrent naturellement. Ou, du moins, c'est ce qu'il lui sembla. Positionnés comme ils l'étaient aux deux extrémités de la salle, on ne pouvait dire avec certitude s'il l'avait vue, ni pourquoi ses sourcils et ses lèvres s'étaient recourbés en ce qui ressemblait à de l'amusement. Ou peut-être était-ce une admonestation ?

Daphné détourna brusquement son regard, d'abord vers le sol puis vers un grand vase garni de plantes. Pour la première fois de sa vie, elle regrettait de ne pas avoir écouté sa sœur Erica, la botaniste, lorsqu'elle avait tenté de lui apprendre des choses sur les plantes. Elle aurait pu occuper son esprit aussi bien que ses yeux.

Si elle pensait à la vie végétale, elle ne songerait pas à la beauté diabolique de lord Deveraux en dépit – ou peut-être à cause – de sa réputation sulfureuse.

Si elle avait pu faire preuve d'un peu de curiosité à l'égard des formes des feuilles, par exemple, elle aurait eu quelque chose pour se distraire de la chaleur qui avait pris refuge au creux de son ventre.

Était-ce du *désir* ?

Elle l'aurait nié devant sa sœur, devant toutes ses sœurs, devant quiconque aurait osé lui poser la question – ce que, bien sûr, personne n'aurait jamais fait. Le désir n'était pas quelque chose dont les jeunes filles parlaient ouvertement. Si une femme aussi sensée que Daphné était assez audacieuse pour exprimer son attirance pour un homme, il était attendu qu'elle choisisse un objet de désir plus convenable que lord Deveraux.

Mlle Cooper considérerait sans doute comme irrationnel le fait de nier ses propres sentiments. Et Daphné savait qu'elle était loin d'être la première – à en croire ses nombreuses conquêtes – à trouver le vicomte séduisant.

Le danger résidait dans le fait d'agir en fonction de ces fameux sentiments. Ce que, évidemment, elle n'avait aucunement l'intention de faire. Quand bien même elle serait assez imprudente pour y songer, lord Deveraux, lui, ne l'envisagerait pas – pas avec elle, en tout cas. Sans en connaître vraiment le détail, Daphné comprenait que les courtisanes, les actrices et les jeunes veuves avaient des qualités que la fille d'un avocat de Dublin, modérément jolie et fréquemment perçue comme pédante, ne possédait pas.

Un petit groupe de personnes – pas suffisamment petit pour que cela soit discret – s'était formé autour de Mlle Grey, visiblement dans le but de la soutenir dans l'épreuve que représentait pour elle l'arrivée de son ancien fiancé. Et, par-dessus tout, pour maintenir une distance entre eux et éviter qu'ils ne se parlent.

En revanche, éviter les exclamations était une autre histoire. Le petit groupe d'invités n'était pas assez dense pour étouffer les commentaires ulcérés de Mlle Grey, qui émergeaient au-dessus du flot continu de chuchotements :

— Comment ose-t-il montrer son visage ici ? Le culot de certains prétendus gentlemen !

Et, à quelques pas de la malheureuse jeune femme :

— C'est peut-être une crapule, mais c'est elle qui va souffrir...

— Imaginez, rompre avec un homme qui ressemble à ça...

— ... un homme qui embrasse comme ça...

Et, presque à hauteur de Daphné :

— J'ai entendu dire que tout cela était dû à cette horrible gazette. Où une jeune fille pourrait-elle recevoir de si misérables conseils ?

La boule de chaleur dans le ventre de Daphné se refroidit pour se muer en une masse de plomb.

L'« horrible gazette » ?

Non, certainement pas. Pourtant, la coïncidence était tout à fait extraordinaire. Le numéro de ce mois-ci de *La Gazette des demoiselles*, contenant les conseils de Daphné à l'Affligée de Grosvenor Square, était sorti l'avant-veille. Et l'annonce de la rupture des fiançailles de Mlle Grey avait suivi de près.

Daphné ne s'était pas encore faite à l'idée que des gens – des inconnus – puissent réellement accorder de la valeur à son opinion et suivre ses conseils.

Ses « misérables conseils ».

Rompre des fiançailles n'était pas une affaire à prendre à la légère. Daphné s'était-elle exprimée sans réfléchir ? Avait-elle écrit sans penser à la manière dont sa réponse pourrait affecter la jeune fille en question ? Oh, elle savait que certaines personnes dans la société choisiraient de présenter cette décision sous un jour défavorable. Sans aucun doute, la famille de la jeune fille serait embarrassée, peut-être même mécontente. Il pourrait s'écouler du temps avant que le scandale s'atténue suffisamment pour qu'un autre gentleman soit prêt à faire sa demande.

Mais... *misérables* ?

N'était-il pas préférable que l'Affligée de Grosvenor Square ne se retrouve pas coincée dans un mariage malheureux ?

Et le malheur serait sûrement au rendez-vous. Surtout si ladite Affligée était bel et bien Mlle Grey. Car cela signifierait que le gentleman n'était autre que...

Refusant de risquer un autre regard en direction de lord Deveraux, Daphné saisit la main de sa sœur et l'entraîna vers le groupe d'invités, déterminée à voir par elle-même. Elle trouvait un certain réconfort dans l'idée que la lettre de Mlle Grey n'était pas celle d'une femme au cœur brisé. En fait, on prétendait même que les deux jeunes gens s'étaient à peine parlé avant de se fiancer. Si M. Grey n'avait pas insisté pour que sa fille « se remette sur la bonne voie », comme Daphné l'avait entendu dire d'un ton moqueur par un invité du bal, ou si lord Deveraux avait simplement choisi de se rendre ailleurs ce soir, alors rien de tout cela ne serait en train d'arriver.

Mais, alors que Daphné et Bell se rapprochaient de la jeune fille, la vue de son visage en larmes lui serra le cœur. Mlle Grey avait l'air, eh bien... misérable. Mme Grey se tenait à côté d'elle, agitant son éventail et scrutant la foule, yeux plissés, comme si elle cherchait la personne qui avait conseillé à sa fille de faire une chose aussi choquante.

Daphné avait-elle commis une terrible erreur ?

La masse de plomb dans son ventre commença à se retourner sur elle-même, au point qu'elle craignit de se trouver mal.

— Bell, marmonna-t-elle entre ses dents.

Comme cela ne provoqua aucune réaction chez sa sœur, qui tendait le cou pour voir Mlle Grey,

Daphné lui tira brusquement le bras et commença à l'entraîner dans la direction opposée.

— Bell, s'il te plaît. Allons trouver Cami et partons.

Mais Bellis resta campée sur ses pieds.

— Partir ? Du bal ? Je ne pense pas, ma chère sœur. Dois-je te rappeler que mon carnet est plein ?

Il fallut un moment à Daphné pour se rappeler que, bien sûr, les gens finiraient par reprendre les activités ordinaires dans ce genre de soirées : danser, flirter et médire sur d'autres personnes que Mlle Grey et lord Deveraux. Et, évidemment, Bellis voulait être parmi eux, profiter de chaque instant de sa première saison londonienne et de l'attention qu'elle ne manquerait pas de susciter. Dans son cœur, Daphné ne voulait pas priver sa petite sœur de ces expériences.

Mais son estomac avait d'autres idées.

Sa détresse devait se lire sur son visage, car l'expression de Bell s'adoucit.

— Daph ?

L'inquiétude lui fit froncer ses sourcils.

— On peut y aller, si tu veux. Les gentlemen attendront.

Daphné n'aurait pas qualifié sa sœur de réellement égoïste. Cependant, l'altruisme chez elle était quelque chose d'inattendu. Ou peut-être n'était-ce pas vraiment de l'altruisme. Peut-être Bell croyait-elle encore suffisamment aux contes de fées pour considérer qu'un prince charmant lui était dévolu et surgirait de toute façon tôt ou tard.

Peut-être avait-elle raison. Peut-être pas.

Soudain, Daphné ne put supporter l'idée de risquer de gâcher le bonheur de Bell, surtout après avoir potentiellement détruit celui de Mlle Grey. Du coin de l'œil, elle aperçut des portes-fenêtres qui ouvraient sur un balcon, longeant toute la façade de la maison.

— De l'air, grogna-t-elle, priant pour que cela suffise à la revigorer.

Cerné d'une balustrade en fer forgé et éclairé par une demi-douzaine de torches, le balcon était désert pour l'instant.

— C'est vraiment choquant, ce que Mlle Grey va devoir endurer, dit Bell alors que l'air frais du soir les enveloppait. Je ne t'en veux pas de vouloir t'éloigner d'une scène aussi déplaisante.

Daphné jeta un autre coup d'œil autour d'elles pour s'assurer qu'elles étaient seules.

— Tout est ma f... faute.

Elle ne savait plus si elle contractait la mâchoire pour contrer le bouillonnement dans son ventre ou le claquement de ses dents.

— C'est absurde, assura Bellis d'un ton désinvolte. De toute façon, je n'avais pas tellement envie de me faire marcher sur les pieds par lord Cowell, et M. Bennett m'a déjà dit qu'il serait au dîner des Moncrieff. Je pourrai lui parler à ce moment-là.

— Je... je veux dire, hoqueta Daphné, c'est ma faute, cette histoire avec Mlle Grey.

Les boucles d'oreilles ambrées de Bell dansèrent sous la lumière comme elle secouait la tête.

— Arrête, Daph. C'est une chose de se sentir trop responsable de sa petite sœur. C'en est une autre de s'imaginer avoir une part de responsabilité dans les mauvaises décisions d'une inconnue.

Daphné prit une inspiration.

— Tu penses donc que c'était un mauvais choix pour elle de refuser lord Deveraux ? demanda-t-elle.

— Eh bien...

Bell se frotta le menton du bout de son doigt ganté, réfléchissant à la question.

— Ce n'était peut-être pas un mauvais choix de décliner son offre. Mais accepter sa proposition et ensuite se rétracter ? Cela ne va pas lui faciliter la vie, c'est certain.

— Je refuse de croire que le scandale d'un soir est plus difficile à vivre que d'être liée pour toujours à un libertin notoire.

— Notre sœur a épousé un libertin notoire, remarqua Bell après un moment, et elle n'a jamais été aussi heureuse.

Daphné savait que c'était vrai – du moins, elle savait que Cami était heureuse. Mais elle avait toujours eu du mal à admettre que Gabriel, lord Ashborough, était aussi mauvais que les gens le disaient. Après tout, il avait joué à la dînette avec Daphné et Bell quand elles étaient petites, et plus tard avec ses propres filles. Impossible d'imaginer un véritable coureur de jupons comme lord Deveraux sacrifier sa dignité pour faire plaisir à un enfant.

— Le pire, c'est qu'il paraît qu'elle a changé d'avis après avoir lu une stupide rubrique de conseils dans *La Gazette des effrontées*.

— Ne l'appelle pas comme ça, protesta Daphné.

— Tout le monde l'appelle comme ça, rétorqua sa sœur. Écoute, j'ai tenu ma promesse de ne pas dire à Cami que je t'ai surprise en train de lire ce truc, mais tu ne peux pas t'attendre à ce que je ne me moque pas un peu de toi, quand même ?

En privé, Daphné était certaine que sa sœur aînée serait prête à admettre la nécessité, parfois, d'une conduite inappropriée – Bellis semblait être le seul membre du clan Burke susceptible de se marier dans les règles. Mais comme le secret de Daphné ne se limitait pas à feuilleter la gazette, elle n'avait pas voulu mettre le sujet sur la table.

— Et si ce n'était pas un conseil si stupide que cela ? insista-t-elle. S'il est prêt à faire des paris impliquant une jeune fille, lord Deveraux est la pire des crapules.

« C'est peut-être une crapule, mais c'est elle qui va souffrir... »

— Et si la personne qui a répondu à Mlle Grey pensait sincèrement que lui conseiller d'annuler le mariage était la meilleure chose à faire ? ajouta-t-elle.

Daphné ne s'était pas rendu compte qu'elle s'agrippait à la rambarde en fer des deux mains, jusqu'à ce que Bell pose le bout des doigts sur sa manche.

— Daph ?

Tout à coup, la finesse de ses gants en peau de chevreau n'était plus une protection contre le métal froid. Elle frissonna.

— Je... le croyais. Je le crois. Lord Deveraux n'est rien de plus qu'un coureur de jupons. Infidèle, amoral. Si ça se trouve, j'ai sauvé Mlle Grey de la vérole !

Elle eut l'impression d'avoir crié ce dernier mot, mais en réalité sa voix était devenue un murmure.

Les doigts de Bell s'enfoncèrent dans son bras.

— *Toi ?* C'est toi qui as écrit cette réponse ?

Daphné hocha la tête, hésitante.

— Le jour où j'ai suivi Eileen chez Porter, je suis tombée sur une réunion des rédactrices. Et maintenant, je... je suis Miss Busy B.

Bell cligna des yeux.

— Tu ne diras rien ? supplia Daphné.

Dans son élan de culpabilité face au chagrin de Mlle Grey, Daphné avait oublié la seule règle stricte que Mme Stalbridge imposait : ne rien dire à personne de leurs activités.

Sa sœur étudiait son visage, et Daphné la regardait en retour, cherchant à retrouver sa complice d'enfance.

Bell fronça les sourcils.

— Je ne peux pas croire que tu penses avoir besoin de me le demander.

Puis elle joignit les auriculaires de leurs mains droites et les secoua, hochant la tête d'un air décidé, signe d'un vœu indestructible.

— Tu as toujours aimé donner des ordres. Mais que vas-tu faire maintenant ?

— Faire ?

— Je veux dire, vas-tu dire à Mlle Grey que tu as commis une erreur ?

— Ce n'était pas une erreur, répliqua Daphné. Elle s'en apercevra elle-même quand le scandale sera retombé et qu'un gentleman plus convenable se présentera.

— Il ne sera pas aussi beau que lord Deveraux.

« Imaginez, rompre avec un homme qui ressemble à ça... Un homme qui embrasse comme ça... »

— L'apparence ne fait pas tout, Bell.

Sa sœur gloussa, sceptique, puis reprit son sérieux.

— Vas-tu arrêter d'écrire pour cette gazette ?

Daphné serra leurs doigts encore joints.

— Non.

Après un moment, Bell hocha à nouveau la tête.

— Bien. Ta chronique est désormais celle que je préfère – après « Les planches du mauvais goût », naturellement.

— Tu veux dire que tu l'as lue ?

— Bien sûr, idiote, fit Bell en riant et en haussant les épaules. Tout le monde l'a lue.

Derrière elles, l'orchestre s'était mis à jouer et les échos de la musique filtraient dans l'air nocturne.

Bell lança un regard plein d'envie par-dessus son épaule.

— Tu devrais aller danser, lui dit Daphné.

— Je ne peux pas te laisser ici toute seule.

— Je vais rentrer dans un instant, répondit-elle en inclinant son menton vers le ciel. Je n'ai pas de partenaire qui m'attend.

— Si tu es sûre...

Bien qu'hésitante, Bell lâcha la main de sa sœur et se tourna pour partir.

Daphné prit une inspiration, plus profonde, plus régulière, se délectant du parfum des glycines. Par une telle nuit, il n'était pas difficile d'imaginer que les étoiles détenaient les réponses, une certaine connaissance de l'avenir qu'elles dévoilaient par des motifs mystérieux et des clins d'œil discrets.

Des bruits de pas ramenèrent son regard sur terre. Un gentleman était arrivé sur le balcon par une autre porte. Lorsqu'il l'aperçut, il marqua une pause comme pour étudier ses différentes options, puis il se dirigea vers elle d'un pas lent et décontracté.

L'estomac de Daphné, qui commençait enfin à se calmer, fit un saut périlleux. De tous les hommes qui pouvaient interrompre ses pensées solitaires, il fallait que ce soit celui-là qui surgisse.

— Lord Deveraux.

Le nom franchit ses lèvres dans un souffle à peine audible. Même sous la lumière tamisée des étoiles et des torches, il irradiait de vitalité. D'une sorte d'énergie presque animale qui rendit moites les paumes de Daphné.

Il s'inclina devant elle du même mouvement, paresseux, insolent, qu'en entrant dans la salle de bal.

— Mademoiselle Burke, n'est-ce pas ?

Le fait qu'il l'ait reconnue la surprit. Elle parvint à faire une révérence en guise d'acquiescement, une main posée sur la rambarde pour garder l'équilibre.

— Vous allez bien ? demanda-t-il en l'observant.

— Parfaitement.

Elle releva le menton, déterminée à ne pas flancher.

— Je vous souhaite une bonne soirée, monsieur, dit-elle en se tournant vers la porte.

— Vraiment ?

Une main se tendit et elle lâcha un petit cri, pensant qu'il voulait lui attraper le poignet.

Au lieu de cela, lord Deveraux enroula sa main gantée autour de la balustrade en fer, à l'endroit exact où celle de Daphné reposait quelques instants plus tôt. D'un doigt, il frotta distraitement le bord du métal. Elle se demanda s'il pouvait sentir la chaleur qu'elle y avait laissée.

— Je dois dire que ces mots sont plus aimables que ceux auxquels je m'attendais ce soir.

Son ton était empreint de dérision, l'inclinaison de sa tête presque timide. Il y avait quelque chose d'enfantin dans son charme – pas du tout ce à quoi Daphné s'était attendue d'un libertin connu de tous comme « ce diable de Deveraux ».

— Puis-je vous demander pourquoi vous êtes ici, plutôt qu'à l'intérieur à profiter de la fête ? demanda-t-il.

Il s'en moquait. Très certainement. Mais il avait la capacité de faire croire que ce n'était pas le cas – encore un talent dangereux.

Elle fit un pas en arrière.

— La salle de bal est remplie de monde, et j'avais besoin d'un peu d'air frais. Maintenant, si vous voulez bien m'excuser…

— Dansez-vous ce soir, mademoiselle Burke ?

Elle commença à secouer la tête. Elle n'avait certainement pas envie de danser avec lui.

Non qu'il le lui ait proposé.

Quoique... Il accompagna sa question en tendant la main, la paume tournée vers le haut. Puis ses sourcils se haussèrent et il esquissa un nouveau sourire enfantin. Malgré le parfum de scandale qui flottait autour de lui, il ne s'attendait manifestement pas à être rabroué. Il imaginait probablement qu'une personne comme Daphné serait ravie d'une telle marque d'attention.

— J'ai déjà accepté une invitation à danser ce soir, monsieur, mentit-elle. Les règles de la bienséance m'interdisent d'en accepter aussitôt une autre.

Il hocha la tête en signe de compréhension, mais ne baissa pas sa main.

— Et vous suivez toujours les règles, mademoiselle Burke ?

Une réflexion choquante... Et pourtant, d'une certaine manière, naturelle venant d'un homme comme lui.

« Un homme qui ressemble à ça... Un homme qui embrasse comme ça... »

Elle ferma les yeux et revit le visage baigné de larmes de Mlle Grey. Si seulement il y avait un moyen de faire ressentir à lord Deveraux la douleur qu'il infligeait cruellement aux autres...

Lorsqu'elle ouvrit les yeux, elle jeta un coup d'œil par-dessus son épaule en direction des portes-fenêtres. De la lumière, de la musique et des rires s'échappaient de la salle de bal. Habituellement, elle acceptait de faire tapisserie, d'être celle que l'on néglige sur le marché du mariage.

Mais ce balcon était bien trop à l'écart pour qu'elle puisse lui infliger une humiliation complète.

Avec une autre révérence, elle posa sa main sur la paume de Deveraux et tenta d'ignorer la chaleur de ses doigts qui s'enroulaient autour les siens alors qu'il l'entraînait dans la salle de bal.

4

Miles n'avait jamais été un bon élève. Il s'était frayé un chemin à travers les années d'école en combinant la chance, la patience d'Alistair et la réticence de ses professeurs à provoquer la colère de sa grand-mère.

Mais il avait toujours été doué pour déchiffrer les gens – particulièrement les femmes. La rapidité d'une respiration, la légèreté d'un contact : c'était un langage, une poésie que son esprit décryptait avec aisance et délectation.

Contrairement au grec, par exemple, qu'il avait longtemps soupçonné de ne pas être une véritable langue mais une escroquerie destinée à tromper les naïfs écoliers. Un enchevêtrement de signes auxquels il ne parvenait pas à donner un sens. Frustrant. Illisible.

Daphné Burke était du grec.

Elle était irlandaise, en réalité. La fille d'un avocat, née à Dublin. C'est tout ce qu'il savait, grâce à la liste de toutes les jeunes filles célibataires que lui avait fournie Alistair plus tôt dans l'après-midi.

Elle n'était pas le genre de femme à qui Miles aurait normalement accordé un regard. Ni sa coiffure ni la robe blanche qu'elle portait ne lui allaient. Elle était effacée, et c'était précisément pour cette raison qu'il l'avait invitée à danser, espérant la provoquer.

Mais sa peau était douce, lumineuse.

Et maintenant qu'il se tenait assez près d'elle pour voir l'éclat de ses yeux, l'inclinaison de son menton, il avait le sentiment qu'elle avait peut-être délibérément dissimulé ses charmes, se forgeant une sorte de camouflage pour repousser d'éventuels prétendants. Presque comme si elle avait essayé de traverser la saison mondaine sans se faire remarquer. Comme s'il y avait quelque chose qu'elle espérait cacher...

Si c'était vrai, cela expliquerait pourquoi elle avait d'abord refusé de danser avec lui.

Mais qu'est-ce qui lui avait fait changer d'avis ?

Ses pensées confuses ralentissaient ses pas.

— J'en arriverais presque à penser que vous regrettez votre invitation, monsieur, déclara-t-elle à l'orée de la salle de bal.

La rondeur de ses voyelles adoucissait à peine une voix par ailleurs assez sévère, comme celle d'une gouvernante.

— Je souhaitais juste vous laisser une dernière occasion de refuser, madame. Pour le cas où vous penseriez qu'il est préférable de ne pas être vue avec moi.

Elle libéra ses doigts de son emprise.

Qu'allait-elle faire maintenant ? Et qu'aimerait-il qu'elle fasse ?

À sa surprise, elle glissa la main dans le creux de son coude et enroula ses doigts autour de son avant-bras.

Pourquoi diable son pouls se mettait-il à accélérer ?

Il posa alors sa main sur la sienne.

— Est-il possible, mademoiselle Burke, que vous ignoriez ma réputation ?

— Non, monsieur.

Grâce à un éclat de lumière, il put voir pour la première fois la couleur de ses yeux. Gris-bleu. Elle demeura immobile, comme si elle n'avait pas conscience qu'une centaine de personnes avaient commencé à les observer. Une centaine de personnes qui ne pouvaient voir la froideur glaciale dans le regard qu'elle posait sur lui.

— Mais je suis sûre que vous ignorez la mienne.

Ah.

Avec un sourire et un léger mouvement de tête, il la conduisit sur la piste de danse. Il avait l'impression qu'ils venaient d'entamer une sorte de duel. Il n'avait jamais affronté une femme auparavant. Du moins, pas en position debout. Et, Dieu lui vienne en aide, il était… intrigué.

Sans se soucier des autres danseurs, il se positionna face à elle. Le couple près d'eux se décala plus bas dans la ligne.

— Les gens vous laissent-ils toujours la place, où que vous alliez ? murmura-t-elle d'un ton de reproche, alors qu'elle faisait la révérence.

Il s'inclina.

— En général, oui.

Ses yeux s'illuminèrent à cette idée. Visiblement, elle ne parvenait pas à décider si elle l'enviait de ce pouvoir ou si elle le méprisait de l'utiliser.

— Je suppose que cela explique pourquoi vous êtes ici ce soir. Vous présumiez que Mlle Grey resterait chez elle, plutôt que d'oser se montrer.

Il était vrai qu'il ne s'était pas attendu à croiser Arabella Grey au bal des Clearwater. Il supposait que c'était son maudit père qui avait insisté pour qu'elle vienne ; l'homme ne voulait sans doute pas que sa fille gâche une nouvelle opportunité.

Lorsque Miles l'avait entendue pousser des cris d'indignation à son arrivée, il avait envisagé de partir plutôt que de l'embarrasser davantage. Après un moment, cependant, il s'était ravisé. La foule était préparée à voir le pire chez lui. Il était simple de donner aux gens ce qu'ils voulaient.

Mais ce petit quelque chose, cet éclat de défi dans les yeux de Mlle Burke, l'inspirait.

— Dites-moi, si j'avais tourné les talons et étais parti en courant, quel aurait été le résultat ? demanda-t-il.

La danse avait désormais séparé les participants en quatre groupes, ce qui laissa amplement le temps à Mlle Burke de réfléchir à une réponse. Cependant, dès qu'ils furent à nouveau réunis, il prit la parole avant qu'elle ait le temps de le faire.

— Mlle Grey, seule, aurait supporté le poids de tous les regards, de toutes les spéculations chuchotées. En restant, j'ai fait en sorte que ces ricanements méprisants, ces regards en coin soient dirigés sur moi.

Un geste presque noble, selon lui – et que Mlle Burke considérait manifestement avec méfiance.

— En fait, j'ai cru comprendre que certains gentlemen trouvent la conduite de Mlle Grey admirable, continua-t-il. Elle aurait écarté le diable pour laisser la place à un prétendant plus vertueux, n'est-ce pas ? En tout cas, je peux vous assurer qu'elle n'a pas eu le cœur brisé.

Il n'avait jamais reçu le moindre signe d'affection de la part de son ancienne fiancée. Relâchant la main de Mlle Burke, il posa la sienne sur sa poitrine.

— Donc, si quelqu'un souffre ici ce soir, c'est moi.

Dissimulée par les ourlets festonnés de ses jupons, Daphné s'avança audacieusement vers lui – et lui marcha carrément sur le pied. Lorsqu'il glapit, elle sourit.

— Heureusement pour vous, une blessure d'orgueil est rarement fatale.

— Vous me trouvez orgueilleux ? demanda Miles après s'être remis de sa surprise – et de la douleur.

Elle réfléchit.

— Arrogant, indiscutablement. Et vaniteux, je le soupçonne. Franchement, je suis étonnée que vous m'ayez choisie comme partenaire.

Puis, dans un autre mouvement clairement calculé, elle tourna dans la mauvaise direction, perturbant le tourbillon des couples autour d'eux.

— J'aurais pu vous gêner en me révélant une terrible danseuse.

— Je savais que ce n'était pas le cas, gronda-t-il en l'incitant à retrouver sa place. Sinon, je ne vous aurais pas invitée.

— Comment pourriez-vous savoir une telle chose ? dit-elle d'un ton moqueur. Je ne danse presque jamais dans ce genre de soirées. Inutile de mentir en prétendant que vous m'admiriez de loin.

— Je le sais, mademoiselle Burke, parce qu'il y a de la mélodie dans votre voix, et quelque chose de particulier dans votre…

Il fit une pause pour la contempler de la tête aux pieds, cherchant à la faire rougir.

Mais en réalité, ce fut lui qui se trouva gêné. La rigidité de sa colonne vertébrale et la rapidité de sa respiration avaient fait gonfler la poitrine de la jeune femme. Son pouls, qu'il avait réussi à apaiser, s'accélérait de nouveau, alors qu'un instant auparavant il aurait été prêt à jurer qu'elle n'était même pas jolie.

— Quelque chose dans votre... silhouette, termina-t-il avec plus de sincérité qu'il ne l'avait anticipé.

Au moins, elle lui fit l'honneur de rougir. Cependant, alors qu'une teinte de rose descendait le long de son cou pour se répandre dans son décolleté, attirant le regard de Miles à la lisière de son corsage, il en vint à s'interroger sur le bien-fondé de ses efforts pour la déstabiliser.

— Je ne suis pas certaine que ces observations soient celles d'un gentleman, dit-elle d'un ton guindé.

— Qui a dit que j'étais un gentleman ?

— Exact. Vous êtes un libertin.

Sa voix s'éleva sur le dernier mot, comme si elle essayait de savoir si les personnes alentour écoutaient et, si c'était le cas, comment elles réagiraient.

Si elle avait espéré que les couples voisins seraient scandalisés par sa déclaration et se tourneraient pour le regarder, elle risquait d'être déçue. Sa réputation de libertin n'était inconnue de personne ici.

Au lieu de cela, du fait de son atroce performance, c'est sur elle que se porta l'attention des participants. Tout le long des deux rangées de danseurs, les gens lui lançaient des regards curieux. De chaque côté de la salle, il aperçut des dames chuchoter derrière leur éventail.

Mlle Burke ne semblait pas encore se rendre compte que son plan avait échoué, mais il était persuadé qu'elle n'était pas du genre à apprécier d'être au centre de l'attention.

— Pourtant, en toute connaissance de cause, lui rappela-t-il en la guidant hors du cercle, vous avez accepté d'être ma partenaire.

Et il ne savait toujours pas pourquoi. Pensait-elle exercer une sorte de revanche au nom de la pauvre Mlle Grey ? Personne n'était suffisamment naïf pour imaginer que des orteils écrasés et quelques ricanements suffisaient à punir quelqu'un de ses péchés.

Les bonnes manières exigeaient qu'il la raccompagne à son chaperon après une danse. Mais Miles n'avait jamais été quelqu'un qui se souciait de l'étiquette.

Déterminé à comprendre le sens de son comportement, il orienta leurs pas vers le fond de la salle.

— Voulez-vous savoir ce que je pense, mademoiselle Burke ? demanda-t-il alors qu'ils marchaient.

— Pas le moins du monde.

— J'imagine que ce ne serait pas à votre goût. Puis-je plutôt vous dire ce que vous pensez ?

— Un tour de passe-passe, lord Deveraux ?

— Vous pensez me connaître, connaître mes faiblesses. Vous pensez que je mérite de subir un déshonneur plus grand que des fiançailles brisées et un pari perdu. Vous avez accepté de danser avec moi dans le seul but de m'humilier. Si je vous avais laissée continuer, vous auriez crié que je suis une crapule pour avoir fait un pari impliquant une dame – au cas où quelqu'un dans cette salle de bal n'aurait pas encore lu le dernier numéro de *La Gazette des effrontées*.

— Ne l'appelez pas comme ça.

— Pourquoi pas ? La vérité est-elle si blessante ? siffla-t-il. Pique-t-elle ?

Elle inspira par les narines et scruta son visage en plissant les yeux.

— Quelle étrange phrase de votre part, monsieur, dit-elle une fois qu'elle eut retrouvé un peu de son aplomb. Je me demande si...

Elle s'interrompit avec un brusque mouvement de tête et un rire forcé.

— Non. Un gentleman ne perdrait sûrement pas son temps à lire une gazette pour jeunes filles !

Elle eut beau essayer, elle ne parvint pas à serrer les lèvres en une ligne suffisamment ferme pour dissimuler leur rondeur. Lorsqu'elle parlait, il observait sa bouche, et il se surprit à se demander, en véritable libertin, ce que cela ferait de l'embrasser.

— Je croyais que nous avions établi il y a quelques instants que je ne suis pas un gentleman.

Tout à coup, elle parut réaliser où ils se trouvaient désormais : sur le balcon faiblement éclairé. Seuls.

— Oh, je vois...

Elle regarda autour d'elle, puis avança le menton.

— J'aurais dû rester sur mes gardes, vu ce que j'ai entendu sur votre penchant pour l'obscurité et... les échecs.

Les échecs ?

Bon Dieu, Alistair avait-il été sérieux ? « Jouer aux échecs » était-il la dernière expression dans le jargon de la séduction ? Il serait tout de même surpris que Mlle Burke sache utiliser le genre de sous-entendus qu'appréciaient les dandys.

Non, le choix de ses mots était presque aussi moqueur que ses gestes sur la piste de danse. Comme si elle savait...

Mais comment pourrait-elle savoir ? La gazette avait omis certains détails de cette nuit-là dans son récit, y compris cette fatidique partie d'échecs. Mlle Grey avait-elle été plus loquace à l'origine ?

Et, d'une manière ou d'une autre, Mlle Burke avait-elle pu lire la lettre dans son intégralité ? Comment cela se pouvait-il, à moins qu'elle n'ait un lien avec la gazette... ?

Et il comprit soudain, avec une totale clarté.

Elle se tourna pour lui faire face, et son mouvement à cet instant précis le poussa à se demander s'il n'y avait pas eu un déclic audible lorsque les pièces s'étaient assemblées dans son esprit.

Les yeux d'acier de Mlle Burke s'illuminèrent. Elle se tenait plus près de lui désormais. Trop près.

— Que voulez-vous, lord Deveraux ?

— Je pense que vous connaissez déjà la réponse.

Elle secoua la tête.

— J'ai besoin d'une femme pour gagner un pari. Et vous allez m'en trouver une.

Elle émit un grincement venu du fond de la gorge, quelque chose entre un bruit d'étouffement et un ricanement.

— Pourquoi ferais-je cela ? demanda-t-elle, bien qu'une partie de son assurance se soit dissipée.

— Je pense que vous connaissez aussi cette réponse.

Il inclina la tête, de sorte que ses lèvres effleurèrent le bord de son oreille alors qu'il murmurait :

— N'est-ce pas, Miss Busy B. ?

5

Le bourdonnement dans les oreilles de Daphné était si fort qu'il chassa toute pensée. Lorsqu'elle parvint à parler, les mots semblèrent étouffés, lointains.

— Je n'ai pas la moindre idée de ce dont vous parlez.

Miles éclata d'un grand rire qui fit se dresser les poils sur sa nuque.

— Oh, je pense que si.

Rapidement, elle s'éloigna de la porte, d'où ils pouvaient être entendus, et se dirigea vers la balustrade, près de l'endroit où elle se tenait plus tôt. Lorsqu'elle jeta un coup d'œil derrière elle, il affichait une expression de suffisance.

— Comment avez-vous… ? demanda-t-elle. Avez-vous écouté aux portes, entendu ma conversation avec ma sœur ?

— Écouté aux portes ?

Comme il l'avait fait pendant qu'ils dansaient, il posa la main sur son cœur, dans un geste faussement sincère.

— Effacez cette pensée. Non, vous m'avez simplement dit qui vous êtes.

— Je vous l'ai dit ?

— Oh, avec peu de mots, reconnut-il en s'approchant.

La lumière des torches faisait briller ses cheveux dorés.

— Avec même un seul mot. « Échecs ».

Daphné ne s'était pas vraiment attardée sur ce dont l'Affligée de Grosvenor Square avait été témoin entre son fiancé et une autre femme, bien qu'elle ait soupçonné que le jeu d'échecs était une image pour désigner quelque chose de salace.

Maintenant qu'elle avait compris que l'homme impliqué était lord Deveraux, elle en était certaine.

— La seule personne qui a pu vous dire ce qu'elle a vu cette nuit-là dans la bibliothèque est Mlle Grey, dit-il. Les détails ne figurent pas dans la gazette, si vous vous en souvenez. Alors je me suis demandé pourquoi elle vous aurait raconté cela à vous, mademoiselle Burke. Burke avec un B, voyez-vous ? Et ensuite, je me suis demandé pourquoi vous sembliez porter un intérêt tout personnel à venger son honneur. Pourquoi vous avez réagi de manière si étrange quand j'ai suggéré que la vérité… *piquait*.

À chaque révélation, la mâchoire de Daphné se serrait davantage, jusqu'à ce que ses dents lui fassent mal. Elle aurait dû être plus prudente.

Il ajouta avec l'un de ses charmants sourires en coin :

— Si j'avais réalisé, quand j'étais plus jeune, que mon cerveau était capable d'une telle perspicacité, je n'aurais pas eu besoin de casser tous les crayons de mon professeur de mathématiques, ni de me cacher si souvent pour éviter ses leçons.

Bien sûr, il avait aussi été un mauvais élève. Elle s'empêcha de justesse de lever les yeux au ciel.

— Et à présent, vous vous attendez à ce que je trouve quelqu'un prêt à épouser un mufle comme vous ?

— Oui. Ce diable de Deveraux. La pire canaille qui existe.

Il semblait las. Et vaguement… blessé ? Non, ce ne pouvait pas être le cas. Il n'avait même pas essayé de nier l'accusation de Mlle Grey.

— Je trouve étrangement rassurant de savoir que je ne peux pas tomber plus bas dans votre estime, ajouta-t-il.

— Vous semblez pourtant déterminé à essayer.

— Oh, Miss Busy B. ! s'esclaffa-t-il. Eh bien, au moins, vous abordez votre tâche avec les yeux grands ouverts.

— Et si je refuse ?

Sa réponse, bien que indirecte, fut d'une clarté glaçante :

— Je soupçonne que la réputation de votre nom vous tient à cœur, sinon vous n'auriez pas tenté de le dissimuler à vos lectrices.

Cela signifierait la fin de sa collaboration avec *La Gazette des demoiselles*, la perte des amitiés qu'elle espérait développer et des libertés dont elle voulait profiter…

Les poings serrés le long du corps, Daphné se mit à marcher le long du balcon. La lune avait peint le jardin, en contrebas, d'un clair-obscur qui promettait d'innombrables cachettes. S'échapper impliquerait une course périlleuse et lui coûterait probablement une robe déchirée et une cheville foulée, mais au moins cela lui laisserait un peu de temps – le temps de rassembler ses pensées, le temps de préparer un plan d'action.

— Comment suis-je censée réussir à vous trouver une épouse, alors que toutes les femmes de ce pays sont au courant de votre pari ridicule ?

— Je crains que vous n'ayez une vision exagérée de la diffusion de votre petite gazette, dit-il, un sourire sardonique aux lèvres.

Puis il haussa les épaules.

— Trouvez une solution. Vous êtes censée être intelligente. « Faites confiance à Miss Busy. B pour de bons conseils », etc.

Tout à coup, le visage baigné de larmes de Mlle Grey lui revint en mémoire.

De si misérables conseils...

Les jupes de Daphné s'enroulèrent autour de ses jambes quand elle se retourna brusquement pour lui faire face.

— Je... Peut-être pourrais-je utiliser ma chronique pour m'expliquer. Dire que j'ai répondu trop hâtivement et encourager l'Affligée de Grosvenor Square à reconsidérer sa position.

— Dans le prochain numéro de la gazette ?

Elle hocha la tête.

— Oui, exactement.

L'idée même la rebutait, mais si Mlle Grey regrettait sa décision...

— Je n'ai pas un mois devant moi, répondit-il en croisant les bras sur sa poitrine. Je dois me marier avant la fin juin pour gagner mon pari.

Il ne restait même pas trois semaines ! En si peu de temps, elle ne pouvait réussir à réparer l'erreur qu'elle – *qu'il* – avait commise.

— Mais il n'est pas nécessaire que ce soit Mlle Grey, précisa-t-il. N'importe quelle jeune femme accomplie, de bonne famille, avec une éducation et une formation adaptée aux devoirs d'une vicomtesse fera l'affaire.

— Oh, c'est tout ?

Miles souleva une épaule et parvint à donner l'impression qu'il était presque penaud. Elle enchaîna :

— Ne vous souciez-vous pas de l'affection ? Ou… de la passion ?

Elle dut forcer le dernier mot à franchir ses lèvres, à peine un murmure.

Il rit.

— Heureusement pour vous, l'amour n'est pas l'une des conditions du pari.

Elle pensa à la lumière qu'elle avait vue dans les yeux de ses frères et sœurs le jour de leur mariage, et si souvent depuis, dans les regards que ses parents échangeaient encore. Elle savait, bien sûr, que tous les mariages n'étaient pas des mariages d'amour. Mais qu'est-ce qui pouvait pousser quelqu'un à en écarter même la possibilité, comme si cela lui était complètement indifférent ?

Non. Elle ne plaindrait *pas* lord Deveraux. Après tout, si quelqu'un méritait sa pitié, c'était sa future épouse.

— Donc, c'est vraiment très simple, dit-il en s'approchant suffisamment pour saisir la balustrade à côté d'elle, l'empêchant ainsi de retourner dans la salle de bal. Tout ce que vous avez à faire, c'est de me trouver une épouse convenable à temps.

Elle déglutit avec difficulté.

— Ou alors vous me dénoncerez.

— Courage, murmura-t-il, se penchant à nouveau pour lui parler à l'oreille. Vous pourriez découvrir que vous appréciez d'être compromise.

Un frisson la traversa et, à sa plus grande honte, il n'était pas entièrement provoqué par la colère. Ou la peur.

Malgré tout, il y avait quelque chose d'excitant à entendre ces mots sortir de la bouche de lord Deveraux.

« Un homme qui ressemble à ça... Un homme qui embrasse comme ça... »

Elle se recula suffisamment pour jeter un coup d'œil à son visage, puis à sa main sur la balustrade, et encore à son visage.

— Il semblerait que je sois coincée entre le marteau du libertin et l'enclume.

— Ah, vous voyez, mademoiselle Burke...

Son rire grave et ironique effleura sa peau et la fit frémir.

— ... vous êtes intelligente.

Peut-être. Mais je suis aussi une idiote.

— Daphné ?

C'était la voix de Bell, emplie d'inquiétude et de curiosité.

Daphné ferma les yeux et inspira profondément, avant de se retourner pour faire face à sa sœur.

— Tout va bien ? s'enquit Bell.

— Parfaitement, assura Daphné, se dégageant de la cage créée par la balustrade et le bras du vicomte. Vous m'excuserez, monsieur le vicomte.

— Pour l'instant.

Ces mots, prononcés trop bas pour que Bell puisse les entendre, provoquèrent un autre frisson le long de la colonne vertébrale de Daphné. Allaient-ils avoir besoin d'autres réunions secrètes, d'autres conservations chuchotées dans la pénombre ?

À peine fut-elle à sa portée que Bell la saisit des deux mains et l'entraîna à l'intérieur, vers la respectabilité. Daphné cligna des yeux à cause de la lumière.

— Que s'est-il passé ? lui demanda sa sœur.

— Lord Deveraux m'a invitée à danser, et j'ai accepté.

— J'ai vu. *Tout le monde* a vu.

C'en était terminé du faible espoir qu'avait Daphné qu'ils soient passés relativement inaperçus parmi la foule de la salle de bal.

— Mais ensuite, vous avez disparu, continua Bell. Cami m'a envoyée te chercher. Est-ce que tu te sentais encore mal ? Comment vous êtes-vous retrouvés ici ?

— Cela me semblait être un bon endroit pour parler.

— Parler ? (Les yeux de Bell s'écarquillèrent.) Avec *lui* ?

— Oui...

Daphné remua la main dans un geste d'impuissance. Une partie d'elle désirait dire à sa sœur ce que lord Deveraux avait découvert, le prix qu'il exigeait d'elle pour garder le secret – et lui demander ce qu'elle devait faire.

Mais Miss Busy B. prodiguait des conseils. Elle ne les cherchait pas.

— Quoi qu'il en soit, personne d'autre n'a remarqué ton absence, Dieu merci, annonça Bell. Cinq minutes de plus dehors, et tu aurais pu être compromise.

C'était la menace familière, destinée à maintenir les jeunes filles dans le droit chemin.

Être compromise signifiait ne plus assister aux bals mondains, ne plus attendre de grand mariage.

Mais être compromise, pour Daphné, avait toujours beaucoup ressemblé au genre de liberté que valorisait *La Gazette des demoiselles*.

— Et j'aurais pu y prendre plaisir, lança-t-elle en plaisantant.

Bell la dévisagea, les yeux ronds comme des soucoupes.

— Viens, dit Daphné en la guidant vers leur sœur.

Elle allait terminer la soirée entourée de matrones et de leur ennuyeuse sécurité, tandis que Bell retournerait sur la piste de danse auprès de gentlemen désireux de lui faire la cour.

Lord Deveraux n'avait peut-être pas entièrement tort à son sujet.

Mais si elle devait être compromise, elle avait l'intention de s'assurer qu'il le soit aussi.

Absorbé par le balancement des jupes de Daphné alors qu'elle s'éloignait – elle était en effet bien plus séduisante qu'il ne l'avait d'abord pensé, et d'une certaine manière son dédain à son égard ne faisait qu'accentuer son charme –, Miles ne s'aperçut pas immédiatement que quelqu'un d'autre était apparu sur le balcon par l'autre porte-fenêtre.

— Es. Tu. Fou ?

Pour la deuxième fois de la journée, la voix désapprobatrice de son meilleur ami arracha Miles à un dangereux précipice.

— Sans aucun doute, répondit-il, chassant ses fâcheuses pensées à propos de Mlle Burke. Mais après toutes ces années, Alistair, tu ne devrais pas être surpris. Qu'est-ce que j'ai fait, cette fois ?

— N'étais-tu pas ici avec une jeune femme, sans chaperon, presque dans l'obscurité ?

— Je t'ai dit que je venais ce soir avec l'intention de trouver une épouse, lui rappela-t-il. Peut-être que je lui faisais juste un peu la cour.

Alistair dissimula son rire derrière une toux.

— Je te demande pardon. As-tu dit… *faire la cour* ? Est-ce que tu sais même ce que cela signifie ?

Miles feignit de réfléchir à la question. À vrai dire, il n'avait pas besoin de faire beaucoup d'efforts en ce qui concernait les femmes.

— Voyons voir. Si je me souviens bien, cela a quelque chose à voir avec ravir, séduire, caresser…

— Non, coupa Alistair en secouant la tête, les lèvres incurvées en un sourire à moitié réprobateur. Tu penses à *compromettre*…

En effet.

— Faire la cour est respectueux, poursuivit Alistair. Respectable. Cela implique des activités qu'on peut mener en public, en plein jour.

— Cela semble terriblement ennuyeux.

Daphné Burke, cependant, ne l'était pas. Lors de ce moment passé avec elle sur la piste de danse, puis sous le ciel nocturne, il avait entraperçu quelque chose de vibrant en elle.

Dommage qu'il soit bientôt marié à quelqu'un d'autre et n'ait pas l'occasion d'en connaître davantage.

— Quoi qu'il en soit, tu n'as pas à t'inquiéter, reprit-il. Il se trouve que Mlle Burke pense pouvoir persuader mon ancienne fiancée de me donner une autre chance.

Le sourcil gauche d'Alistair se haussa.

— Alors, je suis censé croire que vous étiez en train de manigancer ensemble ?

— Allons, allons. Tu sais bien que je ne complote jamais. Les belles opportunités ont pris la bonne habitude de me tomber dans les bras.

— Je suppose que c'est ce qui s'est passé avec cette charmante actrice, l'été dernier ?

— Exactement. Et lorsque les opportunités se présentent à moi, je fais en sorte de les saisir.

Donc, tu vois, c'était purement pratique. Un arrangement. Je n'étais certainement pas en train de courtiser Mlle Burke.

Alistair semblait toujours sceptique, mais sa posture s'était détendue.

— En tant qu'ami, je dirais que c'est probablement pour le mieux. Te connaissant, tu te retrouverais probablement face à un pistolet de duel avant la fin de la semaine.

Voyant l'expression confuse de Miles, il demanda :

— Tu n'as pas lu la liste que je t'ai donnée ?

— Je, euh... je n'ai pas eu le temps de mémoriser tous les détails, j'en ai peur.

— Eh bien, juste au cas où, même si tu n'as pas l'intention de la courtiser, tu dois savoir que Mlle Burke est loin d'être dépourvue de soutiens. Elle est la nièce du comte de Merrick. Elle a aussi deux frères aînés. Le plus jeune est un poète, donc un prétendant n'a rien à craindre de lui. En revanche, l'aîné – Paris Burke – est député, et il a la réputation d'être colérique. La rumeur veut qu'il ait combattu avec les Irlandais unis en 1798.

Après sa conversation avec la jeune femme, Miles n'était pas vraiment surpris d'apprendre qu'un membre de la famille Burke avait un penchant pour la rébellion.

— Mais, en réalité, c'est de ses beaux-frères qu'un prétendant doit se méfier, poursuivit Alistair. Le marquis d'Ashborough est peut-être un père de famille respectable à présent, mais il serait prêt à faire une exception pour le simple plaisir d'écraser un voyou.

Miles avait vu Ashborough dans son club – lord Ash, comme les gens l'appelaient encore, mais seulement quand ils étaient sûrs qu'il ne pouvait les entendre.

— Et quant au duc de Raynham...

Ils n'avaient jamais été présentés, mais Miles connaissait de réputation l'homme au visage sévère.

— Un genre de militaire, n'est-ce pas ?

Alistair hocha la tête avec gravité.

— Je crois que le mot que tu cherches est « espion ». Je le soupçonne d'être tout à fait capable de porter un coup mortel sans le moindre avertissement.

Miles comprenait pourquoi Alistair lui disait cela. Mais ce n'était pas la férocité des frères ou des beaux-frères de Mlle Burke qui faisait s'accélerer son rythme cardiaque.

C'était celle de la jeune femme.

— Tu n'as pas besoin de t'inquiéter pour moi, répéta Miles en tapotant l'épaule de son ami. Mlle Burke est... eh bien, je suppose qu'on peut la considérer comme une entremetteuse. Rien de plus.

Alistair l'observa à la lumière qui traversait les portes vitrées, un pli sur le front.

— Je m'inquiète, figure-toi.

— Pourquoi ? Tu sais bien que je ne perds jamais.

Alistair soupira.

— Je ne pensais pas à ton pari, Miles. Ou plutôt je me demandais... As-tu réfléchi à ce qui se passera après ta... victoire ?

« Ne vous souciez-vous pas de l'affection ? » avait demandé Daphné à Miles.

Il s'en souciait, bien sûr, mais pas dans le sens où elle l'entendait. Il savait ce qu'il attendait de ce mariage. Il avait accepté les termes du pari, n'est-ce pas ?

« Ou… de la passion ? »

Il s'arrêta devant la porte-fenêtre et balaya la salle de bal du regard, même s'il ne cherchait personne en particulier.

Ce n'était pas le moment de se laisser distraire. Il n'avait aucune raison de se sentir… déçu.

Tout se déroulait exactement comme prévu.

6

Bien avant que quiconque dans la famille soit réveillé, Daphné s'habilla, attrapa un bonnet et descendit l'escalier. Tout était calme, bien que le hall d'entrée, plongé dans la pénombre, témoigne de plusieurs livraisons matinales : des bouquets de fleurs envoyés par les gentlemen qui avaient dansé la veille avec sa sœur.

La plupart des bouquets contenaient des marguerites ou des pâquerettes, la fleur qui faisait référence à son prénom, Bellis étant une famille de plantes – même si elle ne l'avait jamais particulièrement aimée. Daphné tendit la main pour effleurer le bord délicat d'un pétale. Pourquoi les hommes étaient-ils si peu imaginatifs lorsqu'il s'agissait de montrer un signe d'affection ? On ne pouvait qu'espérer qu'ils soient davantage soucieux des sentiments de la dame lorsqu'ils se retrouveraient devant l'autel.

« Ne vous souciez-vous pas de l'affection ? »

Elle retira brusquement sa main, manquant de renverser un vase de roses.

Que lui importaient les sentiments de lord Deveraux ?

Derrière elle, un gémissement se fit entendre. Elle se retourna pour découvrir un mastiff noir qui la regardait avec intérêt.

— Une promenade ? suggéra-t-elle au chien, qui dressa les oreilles en entendant ce mot.

La réunion des rédactrices de *La Gazette des demoiselles* n'était pas prévue avant une heure, mais Daphné avait besoin de se changer les idées. Elle s'était attendue à devoir convaincre l'un des valets de l'accompagner. Elle prévoyait déjà de consacrer la majeure partie de ce qu'elle allait gagner en écrivant pour la gazette à s'assurer du silence des domestiques concernant ses allées et venues et son courrier.

Mais voilà qui était bien mieux. Les chiens ne pouvaient pas parler.

— Promenade ? répéta-t-elle, et l'énorme chien la bouscula.

Nouant rapidement les rubans de son bonnet, Daphné se mit en route.

L'employé de chez Porter ne sembla pas surpris de son arrivée matinale, mais il jeta tout de même un coup d'œil prudent au chien.

— Il ne ferait pas de mal à une mouche, le rassura-t-elle.

Le jeune homme hocha la tête d'un air sceptique puis fit mine de regarder ailleurs pendant que Daphné cherchait la clé de l'arrière-boutique, suspendue à un crochet derrière le comptoir. Après leur première rencontre, lady Stalbridge lui avait indiqué où la trouver et lui avait expliqué que cette pièce était exclusivement réservée aux membres de la gazette.

Quelqu'un d'autre avait déjà récupéré la clé, et elle trouva la porte de l'arrière-boutique entrouverte.

La pièce était tout aussi désorganisée que la dernière fois, mais quelqu'un avait nettoyé la fenêtre, et un exemplaire de *La Gazette des demoiselles* en ornait désormais le rebord.

Constantia Cooper, l'artiste qui s'occupait des dessins satiriques sur la mode – connus des lectrices sous le nom de « planches du mauvais goût » –, travaillait à l'une des extrémités de la table ovale. Elle portait une robe de mousseline verte et terne, et, comme l'autre fois, toutes les tentatives pour dompter ses boucles s'étaient avérées infructueuses.

Daphné s'était interrogée sur le rôle de Constantia au sein de la gazette, mais elle comprenait désormais que les dessins de Miss C. n'étaient pas destinés à mettre en valeur la mode actuelle, mais bien à tourner en dérision les personnes qui la suivaient.

Ce n'est qu'après avoir achevé le contour exagéré d'une silhouette que Constantia leva la tête. Remontant ses lunettes sur son nez, elle jeta un coup d'œil exaspéré au chien avant de tourner son regard vers Daphné.

— Les Burke sont-ils incapables de sortir de chez eux sans un animal de compagnie ?

Daphné afficha une moue d'excuse.

— Voici Zwolf.

Elle flatta la large tête du chien en le présentant. Vu sa taille, elle n'eut pas besoin de tendre le bras.

Constantia tapota le bout de son crayon sur son papier.

— Vous avez un chien qui s'appelle « Douze » en allemand ?

— Sa mère s'appelait Elf, expliqua Daphné. On n'y croirait pas en le voyant maintenant, mais il était le plus petit de sa portée. Bell et moi étudiions l'allemand à cette époque, et comme *zwölf* suit *elf*...

L'expression de Constantia était toujours aussi désapprobatrice.

— Eh bien, je trouvais ça intelligent..., conclut Daphné faiblement.

Les lèvres pincées, Constantia émit un soupir avant de retourner à son dessin.

— Lady Stalbridge ne sera pas là avant une demi-heure. Pourquoi êtes-vous arrivée si tôt ? Je suis venue travailler, dit-elle, la voix et la posture raides. Sans être dérangée.

— Oh, d'accord. Oui. Eh bien, faites comme si Zwolf et moi n'étions pas là. Je vais juste... Je vais lire, déclara Daphné en prenant un ouvrage qui traînait à proximité, faisant signe au chien de s'allonger sous la table.

Elle ouvrit le livre à la page du titre : *La Justification d'un pêcheur, argument principal de l'Épître aux Galates.* Conformément aux règles du latin, duquel ce volume poussiéreux avait dû être traduit quelque cent cinquante ans plus tôt, « Justification » avait été orthographié avec un I. *Iustification.* Ainsi, à première vue, si on n'y prenait garde, le mot ressemblait à « lubrification ». Daphné se retint de ricaner. Le livre ne promettait pas grand-chose en termes de divertissement, si ce n'est cette typographie malheureuse, mais il pourrait au moins servir de distraction.

Cependant, même les habiles prouesses d'exégèse d'un auteur « révérend et érudit » ne parvinrent pas à susciter son intérêt – ni à empêcher ses pensées de revenir à la nuit précédente.

Si seulement elle n'avait pas accepté l'invitation à danser de lord Deveraux...

Bien qu'il soit le plus bel homme avec qui elle ait jamais dansé.

Mais quelle différence son apparence faisait-elle ? Le trouver attirant s'apparentait à une trahison. Il savait des choses susceptibles de mettre fin à sa collaboration avec la gazette, voire de nuire au succès de celle-ci. C'était une crapule qui ne se souciait de rien d'autre que de gagner son pari ridicule.

— Pour l'amour du ciel !

Constantia fit claquer son crayon sur la table et inspira si fort qu'elle menaça d'avaler tout l'air de la pièce.

— Quel est ce livre ?

— C'est, euh…

Daphné jeta un œil à la page ouverte, celle sur laquelle ses yeux glissaient depuis quelques minutes sans qu'elle en ait enregistré un seul mot.

— C'est un traité sur l'Épître de saint Paul aux Galates. Pourquoi ?

— Parce que vos soupirs font trembler mes feuilles. Je n'imaginais pas chez vous un attachement si fort à la théologie.

L'arrivée de lady Stalbridge évita à Daphné de devoir trouver une excuse pour son comportement.

— Bonne nouvelle, mesdames ! s'exclama la comtesse en retirant ses gants. Tous les exemplaires de la dernière *Gazette des demoiselles* ont déjà été vendus.

Constantia se leva d'un bond et serra la main de lady Stalbridge. Daphné se leva également et montra son enthousiasme à cette nouvelle. Pendant que la comtesse enlevait son bonnet et leur faisait part de ses espoirs pour un plus gros tirage le mois prochain, Daphné et Constantia échangèrent même un hochement de tête de satisfaction mutuelle.

Ce n'est qu'après que lady Stalbridge se fut assise et eut sorti ses notes d'une sacoche en cuir que Daphné osa poser la question qui lui pesait.

— Saviez-vous que l'Affligée de Grosvenor Square était Arabella Grey ?

Lady Stalbridge mit en ordre une pile de papiers et toussa légèrement.

— Je l'ai peut-être... soupçonné. Quand l'autrice de la lettre a mentionné un pari, je me suis souvenue d'une chose que m'avait dite Oliver...

Oliver était lord Manwaring, le beau-fils de lady Stalbridge. Seules les personnes admises dans cette pièce savaient qu'il était aussi la personne qui se cachait derrière la fameuse Mme Goode.

— En lisant votre exceptionnelle réponse, j'ai compris qu'elle contenait un message que beaucoup de nos lectrices avaient besoin d'entendre. Je n'ai donc rien dit de plus sur mes soupçons. Bien qu'en vérité, ajouta-t-elle, je ne pensais pas que Mlle Grey suivrait vos conseils de manière aussi spectaculaire.

— Vous voulez dire que vous ne pensiez pas qu'elle serait autorisée à agir ainsi, la corrigea Constantia. Mlle Grey a un père despotique et imprévisible, exactement le genre d'homme qui pourrait désirer faire de lord Deveraux son gendre.

— Alors, dans ces circonstances, demanda Daphné, ne pensez-vous pas qu'il serait possible de convaincre Mlle Grey d'épouser finalement lord Deveraux ?

— Oh, je ne crois pas, dit Theodosia Nelson en entrant d'un pas léger dans la pièce.

Héritière des Antilles, elle rédigeait des chroniques sur l'actualité – une colonne sur la politique, l'abolition de l'esclavage ou la guerre, autant d'informations généralement jugées inappropriées pour le lectorat féminin. Son ambition secrète était d'écrire un jour pour le *Times*.

— Vous n'avez pas entendu les dernières nouvelles ? ajouta-t-elle.

Lorsque Theodosia retira son bonnet, des boucles brunes s'en échappèrent, encadrant parfaitement son visage et ses yeux marron.

— Arabella Grey s'est enfuie ! Elle a disparu dans la nuit avec le fils d'un marchand de charbon gallois. Ils seraient désespérément amoureux.

— Oh, son père va devenir fou, lança lady Stalbridge avec une joie manifeste.

Theodosia haussa les épaules.

— J'ose espérer qu'il finira par pardonner à sa fille. Son nouveau mari serait, dit-on, terriblement riche.

Leur bavardage déferla sur Daphné par vagues successives. Elle était ravie pour Mlle Grey, bien sûr. Impressionnée, aussi, par l'air dévasté qu'elle avait affiché la nuit précédente au bal – une ruse, supposait-elle, afin de tromper sa famille. Sa mère avait probablement insisté pour qu'elle se couche tôt et se repose jusqu'au matin, lui offrant l'opportunité parfaite de s'enfuir.

Mais maintenant, qui Daphné allait-elle trouver pour satisfaire les exigences de lord Deveraux ?

— Excusez-moi de vous avoir interrompues, dit Theodosia en posant son bonnet et ses gants. De quoi discutiez-vous quand je suis arrivée ?

Lady Stalbridge prit une feuille remplie de chiffres, la plus haute sur sa pile de papiers.

— De ce que je comprends, c'est aux fiançailles rompues de lord Deveraux que nous devons notre succès ce mois-ci. Dès que les rumeurs sur l'identité de l'homme mentionné dans la lettre de l'Affligée de Grosvenor Square ont commencé à circuler, les ventes de *La Gazette des demoiselles* se sont envolées. Et j'ai une idée de la manière dont nous pourrions le remercier, termina-t-elle en baissant le papier pour regarder Daphné dans les yeux.

— Le re... remer...

La bouche de Daphné était sèche, trop sèche pour former le mot sans qu'elle s'interrompe pour déglutir.

— Le remercier ?

— Bien que je doute qu'il apprécie le genre de gratitude que j'ai à l'esprit, dit lady Stalbridge avec un sourire de prédateur. Voyez-vous, depuis que j'ai lu votre réponse à Mlle Grey, je réfléchis à la nécessité de parler à nos lectrices en termes plus précis du danger que représentent certains gentlemen, qu'ils affichent leur méchanceté comme une médaille à la poitrine ou qu'ils en cachent toute apparence.

Lord Deveraux appartenait, bien sûr, à la première catégorie. Pourtant, lorsque Daphné repensait à son comportement de la veille, elle se demandait s'il ne dissimulait pas, malgré tout, une part de lui-même.

— *La Gazette des demoiselles* n'est-elle pas déjà une tentative de parler aux dames de ces sujets ? demanda Constantia, le menton rentré vers sa poitrine comme quelqu'un qui se sentirait offensé.

— Bien sûr que si, mademoiselle Cooper, répondit lady Stalbridge d'un ton apaisant. Mais certaines subtilités peuvent passer inaperçues. Et la satire peut être mal comprise. Miss Busy B., en revanche, a le don de s'exprimer simplement. J'avais en tête un article, ou une série d'articles, sur les libertins...

Le cœur de Daphné se mit à battre la chamade. D'un côté, elle aurait aimé trouver une nouvelle occasion de ridiculiser lord Deveraux. De l'autre, exposer davantage ses mauvais comportements ne risquait guère d'améliorer ses chances de lui dénicher une épouse convenable – et donc, ses chances de se sauver elle-même et de sauver la gazette.

— Je veux que les jeunes femmes puissent les reconnaître, continua lady Stalbridge, et éviter ainsi qu'ils les compromettent.

Sous la table, Daphné pressa ses mains. Elle était vraiment dans une situation délicate...

— Libertins ? Compromettre ? intervint Mlle Julia Addison, qui les regardait depuis la grande bibliothèque séparant la pièce de l'entrée. Vous êtes probablement encore en train parler de lord Deveraux. Dites-nous, mademoiselle Burke, comment était-ce de danser avec lui ?

Les sourcils délicats de lady Stalbridge se levèrent en un arc parfait. Constantia, qui faisait des gestes emphatiques avec son crayon, en perdit le contrôle et le projeta à l'autre bout de la pièce. Zwolf, obligeamment, s'empressa de sortir de sous la table pour aller le chercher.

— Et qui est ce gentil garçon ? murmura Julia en s'avançant.

Zwolf inclina la tête de côté au son de sa voix.

Daphné profita de ce que son chien soit momentanément distrait pour retirer le crayon baveux de ses mâchoires et le rendre à une Constantia dépitée.

— Je ne m'étais pas aperçue que vous étiez au bal des Clearwater, mademoiselle Addison.

— Je n'y étais pas, répondit Julia en grattant le chien derrière les oreilles, avant de s'asseoir. Mais

Mme Hays y était – elle et lady Clearwater sont de vieilles amies, vous savez.

Mme Mildred Hayes était la tante de la belle-sœur de Julia, lady Sterling. Dotée d'un esprit libéral, elle était aussi fervente amatrice de théâtre : plus la farce était affreuse, plus elle aimait. À la suite des récents mariages du frère et de la mère de Julia, Mme Hayes l'avait invitée à s'installer à Clapham comme une sorte de dame de compagnie. Ensemble, elles assistaient à tous les spectacles et pièces de théâtre dont Julia faisait la critique dans sa rubrique sous le nom de Miss En Scène.

— Elle m'a raconté la nouvelle au petit déjeuner. Elle a dit que lorsque vous et lord Deveraux dansiez ensemble, la salle de bal n'était plus... qu'un immense bourdonnement.

Ce dernier mot – une référence évidente à la chronique de Miss Busy B. – fut ponctué d'un petit rire malicieux.

Constantia et Theodosia étaient stupéfaites. Lady Stalbridge avait l'air pensive.

— Dites-moi, ma chère, est-ce que lord Deveraux a dit – ou fait – quelque chose de notable en votre présence hier soir ? Quelque chose de scandaleux ?

Daphné se mordit la lèvre.

— Eh bien, peut-être..., lança-t-elle en regardant autour de la table. Mon Dieu, ne devrions-nous pas attendre Clarissa ?

— Elle ne se joindra pas à nous ce matin. Elle se prépare pour sa première performance musicale chez les Estley ce soir, répondit lady Stalbridge avec un sourire indulgent face à la tentative de Daphné de changer de sujet. Elle s'est inspirée de vos merveilleux conseils pour persuader son père de l'autoriser à y aller, même si elle n'a pas fait, à proprement parler, ses débuts dans la société.

Daphné comprit alors que la comtesse n'avait pas l'intention de la laisser se dérober.

— Elle doit jouer un duo avec sa mère, lady Estley, poursuivit celle-ci, et elles s'entraînent trois heures tous les matins. Lady Clarissa craignait que le fait de s'absenter le jour de la représentation n'éveille les soupçons, et elle a donc dû manquer notre réunion. Maintenant, vous disiez à propos de lord Deveraux... ?

— J'ai entendu dire qu'il avait essayé de vous emmener quelque part - seule - après que vous avez dansé, fit Julia.

— Excellent, murmura lady Stalbridge.

— *Excellent ?* répéta Constantia, incrédule. Comment cela ? Il est évident qu'il cherche un moyen de gagner son pari.

Légèrement blessée par cette cruelle vérité, Daphné se tourna néanmoins vers lady Stalbridge pour obtenir une explication.

— Si Mlle Burke doit s'exprimer dans la gazette sur ce sujet, il lui faudra malheureusement acquérir un peu d'expérience avec les libertins. Si lord Deveraux vous a montré de l'intérêt, je pense que vous devriez l'encourager. De cette façon, vous connaîtrez bientôt suffisamment ses ruses pour être capable d'enseigner à nos lectrices la manière de les déjouer.

— Il me semble que tout projet d'associer Mlle Burke à cet homme risquerait de nuire à sa réputation, observa la raisonnable Theodosia.

— S'il y a un scandale - ce dont je doute, car notre Mlle Burke est bien trop intelligente pour se laisser piéger -, sa famille l'aidera à surmonter cela. Ils me semblent être un clan farouchement soudé.

— De toute façon, ce genre de scandale ne dure jamais longtemps, ajouta Julia.

Elle était encore en train de gratter Zwolf derrière les oreilles. Un filet de bave pendait des babines du chien et une flaque commençait à se former sous la table, signe indéniable de son contentement.

— D'ici la prochaine saison, tout le monde sera passé à autre chose, conclut-elle.

Daphné parvint à hocher la tête. Elles n'avaient pas tort. Les scandales se répandaient comme une traînée de poudre et sa famille avait prouvé, plus d'une fois, qu'elle était assez forte pour y résister. Cependant, passer plus de temps en compagnie de lord Deveraux n'était pas sans risque.

— Mais la saison sera presque terminée lorsque le prochain numéro sera disponible, remarqua-t-elle. Je suis quasiment sûre qu'il compte se marier d'ici là.

— Nous pourrions publier un article plus rapidement sous la forme d'une brochure séparée, proposa Constantia.

Deux taches roses embrasèrent les joues de Daphné.

— Avec des illustrations, peut-être ?

— Quelle brillante idée ! déclara lady Stalbridge en prenant des notes sur sa feuille. Nous pourrons ainsi atteindre plus de lectrices et profiter de l'occasion pour faire la promotion de notre gazette. Alors, sommes-nous d'accord ?

Elle regarda chacune des contributrices autour de la table et prit note de leur assentiment au projet.

— Très bien. Mademoiselle Burke, je vous recommande de poursuivre vos investigations dès ce soir, chez les Estley.

— Pensez-vous vraiment que lord Deveraux se rendra à cette soirée, madame ?

Les gentlemen trouvaient toujours toutes sortes d'excuses pour éviter les soirées musicales. Ce qui ne manquait pas d'ironie, étant donné que les jeunes femmes étaient encouragées à acquérir des talents musicaux, censés les aider à attirer un époux. Mais comme la plupart d'entre elles jouaient de manière insipide et chantaient encore plus mal, Daphné ne pouvait pas vraiment reprocher aux hommes de se souvenir soudainement qu'ils avaient un autre engagement, ou d'être atteints d'un inexplicable mal de crâne.

— Je pense que c'est plus que probable, mademoiselle Burke, répondit lady Stalbridge. Jusqu'à ce qu'il trouve quelqu'un d'assez stupide pour l'épouser, vous le croiserez partout où les jeunes femmes respectables sont rassemblées.

— Contrairement à son habitude de ne fréquenter que les moins respectables, précisa Constantia.

Un éclat de rire général accueillit ce trait d'esprit.

Daphné se leva d'un bond.

— Il est tard. Ma, euh… sœur va me chercher. Viens, Zwolf.

Tout énamouré par l'attention que lui portait Mlle Addison, le chien ignora l'ordre de Daphné. Elle dut l'attraper par le collier pour le tirer hors de la pièce.

— Oh, Zwolf…, gémit-elle une fois sur le trottoir devant la boutique. Maintenant, je suis coincée entre un article sur les libertins et une enclume. Que vais-je faire ?

Le chien leva vers elle des yeux emplis de tristesse.

« Notre Mlle Burke est bien trop intelligente pour se laisser piéger. »

Eh bien, oui, elle était plutôt maline, en règle générale. Mais l'était-elle assez pour se sortir de cette situation ?

7

Ce soir-là, c'est en montant les marches de la maison des Estley, à Grosvenor Square, que la solution à son dilemme apparut à Daphné.

Ce n'était pas, bien sûr, une solution parfaite. Elle risquait même de créer de nouveaux problèmes.

Mais elle répondrait à la fois aux exigences de lord Deveraux et à celles de lady Stalbridge, offrant à Daphné de nombreuses opportunités d'étudier les manières d'un débauché.

Un souffle tremblant s'échappa de ses lèvres.

Si elle ne faisait pas attention, cependant, cela pourrait s'avérer catastrophique…

Depuis l'embrasure de la porte, Cami jeta un coup d'œil par-dessus son épaule. L'hésitation de Daphné fit naître une ride d'inquiétude sur son front.

— Tout va bien ?

Daphné esquissa un sourire et passa son bras sous celui de Bell.

— Bien sûr.

Elles furent accueillies par le marquis d'Estley, un beau gentleman d'une quarantaine d'années avec des yeux bleu pâle, des cheveux blond foncé

– que Daphné refusait de comparer à ceux de lord Deveraux – et une fine cicatrice sur la joue. Il avait hérité de son titre deux ans plus tôt, à la mort de son père.

Il s'inclina.

— Lady Ashborough, mademoiselle Burke, mademoiselle Bellis. Mon épouse espère que vous l'excuserez de ne pas être présente pour vous accueillir.

— Bien sûr, répondit Cami. Elle doit être concentrée sur sa représentation avec sa fille. Nous sommes honorées d'avoir la chance de les entendre jouer.

À l'étage, le salon avait été réaménagé pour accueillir des rangées de chaises étroites, toutes orientées vers un piano Broadwood. Daphné et ses sœurs trouvèrent trois sièges à l'avant. Dans la rangée devant elles était assise lady Stalbridge, accompagnée de son beau-fils, lord Manwaring. Elle se retourna pour parler brièvement à Cami, n'offrant à Daphné guère plus qu'un hochement de tête poli ; après tout, elles n'étaient pas censées bien se connaître.

Mais, alors que personne ne regardait, le jeune lord Manwaring – la personne qui se cachait donc derrière la figure énigmatique de Mme Goode – lui adressa un clin d'œil malicieux. Lady Stalbridge avait dû lui parler de son projet.

Daphné se demanda ce que l'un et l'autre penseraient de son projet à *elle*…

Elle le saurait bien assez tôt. À cet instant, le murmure des voix, dont la tonalité reflétait la présence d'un public majoritairement féminin, s'éleva brusquement. La raison ? L'athlétique silhouette de lord Deveraux dans l'embrasure de la porte.

Ce soir, il portait un manteau bleu foncé pardessus un gilet or et ivoire, une combinaison de teintes qui mettait parfaitement en valeur son teint. Plutôt que de parcourir la salle d'un regard de défi, comme il l'avait fait au bal des Clearwater, il arborait cette fois un air de charme juvénile, ce charme qui avait su désarmer tant de femmes.

Dans la liste des qualités et des caractéristiques dont les jeunes femmes devaient se méfier, ce sourire en coin figurait tout en haut.

Lady Stalbridge tourna la tête, pas assez pour croiser le regard de Daphné, mais suffisamment pour que cette dernière puisse apercevoir le sourire de triomphe qui se dessinait sur ses lèvres.

Daphné se mordilla l'intérieur des joues. Malgré l'assurance de lady Stalbridge sur le fait qu'il viendrait, elle avait espéré un sursis.

Elle ne vit pas où il s'était assis, car à cet instant une pendule sonna huit coups. À ce signal, deux valets en livrée s'avancèrent pour éteindre la plupart des bougies le long des murs de la pièce, ne laissant intouchées que celles des candélabres les plus proches du piano, afin de plonger l'assistance dans une semi-obscurité et d'attirer les regards vers les artistes.

Lady Estley entra la première. C'était une petite femme ordinaire, aux cheveux bruns et ternes, plus jeune que son mari de quelques années. Après avoir incliné la tête pour saluer le public, elle fit un geste pour inviter sa fille à la rejoindre. Lady Clarissa Sutliffe, les joues rosies par l'excitation et la nervosité, se dirigea vers le piano, s'assit et commença à jouer.

Les notes précises et soignées de Bach et de Mozart s'écoulaient du bout de ses doigts avec aisance. Une fois qu'elle eut terminé plusieurs morceaux en solo, sa mère la rejoignit au clavier pour un duo envoûtant qui serra la gorge de Daphné.

Des chuchotements révélèrent bientôt que le morceau avait été composé par lady Estley elle-même, à l'occasion des débuts musicaux de sa fille.

Lady Clarissa avait hérité de la beauté de son père et du talent de sa mère. Daphné n'avait aucune difficulté à imaginer une salle de concert bondée l'écoutant jouer avec admiration. Elle se rappela la mission de *La Gazette des demoiselles* et l'avis unanime de la rédaction sur le fait que les jeunes filles n'avaient pas à être contraintes de gâcher leurs talents en raison de leur sexe.

— Daph, ça va ? demanda Bell, la voix presque couverte par un tonnerre d'applaudissements.

Daphné acquiesça et déglutit difficilement, deux fois, alors que la pression dans sa gorge menaçait de provoquer des larmes.

— Parfaitement bien.

La prestation des deux femmes et le rappel de la mission de la gazette n'avaient fait que confirmer sa détermination sur ce qui devait être accompli.

Après une révérence afin de remercier le public, lady Estley leva la main pour demander le silence. Les valets de pied commencèrent à rallumer les chandelles.

— Merci, dit-elle. Nous allons maintenant faire une pause pour apprécier un petit rafraîchissement. Après quoi, nous espérons que certains de nos invités proposeront de nous divertir.

Alors que presque tout le monde se dirigeait vers les tables au fond de la salle, Daphné s'avança afin de féliciter lady Estley et lady Clarissa. Lorsqu'elles se furent éloignées pour discuter avec quelqu'un d'autre, Daphné s'arrêta pour admirer le magnifique instrument sur lequel elles avaient joué, bien loin de l'épinette tintinnabulante sur laquelle elle avait appris, des années auparavant.

Elle était perdue dans ses pensées, le bout de ses doigts caressant les touches, lorsqu'une main apparut près d'elle, lui tendant un verre de citronnade.

— Vous préparez-vous à nous enchanter, mademoiselle Burke ? demanda lord Deveraux.

— Non.

Elle accepta le verre uniquement pour avoir quelque chose entre les mains.

— Je ne m'attendais pas à vous voir ici, monsieur.

— Pourquoi pas ?

Il pencha la tête de côté et afficha l'un de ses demi-sourires qui pouvaient couper le souffle d'une femme, du moins si elle était sensible aux canailles.

— J'aime la musique, ajouta-t-il.

— Une véritable passion pour la musique est bien souvent une raison suffisante pour éviter ce genre d'événements, répliqua Daphné. Mais il faut admettre que celui-ci fait exception à la règle.

Le sourire de lord Deveraux se transforma en rire.

— Comme vous êtes sévère, mademoiselle Burke ! Et vous n'avez pas pris une seule gorgée de votre verre : je ne peux donc blâmer la citronnade d'avoir rendu votre langue si acide.

Il y avait quelque chose de suggestif dans ces mots – dans presque tous ses mots, d'ailleurs – et elle méprisait la chaleur qui lui montait aux joues lorsqu'il les prononçait.

Deux jeunes femmes s'approchèrent d'un meuble où des partitions de musique avaient été soigneusement disposées à l'intention des potentiels interprètes et gloussèrent en passant devant le vicomte.

Quoi que leurs parents aient pu leur dire, certaines jeunes femmes de la haute société étaient de toute évidence prêtes à fermer les yeux sur les turpitudes de ce diable de Deveraux.

Daphné avait le pouvoir de mettre fin à tout cela.

D'un mouvement du poignet, elle vida d'un trait sa délicate coupe de citronnade, dont la douceur pointue lui piqua la gorge.

— Monsieur, dit-elle en s'étouffant à demi, il nous faut parler.

Miles regardait les jeunes femmes aux cheveux clairs, habillées à la dernière mode, près de la fenêtre. Son regard les avait suivies automatiquement pendant qu'elles s'éloignaient. Daphné aurait aimé pouvoir qualifier ce comportement de lubrique. Mais lorsqu'il se tourna vers elle, elle perçut une sorte de lassitude derrière son sourire figé, bien que toujours charmant : il n'éprouvait aucun véritable intérêt pour ces deux jeunes filles. En revanche, son expression lorsqu'il regarda Daphné sembla... disons, intriguée. Il haussa un sourcil blond doré.

— Oh ? fit-il.

— J'ai beaucoup réfléchi à votre... à ma... à cette situation difficile et...

La surprise se peignit sur son visage. Il porta un doigt à ses lèvres, un appel au silence.

— Je ne suis pas sûr que ce soit le moment ni l'endroit, mademoiselle Burke.

Peut-être, mais si elle attendait, elle allait perdre son sang-froid.

— Très bien.

Elle regarda les personnes présentes autour d'elle. Chacune d'elles semblait absorbée par sa conversation, tout en continuant de se restaurer. Le plan de cette maison était un miroir de celle de Gabriel et Cami, de l'autre côté du square. Ce qui signifiait...

— Juste au-dessus de nous, il doit y avoir une petite pièce.

À Finch House, Cami l'avait réquisitionnée comme bureau. Quelle que soit sa fonction chez les Estley, il était peu probable qu'elle fasse partie des endroits autorisés au public, ce soir.

— J'irai la première et prétendrai chercher le boudoir des dames, si quelqu'un pose la question.

À présent, la curiosité éclairait les yeux de lord Deveraux.

— Et je vous suivrai quelques minutes plus tard, dit-il.

Il voulut la soulager de son verre vide, et le bout de ses doigts frôla les siens – un geste délibéré, elle en était certaine. Avec un hochement de tête qu'elle souhaita empreint de froideur mais qui était bien plus vacillant qu'elle ne l'espérait, Daphné s'éloigna du piano et se dirigea vers la porte.

À l'étage, elle trouva exactement ce qu'elle escomptait : une petite pièce carrée avec des fenêtres qui donnaient sur la rue. Le mobilier sombre et masculin – des sièges en cuir, des bibliothèques vitrées, un bureau en acajou – lui fit supposer que la pièce était dédiée à lord Estley. Les doigts tremblants, elle tira les rideaux, s'occupa d'allumer les bougies et pria pour que le marquis n'ait pas de raison de s'aventurer dans cette pièce ce soir.

Elle hésitait encore à s'asseoir, à rester debout, ou simplement à s'adosser au bureau, lorsque la porte s'ouvrit avec une lenteur presque surnaturelle.

Pour une fois, lord Deveraux avait tenu parole.

La porte se referma derrière lui avec un léger bruit. Il se retourna mais, contrairement à ce à quoi elle s'attendait, il ne s'approcha pas immédiatement. Au lieu de cela, il appuya son épaule contre la porte lambrissée et croisa les bras sur sa poitrine.

Son regard parcourut la pièce et un rire ironique s'échappa de ses lèvres. Les fils dorés de son gilet brillaient.

— Onze bougies en quelques minutes ? Impressionnant, mademoiselle Burke.

— Vous oubliez que je connais le genre de pièges que vous tendez dans les bibliothèques obscures.

Un pli se dessina entre ses sourcils – mélange d'amusement sarcastique et de quelque chose d'autre – avant de disparaître.

— Vous évoquez la bibliothèque des Grey, je suppose. Êtes-vous parfaitement certaine de comprendre ce qui s'est passé cette nuit-là ?

— Je, euh…

Avant qu'elle ait pu formuler une réponse, il s'éloigna de la porte et fit trois enjambées vers elle.

— En tout cas, j'appellerais plutôt ça un bureau. Maintenant, de quoi vouliez-vous discuter ?

À chacun de ses pas, la détermination de Daphné vacillait. Elle glissa les doigts dans les rainures sculptées du bord du bureau derrière elle, espérant y puiser de l'assurance.

— Vous… vous avez entendu parler de la fuite de Mlle Grey ?

Son sourire s'étira, mais il était dénué d'humour.

— Oh, oui.

— J'ai passé la majeure partie de la journée à me creuser la tête pour vous trouver une remplaçante. J'ai une connaissance assez vaste du genre de jeunes femmes qui, à mon avis, conviendrait.

Mais je n'ai pas pu en trouver une qui soit susceptible de consentir à un tel mariage – ou, plus précisément, dont les parents pourraient donner leur accord.

Il ne semblait pas surpris par cette déclaration. Il restait imperturbable.

— Vous abandonnez si rapidement, Miss Busy B. ?

— Non… non. Je crois que j'ai une autre solution, monsieur.

Elle déglutit difficilement, et le bord du bureau s'enfonça dans la paume de sa main. Malgré la tension de ses muscles, un frisson la parcourut.

— Épousez-m… moi.

Elle s'était attendue à ce qu'il éclate de rire. Ou, pire encore, qu'il frémisse de dégoût.

Au lieu de cela, il inclina la tête sur le côté, la scrutant de haut en bas.

Tout à coup, elle regrettait d'avoir allumé autant de bougies. Elle regrettait de porter sa robe favorite, une robe en soie bleu-gris avec une encolure en décolleté carré et des jupes qui tombaient droit jusqu'à ses chevilles, où elles tourbillonnaient pour s'achever dans un ourlet élaboré. Elle regrettait d'avoir accepté que la femme de chambre lui arrange les cheveux avec les épingles à tête de perles de Cami.

Il allait croire qu'elle s'était apprêtée pour lui.

Comme si elle se souciait, ne serait-ce qu'un peu, de son approbation !

Quoique… Au moins, ce n'était pas de la désapprobation qu'elle percevait sur son visage. Plutôt de l'incrédulité. De la confusion.

— Vous épouser, répéta-t-il.

Il avait mis l'accent sur le dernier mot, et non sur le premier. Comme s'il envisageait une tout autre action.

L'étrangler, peut-être.

— Mais avant toute annonce, j'attends une cour convenable, en bonne et due forme, déclara-t-elle en levant la main pour le repousser, bien qu'il n'ait fait aucun mouvement vers elle. Une quinzaine de jours, au moins.

La période pendant laquelle il lui ferait la cour était la clé de son plan. C'était le seul moyen de se rapprocher suffisamment de lui pour découvrir l'étendue de la diablerie de lord Deveraux. Pas uniquement ses paris malavisés et ses « parties d'échecs », mais le genre de comportement capable de véritablement choquer et scandaliser la haute société. Elle écrirait son article et, peu de temps avant que leurs fiançailles soient rendues publiques, elle le lui montrerait et lui proposerait un marché : perdre son pari ou être banni pour toujours de la bonne société.

Maintenant qu'il savait que *La Gazette des demoiselles* avait le pouvoir de rendre sa vie infernale, elle était certaine du choix qu'il ferait.

Ses derniers mots semblèrent ramener lord Deveraux à lui-même. Un sourire lent et malicieux courba ses lèvres.

— Une cour inconvenante serait bien plus amusante.

Elle s'efforça de ne pas rougir. C'était un rappel brutal des dangers de la situation. Passer du temps en sa compagnie égratignerait sa propre réputation.

Lorsque tout cela serait terminé, Cami pourrait bien lever les bras au ciel et la renvoyer à Dublin – si elle avait de la chance. Là-bas, Daphné ferait… eh bien, elle écrirait un traité sur l'éducation des filles, par exemple. Quelque chose qui ne parlerait ni d'accomplir sa vie ni de rechercher un mari.

Malgré les conseils de Miss Busy B., l'Affligée de Grosvenor Square n'avait pas choisi de devenir une vieille fille heureuse. Mais si tout se déroulait comme prévu, Daphné pourrait encore faire ce choix.

Elle tendit la main.

— Avons-nous un accord, monsieur ?

Une lueur de malice brilla dans les yeux de lord Deveraux. Il saisit sa main, mais plutôt que de la serrer il attira Daphné vers lui. Lorsqu'elle trébucha légèrement, ses bras furent là pour la retenir.

— Étant donné la nature de ce marché, ma chère, murmura-t-il, je préfère le sceller d'un baiser.

8

Miles avait toujours aimé les baisers. L'anticipation. Le premier effleurement des lèvres. La douceur fondante qui transformait une chose en quelque chose de totalement différent, comme des cristaux de sucre se dissolvant dans une tasse de thé.

Parfois, il se disait qu'il préférait même les baisers aux choses qui leur succédaient généralement – même si une telle position n'était pas franchement en accord avec son statut de débauché. Et, en réalité, il avait rarement à choisir entre l'un et l'autre.

Il plaça une main sur la taille de Daphné et leva l'autre pour la poser sur son visage, attentif à ne pas déloger ses jolies épingles à cheveux. Quand il passa la pulpe de son pouce sur sa joue, traçant le contour du rouge qui la colorait, les pupilles de la jeune femme s'allumèrent d'une lueur vive et ses lèvres s'entrouvrirent en un cri silencieux. Mais elle ne fit aucun geste pour s'esquiver.

Dieu merci. Il vivait selon le principe que les plaisirs ne sont de réels plaisirs que s'ils sont partagés entre personnes consentantes, mais il n'était pas certain qu'il parviendrait à s'empêcher d'embrasser Daphné Burke.

À la lumière des bougies, ses grands yeux fixes étaient de la même couleur bleu acier que sa robe. Son armure, avait-il pensé quand il l'avait aperçue de l'autre côté du salon. Mais sous ses doigts, le tissu était doux et chaud. *Elle* était douce et chaude. Il ferma les yeux et inclina la tête.

Elle n'avait jamais été embrassée. Bien qu'il n'ait pas l'habitude d'embrasser de jeunes innocentes, cela lui sembla évident au moment où sa bouche trouva celle de Daphné : pincée, tremblante et... si douce.

Un peu acide aussi, bien sûr. Un léger goût de citronnade sur ses lèvres.

Mettant de côté ses doutes, ses questionnements – pourquoi était-elle prête à l'épouser, lui, un homme qu'elle méprisait clairement ? –, il se concentra sur l'idée de faire de ce premier baiser quelque chose d'inoubliable.

Il savait comment disposer sa bouche. Il savait mordiller, cajoler, il savait quand être ferme et quand glisser vers une caresse.

Mais toute son expérience fut rendue inutile lorsque – Dieu lui vienne en aide – elle commença à lui rendre son baiser.

Une main hésitante se glissa entre son manteau et sa veste, et se posa sur son cœur telle une ancre, tandis qu'elle se hissait sur la pointe des pieds et soupirait contre sa bouche. Candide, incertaine, elle avança et recula – un désir primitif bataillait contre sa raison.

Fermant les doigts sur le sommet de sa tête, passant le pouce contre sa joue, il l'incita à détendre sa mâchoire, à savourer chaque sensation, à rendre totalement les armes.

Le son du piano monta depuis le salon en dessous d'eux tandis que leurs souffles, leurs lèvres, leurs langues se mêlaient dans une danse sensuelle, effaçant d'un coup les souvenirs du désastre de la veille, dans la salle de bal. Il avait soupçonné qu'elle avait simulé la gaucherie, même s'il ne savait pas pourquoi.

Miss Busy B. n'avait pas d'importance : c'était cette femme qu'elle essayait de cacher. De lui cacher. Et surtout de se cacher à elle-même.

Il savait des choses qui pouvaient la compromettre.

Et une partie d'elle voulait être compromise.

Au moins à cet instant précis. Pourtant, ce fut sa part raisonnable qui l'emporta. Après un moment, elle se remit sur ses talons et, le repoussant de la paume de sa main, recula.

Il avait fait bien attention à ne pas ébouriffer ses boucles brunes. Pourtant, elle avait l'air d'une femme qu'on vient d'embrasser passionnément, avec ses lèvres roses et légèrement gonflées, ses yeux étourdis aux paupières lourdes.

— Monsieur le vicomte !

Le ton qu'elle avait employé se voulait une remontrance, songea-t-il, mais, à bout de souffle comme elle l'était, cela ressemblait plutôt à un cri d'amour.

— Vu les circonstances, dit-il, je pense que nous pouvons nous dispenser de toute cérémonie. Appelez-moi Miles.

Elle passa le dos de sa main sur sa bouche, comme si ce qui venait de se passer pouvait être effacé.

— En aucune façon.

— Comme vous voudrez, répondit-il tranquillement en faisant un pas en arrière et en tirant sur sa veste. Cependant, il vous faudra bien m'appeler ainsi au moins une fois. Devant le prêtre. Je n'ai pas une très grande expérience des mariages, mais je suis tout à fait certain que cela fait partie des règles. Ensuite, évidemment, vous devez vous préparer à ce que votre attitude imprime un certain ton à notre relation. Particulièrement dans le lit conjugal.

Son corps entier sursauta. Un frisson de dégoût ? Un frisson de désir ?

Elle avait sans doute pensé qu'elle se contrôlait trop pour laisser échapper une telle démonstration de passion.

Mais à présent, il connaissait la vérité.

Elle vérifia l'état de ses cheveux, lissa quelques plis de sa robe, à l'endroit où la main de Deveraux avait attrapé sa taille.

— Nous avons donc un accord ? demanda-t-elle.

S'il avait été un véritable gentleman, il aurait renoncé à sa menace de révéler son implication dans *La Gazette des demoiselles*. Il l'aurait libérée de sa promesse et aurait cherché quelqu'un d'autre.

— Oui, répondit-il avec un brusque hochement de tête. Nous avons un accord.

— Mais d'abord, vous me ferez la cour, dit-elle sans croiser son regard.

Il tenta de se rappeler ce que lui avait dit Alistair sur le fait de courtiser une dame, en vain.

— Évidemment, répondit-il.

Elle se dirigea vers la porte.

— Je dois y aller. Avant qu'on s'aperçoive de mon absence.

Sans attendre sa réponse, elle se glissa hors de la pièce.

S'il lui restait quelques doutes, il les repoussa sans problème. Elle était parfaitement éligible au titre de vicomtesse : un noble lignage du côté de sa mère, des frères tout à fait respectables, des sœurs mariées, l'une à un marquis, l'autre à un duc. Assez jolie à sa façon. Elle remplissait tous les critères du pari, et il… eh bien, il n'avait jamais douté qu'il finirait par le gagner.

« As-tu réfléchi à ce qui se passera après ? »

La question posée par Alistair vint toquer à la conscience de Miles, un petit coup d'aiguillon qui le mit en mouvement. Il commença à éteindre les bougies que Daphné avait allumées.

Elle ne pouvait en aucun cas prétendre qu'elle ignorait sa réputation. Et si ce premier baiser fougueux avait été l'indice de quelque chose, le fait qu'elle le tienne ensuite à distance n'était pas *totalement* une mauvaise chose.

Cependant, il s'en voulait d'avoir accepté d'attendre deux semaines. Il n'était pas un expert de la cour et de ses rituels ; ses compétences se trouvaient ailleurs, dans un domaine plus intime.

Il allait devoir trouver une façon d'utiliser ce temps à son avantage.

En parlant de temps, que faisait-il dans cette pièce sombre alors qu'il était censé montrer ses intentions vis-à-vis de Daphné ? Les notes stridentes de flûte qui s'élevaient de l'étage en dessous lui donnèrent une idée.

Il fut de retour dans le salon juste à temps pour se joindre aux applaudissements clairsemés accordés à l'infortunée flûtiste. Puis il dit quelques mots à lady Estley qui, après avoir réprimé un geste de surprise et parlé à un valet de pied, lui présenta une partition brochée sous une couverture de cuir vert.

— Je suis votre obligé, madame, dit-il en s'inclinant.

Il cala la partition sous son bras et se dirigea vers l'endroit où se trouvait Daphné, assise en compagnie de ses sœurs.

— Saurais-je vous convaincre de m'accompagner, mademoiselle Burke ?

Elle ouvrit la bouche avec la ferme intention de refuser, bien que ses lèvres soient encore gonflées du baiser échangé, mais un murmure d'encouragement s'éleva à côté d'elle, accentué par le coup de coude donné par sa jeune sœur.

Daphné se leva.

— Ce serait un honneur, monsieur le vicomte…

Il lui offrit le bras et l'escorta jusqu'au piano.

— Qu'est-ce que vous croyez faire ? demanda-t-elle sévèrement, les dents serrées, un faux sourire aux lèvres.

— Je vous fais la cour.

— Ici ? Ce soir ?

Il avait conscience des conversations à voix basse déclenchées autour d'eux, qui se muaient en un bourdonnement maintenant que ceux qui n'avaient pas entendu parler de leur danse au bal des Clearwater apprenaient la nouvelle et que tout le monde commençait à s'interroger.

— Deux semaines, c'est très court, lui rappela-t-il. Et d'après ce que j'ai compris, une cour décente implique des actions publiques. À moins que vous ne préfériez une cour indécen…

— Certainement pas.

Elle s'assit derrière l'instrument, le dos raide.

— Ne craignez pas que je vous mette dans l'embarras, précisa-t-il. Je me suis laissé dire que j'avais une voix ravissante.

Elle leva les yeux au ciel, sans que personne dans le salon puisse le voir.

— J'imagine qu'à un moment ou à un autre on a dû vous dire que chaque partie de vous était ravissante.

Elle avait espéré lancer une remarque acerbe, mais il lui retourna un sourire coquin.

— Plus que ravissante, ma chère. (Il se pencha au-dessus d'elle pour placer la partition sur le pupitre.) À présent, quel passage vous conviendrait le mieux ?

Les mots *Mélodies d'Hibernie* étincelèrent devant leurs yeux, en lettres d'or.

Les vers de son frère mis en musique.

Plutôt que de répondre avec enthousiasme, comme il l'avait espéré, elle baissa les épaules et enfonça ses doigts qui se trouvaient posés sur les touches du piano. Le magnifique instrument émit un *plink* dissonant.

Il se souvint de leur danse chez les Clearwater et ses orteils se crispèrent dans ses chaussures.

— Celle-là, alors ? demanda-t-il, utilisant le prétexte de tourner les pages pour lui parler à l'oreille.

— Certainement.

Sa voix semblait normale ; peut-être avait-il mal compris sa réaction.

— Si vous préférez quelque chose d'au...

Elle passa les pages jusqu'aux deux tiers du livre, lui pinçant pratiquement les doigts au passage.

— Je pense que celle-ci sera parfaite pour vous, annonça-t-elle.

Sans autre préambule, elle joua les premières mesures de *La Complainte de Fae*, une chanson aux accents de vieille ballade traditionnelle, un style redevenu populaire avec la mode des choses simples et rustiques. Rapidement, il regarda les paroles de ce morceau qu'il ne connaissait pas.

Les mots du frère de Daphné racontaient l'histoire d'un Anglais qui avait décidé d'aller visiter l'Irlande et qui, charmé par une colline verdoyante, se l'était appropriée. Mais ce vert n'était pas un vert classique : c'était le reflet des ailes iridescentes de la fée vivant en ces lieux. Comme la colline n'était plus sa maison, elle s'en alla et le vert commença à disparaître. Déçu, l'Anglais repartit, bien qu'il possède toujours la terre qui, à présent, était brune et flétrie.

Même Miles, qui n'avait jamais compris grand-chose à la poésie, saisit la métaphore de M. Galen Burke, qui parlait des mauvais traitements infligés à l'Irlande par l'Angleterre.

Quant à savoir ce que Daphné voulait lui dire ainsi, eh bien… cela restait plus opaque.

Elle n'avait peut-être pas d'autre choix que de l'épouser, mais elle pensait encore que Miles était un voyou sans principes.

Au moins, elle ne changea pas de clé au milieu de la chanson, ni ne joua de fausses notes, ni n'essaya de jouer trop fort en signe de protestation. En fait, il doutait même que qui que ce soit dans l'assistance – à l'exception peut-être de ses sœurs – comprenne qu'elle était contrariée.

Les yeux pétillants, elle lançait des regards vers lui de temps en temps, la meilleure façon d'accorder le piano à sa voix. Et très vite, sa raideur disparut. Elle se donna à la musique si intensément qu'il fut emporté autant par la fluidité de ses mains que par les notes elles-mêmes.

D'une certaine façon, leur performance – comme leur baiser – révélait une connexion inattendue entre eux ; la façon dont ils réagissaient l'un à l'autre trahissait leur lien.

Mais l'étrange expression de Daphné quand ils eurent fini – quelque chose entre la mortification et le dégoût – indiquait clairement qu'elle ne voyait pas les choses ainsi.

Ou alors, si c'était le cas, elle ne retirait aucun plaisir de cette découverte.

Elle fit une révérence, acceptant les applaudissements avec réticence, comme s'il s'agissait d'une série de petites piques. Et elle grimaça lorsqu'une dame âgée, assise au premier rang, lança à son voisin d'une voix qui portait :

— Quel couple bien assorti !

Daphné réagit en demandant à Miles à voix basse :

— S'il vous plaît, j'aimerais retourner à ma place, à présent.

— J'ai le sentiment de vous avoir déplu, dit-il en lui offrant le bras, avant de le laisser retomber quand elle ignora son geste.

— Au contraire. Vous vous êtes comporté exactement comme j'imaginais que vous le feriez.

— Vous avez joué merveilleusement, tâcha-t-il de la rassurer quelques instants plus tard.

— Je suppose que vous pouvez donc rayer l'un des éléments de votre liste, à présent, répondit-elle, faisant référence aux qualités nécessaires de l'épouse spécifiées dans les termes du pari. Comme vous devez être satisfait que tous ces gens aient aimé votre façon de chanter. Je n'imaginais pas que la réputation d'un débauché pouvait être réhabilitée par la seule grâce d'une chanson sentimentale.

Il força un rire amer.

— Ce que n'est certainement pas cette chanson. Et vous le saviez parfaitement en la choisissant. Mais, quoi qu'il en soit, ce n'était pas mon objectif ce soir.

— Non, je dirais que vous aviez surtout envie de vous moquer de moi et de ma famille en jouant une *ben belle* mélodie irlandaise, dit-elle, changeant sa voix habituelle pour un épais accent irlandais. Avec une *ben belle* jeune fille irlandaise.

— Je ne ferais jamais...

Mais Daphné le coupa.

— Comme c'est étonnant venant d'un homme ayant votre... expérience.

En fait, il avait choisi cette musique par gentillesse, aussi maladroit que cela puisse paraître. Parce qu'il était certain qu'elle la connaissait. Parce qu'il avait pensé que cela lui rappellerait le réconfort de jouer à la maison plutôt que devant une centaine de spectateurs curieux.

Qui, pour la plupart, étaient en train de suivre leur échange avec intérêt.

Du mépris se lisait dans les yeux de Daphné. Avant la nuit précédente, il n'aurait jamais imaginé possible qu'on puisse avoir des iris de cette couleur acier, capables de faire de l'expression « transpercer du regard » quelque chose de tout à fait concret.

Quant à lui, il avait tout fait pour s'empêcher de la prendre dans ses bras et de lui rappeler leur petit duo dans le bureau d'Estley moins d'une demi-heure plus tôt. Il ne savait pas s'il avait vraiment compris ce qu'elle voulait au juste avec cette « cour » qu'elle avait ordonné qu'il lui fasse.

Mais lorsqu'il regarda plus profondément dans les yeux, il devina qu'elle n'avait pas oublié leur baiser.

Sa sœur, lady Ashborough, se leva.

— Veuillez nous excuser, lord Deveraux, mais il est tard et je crois qu'il est temps pour nous de rentrer.

La marquise fit sortir promptement ses jeunes sœurs du salon, ne s'arrêtant que pour s'excuser auprès de leurs hôtes. Miles s'affala sur l'un des fauteuils qu'elles venaient d'abandonner et les regarda partir.

Dans le rang devant lui, lord Manwaring, l'un des seuls gentlemen de son âge présents, baissa la tête pour murmurer quelque chose à sa belle-mère, lady Stalbridge. Puis ils partirent tous deux d'un rire étouffé – aux dépens de Miles, il n'en doutait pas.

Quand il pensait à ce qui aurait pu arriver si la sœur de Daphné ne s'était pas interposée entre eux...

Grands Dieux, avait-il été ensorcelé ?

La proposition de Daphné lui permettait de gagner son pari.

Mais s'il n'y prenait garde, il allait perdre tout ce qui lui restait d'esprit.

fauteuils qu'elles venaient d'abandonner et les regarda partir.

Dans le rond devant lui, lord Mainwaring, l'un des seuls gentlemen de son âge présents, baissa la tête pour murmurer quelque chose à sa belle-mère, lady Stalbridge. Puis ils partirent tous deux d'un rire étouffé aux dépens de Miles, il n'en doutait pas.

Quand il pensait à ce qui aurait pu arriver si la sœur de Daphne ne s'était pas interposée entre eux...

Grand Dieu, avait-il été ensorcelé ?

La proposition de Daphne lui permettait de gagner son pari.

Mais s'il ne prenait garde, il allait perdre tout ce qui lui restait d'espoir.

9

— Alooooors, dit Miles en allongeant le début d'une question dont il connaissait déjà la réponse, qu'est-ce que tu as de prévu aujourd'hui ?

Alistair et lui étaient assis dans la bibliothèque de son ami, ainsi nommée à cause de l'unique étagère de livres qui se trouvait derrière la porte. Un rayon de soleil matinal révélait des rayonnages à moitié vides, nécessitant un sacré dépoussiérage. Ce n'était pas qu'Alistair ne s'intéressait pas aux livres. En fait, il en avait une impressionnante quantité dans sa maison du Devonshire. Ce n'était pas non plus qu'il était indifférent à la propreté – le reste de la maison était impeccable, en accord avec sa nature quelque peu rigide.

Mais il avait sept sœurs : deux plus âgées, cinq plus jeunes. Et même celles qui étaient mariées utilisaient la maison de temps en temps. C'est pourquoi Alistair avait décrété que cette pièce – qui n'avait de pièce que le nom, les deux fauteuils confortables et le bureau la remplissant totalement – était interdite à toute incursion féminine. Y compris aux bonnes. Et comme il n'avait pas engagé de majordome pour sa maison de ville et que ses sœurs sollicitaient en permanence le valet de pied, lui demandant d'aller chercher ceci, de porter cela, de les accompagner partout, le sanctuaire d'Alistair était devenu un peu poussiéreux. Il considérait cependant que c'était un faible prix à payer pour sa tranquillité.

Parfois, Miles se demandait si son ami avait envisagé de lui en interdire l'accès, à lui aussi.

Pour l'heure, il dégustait une tasse de café qu'il avait prise dans la salle du petit déjeuner. Alistair était absorbé dans la lecture du journal. C'est donc de derrière un mur de caractères noirs que s'éleva un grognement en réponse à la question de Miles. Puis, quelques instants plus tard, le crissement de papier d'une page qu'on tourne. Et enfin, un soupir.

— Je dois emmener Freddie, Georgie et Harrie à la garden-party de la duchesse, dit Alistair avant de tourner une nouvelle page.

La garden-party était un événement très attendu, donné par la duchesse de Raynham, botaniste renommée, et la douairière, sa belle-mère.

— Je vais avoir le nez pris pendant une semaine après ça.

Les fleurs et leur pollen n'aimaient pas Alistair.

Georgiana, Frederica et Harriet Haythorne étaient ses plus jeunes sœurs. Harriet, en fait, était à l'âge où elle était encore censée rester en classe, mais elle avait réussi à soutirer à Alistair plus que quelques maigres sorties, tout simplement parce que celui-ci était trop épuisé pour lui résister.

— Oh, très bien… Je pourrais peut-être les accompagner à ta place, suggéra Miles.

La moitié haute du journal s'abaissa, révélant l'expression pour le moins sceptique d'Alistair, un sourcil levé quasiment en triangle.

— C'est une proposition stupéfiante de générosité. Que se passe-t-il ?

— Un homme n'est-il pas en droit de proposer de l'aide à un ami ?

Alistair referma le journal et le posa, plié, sur ses genoux. Il attendit.

— D'accord, d'accord, dit Miles en se tortillant, gêné. Je suppose que tu as entendu parler du départ de Mlle Grey ?

— Devenue depuis Mme Evans, le corrigea Alistair, sans faire aucun effort pour masquer le sourire qui pointait au coin de sa bouche.

— Tout à fait. J'ai pensé que tu avais en fait peut-être raison l'autre soir. Peut-être devrais-je essayer avec Mlle Burke, en fin de compte.

— Quoi ? fit Alistair en s'avançant sur son siège, posant vivement sa main sur le journal pour lui éviter de glisser au sol. Est-ce que tu as vraiment écouté ce que je t'ai dit ? Ses frères…

— … me tueraient plutôt que d'avoir à m'accueillir dans leur famille, oui, je sais.

Et s'ils n'y parvenaient pas, Daphné, elle, pourrait y arriver.

— Mais je pense que tu sous-estimes mon charme, continua Miles. Hier soir, Mlle Burke m'a accompagnée dans un charmant duo musical chez les Estley.

— De son plein gré ? demanda Alistair avec un air d'évidente incrédulité. Non, je n'y crois pas.

— Oh que si. J'ai fait un peu de cette chose… Comment tu l'appelais, déjà ? La *cour* ?

Il fit semblant d'avoir du mal à prononcer le mot.

— Elle a peut-être chanté avec toi, mais elle est bien trop raisonnable pour en faire plus.

— Est-ce que tu parierais là-dessus, mon vieil ami ?

Avec une grande sagesse, Alistair ignora cette invitation à parier. Mais il plissa les yeux.

— Qu'est-ce qui te fait croire que tu y arriveras ?

Miles ouvrit la bouche pour raconter ce qui s'était passé. Il n'avait jamais caché un secret à son ami, même quand Alistair lui-même aurait préféré qu'il le fasse.

Mais, sans qu'il sache bien pourquoi, révéler le secret de Daphné ne lui paraissait pas correct.

— Je le sais, c'est tout, dit-il à la place. Toi, sa famille et tous les gens du White's vont devoir s'habituer à l'idée que je vais gagner mon pari... en épousant Daphné Burke.

Alistair avait à présent l'air pensif, et à peine un peu moins sceptique. Il déplia le journal d'un coup et le tint entre eux à nouveau.

— C'est très fâcheux, alors, que ton invitation à la garden-party de sa sœur se soit perdue, semble-t-il.

Miles prit sa tasse de café et en avala une gorgée.

— Oh, c'est vrai. La duchesse de Raynham est la sœur de Mlle Burke, n'est-ce pas ?

— Grands Dieux, Miles !

Le mur d'articles de journal s'effondra encore une fois, laissant place au visage sévère d'Alistair.

— J'ai seulement pensé que, puisque Sa Grâce est toujours soucieuse d'adresser une invitation *familiale* au comte de Ryland, et comme tu m'as, à l'occasion, incité à penser que tu me vois comme le frère que tu n'as jamais eu...

Alistair – le comte de Ryland – le gratifia de l'un de ses fameux regards, ceux qu'il lui lançait depuis presque dix-sept ans.

— Tu seras sans doute intéressé de savoir que Charlie m'a rendu visite ce matin très tôt.

Charlie était en fait Charlotte, la deuxième sœur plus âgée d'Alistair, appelée plus communément

Mme Jefferson Powell. Miles n'attendit pas longtemps pour avoir l'explication de cette apparente digression.

— Elle était à la soirée musicale des Estley hier soir, ajouta son ami. Tu ne l'as pas vue ?

— Je, euh... n'ai pas eu ce plaisir, non.

— C'est parce que tu étais trop occupé à tenter d'arracher un sourire à Mlle Burke - qui, d'après ce que tout le monde dit, n'a pas daigné t'en offrir un. Je crois que les mots exacts de Charlie ont été : « Elle avait l'air d'avoir envie de lui briser le cou. »

— C'est absurde ! s'insurgea Miles en chassant d'un geste de la main l'affirmation de la sœur d'Alistair, préférant se rappeler le regard de Daphné après qu'ils s'étaient embrassés.

Alistair grimaça, replia une nouvelle fois son journal avant de le poser sur la table et se leva.

— Tu es constitutivement incapable de penser que quelqu'un ne t'apprécie pas.

La pièce n'étant pas assez grande pour lui permettre de marcher de long en large, il se tenait debout, mains derrière le dos, à examiner une huile représentant un paysage qui n'était résolument pas situé en Angleterre. Miles savait que, depuis au moins dix ans, il observait toujours cette peinture chaque fois qu'il remâchait quelque chose de désagréable.

— Je le sais depuis longtemps, évidemment, poursuivit-il sans se tourner vers Miles. Mais dès l'instant où Sinclair a lancé ce pari, tu as semblé... *obsédé* - c'est le mot juste, je crois - par l'idée qu'il pourrait y avoir quelque part une jeune femme immunisée contre tes charmes, Deveraux.

Alistair n'employait son nom que lorsque les choses étaient vraiment sérieuses. Miles se redressa légèrement sur son fauteuil.

— J'ai toujours aimé les défis, concéda-t-il. Quel mal y a-t-il à essayer de démontrer que je suis un garçon aimable ?

En entendant cela, Alistair serra plus fort sa main gauche autour de son poignet.

— J'imagine qu'il n'y a rien que je puisse dire qui te convaincrait d'aller poser ton regard ailleurs ?

Miles se demanda confusément si c'était Mlle Burke ou lui qu'Alistair essayait de protéger. Mais c'était sans doute la jeune femme : le comte de Ryland était un véritable gentleman.

Il essaya de jauger la remarque d'Alistair avec le sérieux qu'elle méritait, sans se laisser distraire par la proposition de Daphné, ses lèvres douces ou l'expression de son visage qu'il imaginait lorsque, ce matin, son présent lui était parvenu – il lui avait envoyé une chose dont il était certain qu'elle lui ferait plaisir, preuve qu'il la connaissait mieux qu'elle ne le pensait.

— Alors ? se risqua-t-il après un silence. C'est non pour la garden-party ?

Quelle que soit la réponse d'Alistair, Miles ne comptait pas manquer l'opportunité de revoir Daphné dans la journée. C'était elle qui lui avait demandé qu'il lui fasse la cour, après tout.

Les épaules d'Alistair se soulevèrent lentement et retombèrent d'un coup, dans un bruyant soupir. Mais lorsqu'il se retourna vers Miles, il arborait un sourire. Un sourire las, mais un sourire.

— Les filles et moi te retrouverons à Curzon Street à 14 heures. Ne sois pas en retard.

Daphné était parvenue à éviter les questions de ses sœurs après la soirée musicale en prétextant un mal de tête.

Mais rien ne pouvait empêcher les souvenirs de la soirée de hanter son esprit.

Ces instants passés dans le bureau de lord Estley étaient exactement le genre de dangers contre lesquels l'avait mise en garde lady Stalbridge. Lorsqu'elle avait fait sa scandaleuse demande en mariage, elle avait eu un moment de panique, se demandant si lord Deveraux allait refuser pour une question de principes.

Mais, bien entendu, elle n'aurait pas dû s'inquiéter. Comme il le lui avait dit au bal des Clearwater, il n'avait rien d'un gentleman. Et son insistance à vouloir l'embrasser était précisément le type de comportement qu'elle avait l'intention de dénoncer dans son essai sur les débauchés.

Ce n'était pas la peine de lui rendre son baiser...

Quant à ce duo dans le grand salon, comment avait-il osé lui demander d'exposer ses racines irlandaises devant une audience d'aristocrates anglais – de s'exposer tout court devant n'importe quelle audience ? Jamais de sa vie elle n'avait été au centre de l'attention, sous tous les regards.

Évidemment, il avait également été au centre de l'attention. Il chantait merveilleusement bien, d'une voix de ténor, forte, éclatante, qui lui avait donné la chair de poule et avait fait se hérisser tous les poils de ses bras. Elle avait regardé une ou deux fois en direction de leurs auditeurs pour voir s'ils étaient surpris par cette découverte, et ils avaient semblé comme hypnotisés.

Si ses charmes avaient une telle puissance, quelle chance avait-elle de lui résister ?

Après avoir passé une nuit sans sommeil, elle s'était levée, ne se sentant guère mieux que lorsqu'elle s'était retirée dans sa chambre. Néanmoins, quand elle arriva au salon du petit déjeuner, il semblait évident que la curiosité de ses sœurs supplantait largement leur inquiétude pour sa santé.

Avant même que le valet de pied ait le temps de servir Daphné, Cami fit un signe de tête pour le congédier.

— Où est Gabriel ? demanda Daphné.

Elle avait espéré que le sens de l'humour, l'ironie et les manières détendues de son beau-frère rendraient le petit déjeuner supportable.

— Raynham est venu tôt et l'a emmené à son club pour prendre le petit déjeuner, expliqua Cami. Il a dit que sa demeure est rendue inhabitable par les préparatifs de la garden-party de cet après-midi.

Daphné regarda par la fenêtre et fut soulagée de voir le ciel bleu. Elle avait oublié que l'événement annuel organisé par Erica et Guin avait lieu aujourd'hui.

— Penses-tu que lord Deveraux y assistera ? demanda gentiment Bell.

Soudain, Daphné dut empêcher ses épaules de s'affaisser.

Bien sûr que ce diable de Deveraux trouverait une façon de se procurer une invitation…

Cami lui lança un regard par-dessus ses lunettes.

— A-t-il indiqué d'une quelconque manière quelles étaient ses intentions ?

Bien que Cami soit de plus de vingt ans leur aînée, il aurait été exagéré de qualifier de maternel son comportement envers ses jeunes sœurs. Elle-même avait quatre enfants. Mais puisque Daphné et Bell passaient généralement plus de la moitié de l'année avec elle, se mouvant dans une société très différente de celle qu'elles avaient connue durant leur enfance irlandaise, elle se sentait tout de même responsable d'elles. Et elle espérait avoir une bonne influence sur leur vie.

Daphné aurait souhaité avoir un peu plus de temps pour habituer sa sœur aînée – et elle-même au passage – à l'idée que lord Deveraux lui fasse la cour.

— Je n'ai pas la moindre idée de ce que tu veux dire, assura-t-elle, occupée à choisir un toast au centre de la table.

— Voyons voir. Le duo d'hier soir. La danse chez les Clearwater, lista Bell en levant un doigt pour chaque élément. Et, bien entendu, on ne doit pas oublier cette conversation intime à la lueur de la lune.

À cette dernière évocation, la tasse de Cami, qui prenait le chemin de ses lèvres, fut reposée dans sa soucoupe avec fracas.

— Pardon ?

— Nous avons échangé quelques mots sur le balcon, quand je suis sortie prendre l'air, expliqua Daphné. Rien de plus.

Cami inspira un grand coup.

— Bell m'a également parlé d'une chronique dans je ne sais quelle gazette…

Bellis avait-elle révélé son secret à Cami ?

Le sang se mit à pulser si fort dans ses veines qu'il brouilla toutes ses pensées. Daphné commença à protester en bafouillant.

— Une chronique de conseils *anonyme*, intervint Bell, la faisant taire d'un regard appuyé. Personne ne sait qui l'écrit.

— C'est généralement ce qu'on entend par anonyme, en effet, dit Cami, un froncement rétrécissant l'espace entre ses sourcils noirs. Mais mon inquiétude concerne ta sœur, pas une quelconque colporteuse de ragots. Quoi qu'il en soit, il semblerait que cette journaliste ait dévoilé la participation de Deveraux à un pari peu élégant concernant son prochain mariage, ce qui a poussé la fiancée à annuler ladite union.

— Ne vois-tu pas ce qu'il est en train de faire ? demanda Bell à Daphné en secouant la tête, comme si elle s'agaçait de sa lenteur d'esprit. Il a perdu Mlle Grey, mais il espère encore gagner ce pari... grâce à toi.

Cami lança un regard à leur plus jeune sœur, comme si elles avaient déjà eu cette conversation avant l'arrivée de Daphné.

— Si c'est vrai, si le vicomte est désespérément à la recherche d'une épouse..., dit-elle.

Désespérément.

— Êtes-vous en train d'insinuer qu'un bel homme, charmant, avec un titre, ne peut avoir d'autre raison que de remporter un pari pour me poursuivre de ses assiduités ? demanda Daphné.

Ses deux sœurs nièrent immédiatement une telle idée. Trop vite.

— Nous ne voulons simplement pas que tu sois blessée, plaida Bell. Tu n'as pas l'habitude de te faire courtiser.

En d'autres mots, elles avaient peur que Daphné – la pauvre, timide, invisible et chancelante Daphné – ne soit, elle aussi, désespérée. Suffisamment pour laisser lord Deveraux profiter d'elle.

Oh, comme il lui était intolérable d'être traitée de cette façon ! C'était de la pitié déguisée en inquiétude.

Il ne serait jamais venu à l'esprit de ses sœurs qu'elle pourrait être assez intelligente pour renverser la situation et battre le débauché à son propre jeu.

La vérité lui brûlait la poitrine, comme la chaleur sous une bouilloire sur le point de se mettre à siffler. Cependant, avant que des paroles cohérentes aient le temps de trouver le chemin de ses lèvres, un valet de pied apparut, portant un surprenant bouquet de fleurs avec des feuilles pointues et pâles. Non, pas des feuilles. Des plumes. Des plumes d'oie. D'écrivain...

Il déposa le bouquet sur la table, entre Daphné et sa sœur aînée.

— Voilà qui est étrange, dit Cami, jetant à peine un œil aux plumes. Je n'attendais rien aujourd'hui.

Gabriel, qui éclatait de fierté devant les romans qu'écrivait son épouse, avait commandé qu'on lui livre chaque mois du matériel d'écriture. Offrir des plumes à Cami exprimait aussi bien l'idée de superflu que l'expression « porter de l'eau à la rivière ».

— Eh bien, déposez cela dans mon bureau, indiqua-t-elle au valet de pied avec un geste vague de la main.

Le domestique toussa discrètement.

— Veuillez m'excuser, madame, mais ce bouquet est adressé à Mlle Burke.

Une note était attachée au bouquet de plumes par un mince ruban vert. Daphné déplia le papier en retenant son souffle. On y lisait *Mlle Daphné Burke*, griffonné d'une écriture à peine lisible. Celle du commis de la librairie, pensa-t-elle. Jusqu'à ce qu'elle repère le petit dessin d'une abeille dans un coin.

Sa main tressaillit, manquant de renverser sa tasse.

— Ça vient de lui ? demanda Bell.

Daphné parvint à acquiescer, après avoir nettoyé avec sa serviette les quelques gouttes de thé qu'elle avait renversées.

Pourquoi ce diable de Deveraux lui envoyait-il des plumes ? Pourquoi lui envoyait-il quoi que ce soit, d'ailleurs ?

Parce que tu lui as demandé de te faire la cour, imbécile.

Lorsque le domestique les eut quittées, Cami repoussa son assiette et rapprocha sa tasse de thé en tirant sur la délicate soucoupe. Elle observait les plumes, tête penchée.

— C'est un choix de présent intéressant...

— Pratique, s'empressa de dire Daphné. Il sait que la plupart des jeunes femmes tiennent un journal intime ou écrivent des lettres.

— Mais, avec la famille que tu as, peut-être t'encourage-t-il à écrire quelque chose d'autre ? De la poésie, ou un roman..., suggéra Cami.

Bell sembla s'étouffer, avant de se reprendre en buvant une gorgée de thé.

— Comme c'est attentionné, convint-elle, une lueur malicieuse dans le regard. Exactement comme hier soir...

Le visage de Daphné s'empourpra immédiatement. Même si, évidemment, Bell faisait référence à la scène qui s'était déroulée dans le salon de musique. Elle ne pouvait en aucun cas savoir ce qui s'était passé dans le bureau de lord Estley.

— Tu trouves ça attentionné ? Qu'on me demande de jouer une chanson de mon frère ? La prochaine fois, je pourrais peut-être lire à voix haute un extrait d'un livre de Cami...

— Il semblait clair qu'il espérait que tu approuves son choix de musique, indiqua Cami. Eh bien, n'était-ce pas le cas ? Je n'aurais jamais pensé que tu n'appréciais pas l'écriture de Galen, dit-elle en passant un doigt sur le bord de sa tasse. Ou la mienne.

— Ce n'est évidemment pas le cas, s'empressa d'assurer Daphné. C'est seulement que je…

— Et pour deux personnes qui se connaissent si peu, intervint Bell avant que Daphné puisse terminer sa phrase, vous avez fait une très belle prestation.

Un soupir rêveur lui échappa.

— Imagine qu'on te chante une sérénade un soir, avec cette voix et personne autour…, ajouta-t-elle.

Rien ne se passait comme prévu. Daphné n'avait jamais songé que sa famille serait encline à la pousser dans les bras de lord Deveraux – et tout cela à cause de son ironique cadeau.

Leurs encouragements à le laisser la courtiser faciliteraient son plan de départ et son enquête sur les libertins, mais que diraient-elles ensuite quand elle refuserait de l'épouser ?

— Mais je suppose que vous désapprouvez lord Deveraux en tant que prétendant ? se risqua-t-elle. Vous ne voudriez pas me voir mariée à un tel homme.

— S'il se comporte comme on le dit souvent, je le désapprouve certainement, répondit Cami. Mais il y a parfois des explications tout à fait innocentes à ce qui apparaît aux yeux du monde comme une conduite scandaleuse ou impardonnable.

Daphné comprit qu'elle faisait référence aux rumeurs qui avaient couru sur son époux avant leur mariage.

— Si la question est de savoir si je le désapprouve en tant qu'homme…, enchaîna Cami avant de prendre une gorgée de thé, signe d'une inhabituelle hésitation. Eh bien, je préférerais mieux le connaître avant d'avoir un avis, quel qu'il soit.

Elle eut un regard lointain, et un souvenir quelconque lui fit retrousser légèrement les lèvres.

— Tu sais ce qu'on dit des époux anciens débauchés, conclut-elle.

Daphné hocha la tête.

— Oui, je sais.

Elle posa une main sur le bouquet de plumes et, bien qu'un coin de la carte lui pique la paume de la main, elle serra plus fort. Cette conversation n'avait fait que lui confirmer qu'elle devait écrire un essai pour rappeler aux jeunes femmes le danger que représentaient les libertins.

Et il y avait quelque chose de particulièrement satisfaisant dans l'idée que, au bout du compte, lord Deveraux serait l'arroseur arrosé.

10

De la rue, Laurens House était relativement modeste : une double façade en brique rouge, des rangées de fenêtres également espacées, un heurtoir en laiton gravé. Cela aurait pu être la demeure de n'importe quel gentleman aisé ; rien n'indiquait qu'il s'agissait de la résidence du duc de Raynham.

Ce qui distinguait Laurens House, c'étaient ses jardins, une rareté dans le quartier de Mayfair.

Attendant d'être accueillis, Alistair et ses sœurs en parlaient dans la file qui serpentait à travers un salon élégamment meublé, duquel on pouvait apercevoir les jardins à travers les fenêtres. Il y avait notamment, prétendaient les jeunes filles, des roses spectaculaires et une série de plantes exotiques rapportées de voyages lointains.

Pour sa part, Miles s'intéressait davantage au duc et à la duchesse.

Il les avait déjà vus, bien sûr, mais pas depuis qu'il avait rencontré Daphné. Les paroles d'Alistair et les circonstances actuelles éclairaient la famille d'une lumière nouvelle. Tandis qu'ils présentaient leurs hommages à la duchesse douairière, la belle-mère de l'actuel duc, Miles resta songeur, trop distrait pour contribuer aux excuses d'Alistair d'avoir amené avec lui une personne qui n'avait pas été invitée. Freddie dut lui donner un coup de coude pour qu'il s'aperçoive qu'il lui fallait s'incliner et demander pardon à la dame.

— Ce n'est rien, dit-elle d'un air entendu avec un sourire, les yeux pétillants. Vous êtes le bienvenu, lord Deveraux.

Le duc, lui, ne souriait pas. Il affichait un visage de granit.

— Deveraux, dit-il.

Miles, tâchant d'oublier tout ce qu'il savait des beaux-frères de Daphné et de leur propension à faire couler le sang, inclina la tête.

Discrètement, il scruta les traits de la jeune duchesse en la saluant, cherchant quelque chose de familier. Mais Daphné, qui ne ressemblait déjà absolument pas à la marquise d'Ashborough, ressemblait encore moins à son autre sœur, la duchesse de Raynham. Les yeux de celle-ci étaient d'un chaud brun noisette, presque doré dans la lumière de l'après-midi, et ses cheveux étaient d'un roux flamboyant.

Miles présenta ses excuses lui-même cette fois-ci, mais la duchesse dissipa son inquiétude en disant :

— Nous ne sommes pas à une personne près.

Cette souplesse par rapport aux règles de la bonne société était le premier trait de caractère qu'il avait remarqué dans cette famille. Un trait qu'il admirait.

Mais leur sens de l'hospitalité était peut-être un peu trop généreux. La file d'attente serpentait à travers le salon à l'allure d'une rivière de mélasse. Et dans la salle à manger, de l'autre côté, les gens étaient entassés, picorant des sandwichs au cresson et de la salade de homard.

Miles commençait à désespérer de trouver Daphné parmi cette masse humaine.

Les jardins offrirent un répit bienvenu. Bien qu'il y ait des gens partout, marchant bras dessus, bras dessous, admirant la profusion de roses de toutes les couleurs imaginables, on pouvait au moins respirer.

Enfin, pas tout le monde : Alistair commençait à éternuer à cause du pollen. Laissant le comte de Ryland et ses sœurs, et adressant un petit signe d'excuse à Freddie qui aurait voulu le suivre, Miles emprunta un chemin moelleux d'herbe fraîchement coupée.

À l'extérieur, il était plus facile de faire semblant de ne pas voir les invités qui l'ignoraient. Il était plus facile de se dire que, s'ils se détournaient, c'était pour observer une fleur étonnante et non parce qu'ils refusaient de croiser un homme misérable qui lançait des paris impliquant des femmes. Il pensa alors à ce que lui avait dit Alistair, au fait qu'il était incapable de croire qu'on puisse ne pas l'aimer. Mais la vérité était sans doute encore plus embarrassante.

En réalité, il était incapable d'être seul… et pour s'assurer que cela ne survienne jamais, il était prêt à épouser une femme qui le méprisait.

En parlant du loup… N'était-ce pas Daphné, assise sur ce banc posé dans un écrin de roses, jouissant de l'attention non pas d'un mais de trois soupirants éperdus ?

Son cœur se mit à tambouriner si fort que, s'il s'était cru capable d'éprouver un tel sentiment, il aurait appelé cela de la jalousie. Mais pourquoi Daphné n'attirerait-elle pas l'attention des hommes ? Elle était intelligente, avait un sourire engageant quand on parvenait à l'amadouer suffisamment pour le susciter. Elle avait de beaux yeux expressifs et des lèvres douces, faites pour les baisers…

Puis il comprit son erreur. La femme sur le banc était Bellis, et non Daphné. Il ne voulut pas s'attarder sur le soulagement qu'il ressentit en le découvrant et rebroussa chemin. Daphné ne ressemblait peut-être pas à ses sœurs aînées, mais la ressemblance entre les deux cadettes était frappante.

— Lord Deveraux ?

Il aurait pu faire semblant de ne pas entendre son nom, prétendre que le bourdonnement des conversations ou les massifs de fleurs alentour avaient absorbé le son de sa voix. Il esquissa un pas vers la maison, puis se ravisa et regarda derrière lui. Bellis s'était levée et venait à sa rencontre.

— J'imagine que vous cherchez Daphné ?

La question n'était pas aussi hostile que ce qu'il avait imaginé. Pourtant, il hésita.

— Je… euh…

— Elle est en haut, avec Vivi et les garçons.

Il ne comprit pas un mot de ce qu'elle venait de dire, mais il lui sourit avec gratitude et se concentra sur le premier détail.

— En haut ?

Il n'y avait au-dessus d'eux qu'un ciel clair, bleu, quasiment sans nuages.

Elle désigna la maison du menton.

— La serre, sur le toit.

— Oh, bien sûr… Je vous remercie.

Et avant de lui demander quoi que ce soit d'autre, de lui poser des questions sur sa sœur auxquelles elle ne pourrait pas répondre, il s'inclina et repartit dans la direction d'où il venait, conscient du regard de la jeune femme sur lui jusqu'à ce qu'il disparaisse au coin du chemin.

Puis, alors qu'il se frayait un passage dans la maison jusqu'à l'escalier, il lui sembla comprendre ce que devait ressentir un saumon remontant le cours d'une rivière – surtout quand tous les autres saumons voyageaient dans la direction opposée et essayaient de l'éviter. Heureusement, à l'étage, la foule s'éclaircit. Il passa devant les appartements de la famille, la nurserie et la salle de classe. Avait-il mal compris les indications de Mlle Bellis ? À n'importe quel moment, il s'attendait à ce que quelqu'un lui crie de s'arrêter et lui demande où il allait comme ça.

Il essaya de toutes ses forces d'oublier ce que lui avait dit Alistair à propos du duc et de sa capacité à glisser un couteau entre les côtes d'un homme sans le moindre bruit.

Au sommet d'un étroit escalier, il passa une porte basse et émergea dans un autre jardin, aménagé sur la partie plate du toit à l'arrière de la maison, prolongé par une petite serre qui brillait dans le soleil comme un diamant.

Semblant venu de nulle part apparut un mince garçon aux cheveux cuivrés d'environ six ans, qui inclina la tête et regarda Miles de bas en haut.

— Qui êtes-vous ? demanda-t-il.

— Deveraux.

Miles cligna des yeux sous le soleil, mais cela ne fit pas disparaître l'enfant aux allures d'elfe.

— Oh, elles parlent de vous, dit le garçon, qui détala ensuite sans se présenter à son tour.

Ici, le jardin était constitué de pots et de parterres bordés de pierre, et la seule ombre qui s'y trouvait émanait d'une tonnelle où Daphné et une femme aux cheveux noirs étaient assises sur un banc. Comme il s'approchait, un autre enfant surgit devant lui, un peu plus âgé que le précédent, cheveux bruns, arborant une épée de bois.

— Mot de passe, exigea-t-il.

Miles réfléchit.

— Fleurs ?

Le garçon secoua négativement la tête.

— Jardin ?

L'enfant leva l'épée, menaçant.

— Dernier essai.

— Rowan Arthur, gronda la femme aux cheveux noirs.

— Oh, tante Vivi, tu as tout gâché ! gémit l'enfant, se mettant de côté et laissant retomber son arme.

— Je suis votre obligé, madame, dit Miles en s'approchant du banc. Je suis sûr que j'aurais été passé au fil de l'épée avant de trouver la bonne réponse.

Les deux femmes se levèrent.

— C'est « mot de passe », fit Daphné, amusée.

— Le mot de passe est « mot de passe » ?

Elle hocha la tête, l'esquisse d'un sourire aux lèvres.

— Lady Viviane Laurens, je suis sûre que vous connaissez lord Deveraux.

— Seulement de réputation.

La sœur du duc fit une petite révérence au moment où Miles s'inclinait.

— Et voici mon neveu, ajouta Daphné en posant une main sur l'épaule du garçon. Le marquis de Hawes.

Le garçon remisa son arme dans sa ceinture et tendit une main.

Miles la serra.

— C'est un honneur, monsieur, assura-t-il. Et je suppose que c'est votre frère que j'ai croisé il y a quelques instants ?

— Percy, confirma le garçon avec une grimace. Je n'aurais pas dû le laisser garder la porte. Je suis désolé, tante Daphné.

— Ce n'est pas grave, dit celle-ci sans croiser le regard de Miles. Nous savions que notre sanctuaire finirait par être découvert à un moment ou à un autre. Les plantes de ta maman sont le trésor caché de cette garden-party.

Le garçon hocha la tête d'un air sombre.

— Viens, fit lady Viviane en posant une main sur l'épaule de l'enfant. Il faut que nous descendions. Je n'avais pas compris que les invités avaient déjà commencé à arriver.

— Vous allez trouver une sacrée foule en bas, intervint Miles. Je ne comprends pas pourquoi nous ne sommes pas plus nombreux à être venus nous réfugier ici.

— Il leur faut se sustenter avant de faire l'ascension, expliqua le garçon d'un air de confidence. C'est une façon élégante de dire qu'ils viennent tous pour boire le contenu entier de la cave de mon papa.

Daphné s'étouffa.

— Rowan ! Où as-tu entendu ça ?

— Il faut descendre, insista lady Viviane. Ces invités sont les vôtres aussi, lord Hawes. Et les vôtres, lord Percival, ajouta-t-elle un peu plus fort, mais l'autre garçon ne quitta pas sa cachette.

— Tante Daphné ne vient pas avec nous ? demanda l'aîné.

Lady Viviane et Daphné échangèrent des regards, accompagnés de mouvements furtifs des mains. Miles n'avait pas la moindre idée de ce qu'elles essayaient de se dire, et peut-être Daphné se trouvait-elle dans le même embarras. À la fin, lady Viviane laissa échapper un soupir résigné avant d'annoncer :

— Je suis sûre qu'elle nous rejoindra en bas très bientôt.

Daphné hocha la tête.

— Dans quelques instants.

Après un regard de réprimande pour Daphné, lady Viviane emmena le jeune lord Hawes avec elle. Près de la porte, ils furent rejoints par son frère, dont les cheveux roux étaient dressés sur la tête et les joues tachées de rouge.

— C'est sans doute le jus de quelque baie qu'il a trouvée. Le cuisinier cache les arbustes à fruits rouges ici, avec l'espoir de les protéger assez longtemps pour pouvoir en faire une tarte, expliqua Daphné en secouant la tête. Je pourrais espérer que l'enfant que porte Erica soit une fille mais, au vu des histoires dans lesquelles Bell et moi nous sommes empêtrées à cet âge, je crains que ça ne change pas grand-chose.

Miles laissa échapper un rire.

— Pourquoi ne suis-je pas surpris d'apprendre que vous étiez une fauteuse de troubles ?

— Au moins, moi, j'ai arrêté en grandissant.

Il la ramena vers le banc.

— Je n'en suis pas si sûr.

— Qu'est-ce que cette remarque est censée signifier ? demanda-t-elle, agressive.

— Si vous aviez vraiment abandonné toute mauvaise conduite, vous ne seriez pas la tante préférée, répondit-il en s'asseyant au mépris des bonnes manières et en tapotant l'espace à son côté. Vous ne seriez pas impliquée dans les publications de Mme Goode. Et vous ne seriez pas restée seule avec moi ici.

Bien qu'elle ait l'air offusquée, elle s'assit malgré tout – plus loin de lui, cependant, qu'il ne l'avait espéré.

Un long silence passa.

— Avez-vous peur de découvrir quelque chose de plaisant chez moi si nous conversons ? s'enquit-il. Peur de me trouver aimable, amusant, attirant ?

Les lèvres de Daphné frémirent.

— Pas le moins du monde.

— Alors je me demande pourquoi vous avez insisté pour que je vous fasse la cour. Si cela vous déplaît, nous pourrions simplement aller de l'avant et nous marier.

Il se rapprocha et posa une main légère sur celle de Daphné.

— Je peux obtenir une autorisation spéciale d'ici demain.

Elle retira sa main d'un coup. S'il n'avait pas été en pierre, le banc aurait vacillé sous la force de son mouvement.

— Vous n'avez pas besoin de me rappeler le pouvoir que vous avez sur moi, monsieur.

Miles masqua son embarras. Elle ajouta :

— J'imagine que c'est pour cette raison que vous m'avez envoyé ces plumes : pour vous moquer, comme vous l'avez fait avec cette chanson.

— Me moquer ? répéta-t-il, abasourdi. N'est-il pas coutumier pour un gentleman qui fait sa cour d'envoyer un gage de son estime ?

— Les gentlemen envoient des *fleurs*.

Le ton de gouvernante était revenu, une sorte de patience exagérée, comme si elle donnait une leçon d'étiquette à un garçon lourdaud.

— Bellis en reçoit des charretées. Des marguerites et des pâquerettes, généralement, ajouta-t-elle.

S'il ne l'avait pas regardée, il aurait manqué le léger tremblement de son menton lorsqu'elle avait prononcé ces derniers mots.

Il ne pensait pas qu'elle enviait sa sœur pour ces présents. Pas tout à fait, en tout cas. Mais à chaque bouquet de fleurs, chaque rappel du talent et de la célébrité de ses sœurs, elle ravalait certainement une pointe de jalousie. Assez fréquemment pour que cela soit devenu un peu plus qu'un chatouillement au fond de sa gorge.

Et il avait, involontairement, accentué cette irritation.

— J'ai parfaitement conscience que les gentlemen envoient des fleurs, dit-il avec une légèreté forcée. Et si on met de côté le débat pour savoir si ce mot s'applique à moi, j'ai discuté avec le fleuriste qui m'a expliqué le sens de votre joli prénom.

Le fait que tous les prénoms des enfants Burke venaient de noms de plantes était source d'amusement dans certains cercles.

— Et, poursuivit-il, il m'a semblé que quelques branches d'un arbuste chargé de baies toxiques n'étaient pas très appropriées.

Ce commentaire lui tira un petit rire. Malgré elle, sans le moindre doute. Juste l'esquisse d'un rire.

Néanmoins, la poitrine de Miles se gonfla de fierté : il avait toujours aimé faire plaisir aux femmes. Il continua :

— Je pensais que les plumes seraient aussi appropriées que les pâquerettes pour Bellis. Quelque chose qui corresponde à la femme que vous êtes vraiment. Aiguisée, certes, mais douce également. Forte, mais délicate.

Comme la plupart des femmes, d'une manière ou d'une autre, supposait-il. Mais cela lui avait semblé un présent parfait pour Daphné.

— Je vous ai imaginée les utiliser pour écrire vos chroniques, termina-t-il.

Elle commencerait le dos raide, devant une page immaculée. Puis, avançant, s'échauffant, sa plume volerait. Graduellement, comme si elle versait un peu d'elle-même dans ses mots, elle pencherait la tête plus près du papier.

Il s'était imaginé posant les lèvres sur le petit morceau de peau douce qui émergerait entre le col de sa robe et les quelques cheveux fous à l'arrière de sa nuque.

Après un moment, elle soupira.

— Est-ce que cela signifie que vous avez l'intention de me permettre de continuer à écrire ?

La question était si inattendue qu'il lui fallut un moment pour la comprendre.

— Vous voulez dire, quand nous serons mariés ?

Elle baissa le menton imperceptiblement.

— Je ne le *permettrai* pas, ma chère, dit-il.

En entendant cela, elle tourna la tête et son regard accrocha celui de Deveraux.

— *J'insisterai* pour que vous le fassiez. Je suis impatient de lire votre rétractation.

— Ma… rétractation ?

— Oui, dit-il en levant un sourcil de manière suggestive. Cela devrait être facile à écrire. Une fois que vous aurez découvert le plaisir d'être mariée à un débauché.

Était-ce son imagination, ou l'étincelle dans le regard de Daphné était-elle plus brillante ?

Cela signifiait-il qu'elle aimait qu'on la taquine ?

Voilà qui était prometteur.

— Je suppose que vous faites référence à cette vieille histoire à propos des débauchés *repentis*.

Elle inclina la tête et le gratifia d'un regard qu'il fut prompt à catégoriser comme le « regard Miss

Busy B. » – à la fois celui d'une gouvernante désapprobatrice, d'une Madame Je-sais-tout et d'une jeune femme curieuse et incapable de regarder ailleurs même lorsqu'elle le devrait.

— Dites-moi, monsieur le vicomte, avez-vous l'intention de vous repentir ?

Il étira les jambes et se pencha en arrière autant que le lui permettait le banc. S'il s'était trouvé dans un fauteuil, on aurait dit qu'il était affalé – une invitation flagrante pour Daphné à contempler son corps à sa guise.

— Lequel de mes vices voudriez-vous me voir abandonner ? Mon bottier ? Mon tailleur ? Je suis certain que vous ne voulez pas d'un époux vêtu misérablement, milady.

À nouveau, un tressaillement de ses lèvres.

— Ou peut-être avez-vous quelque chose contre mon eau de Cologne française ? ajouta-t-il.

— Plutôt votre cognac français. Et votre goût pour les jeux d'argent. Votre...

Sa voix se mua en un murmure à peine audible, par-dessus les conversations qui montaient du jardin.

— ... goût pour les jeux de séduction.

Un petit chapeau frivole était perché au sommet de sa tête. En dessous, ses cheveux étaient simplement coiffés, le genre de coiffure qui pouvait être malmenée par les doigts d'un homme sans que personne s'en aperçoive. Et sa robe était faite d'une mousseline diaphane, brodée d'une plante grimpante avec, ici ou là, un bouton de rose. Parfaite pour une garden-party. En cette chaude journée, ses jupes collaient à ses jambes de façon provocante.

Il l'examina, tête penchée.

— Dois-je arrêter de chercher à vous séduire ?

Ses lèvres se séparèrent et sa poitrine se gonfla. Un soupir, bien qu'il ne l'ait pas entendu.

Un soupir dû à l'émotion.

Était-il possible que personne n'ait jamais tenté de la séduire ? Ou peut-être Daphné, si méfiante, si prompte à se sentir offensée, ne l'avait-elle jamais accepté ?

Quoi qu'il en soit, il avait l'intention de tirer avantage de cet instant. C'était exactement la façon de faire la cour qu'il imaginait.

— Vous êtes jolie quand vous rougissez, dit-il, balayant sa joue d'une phalange.

Elle mordit sa lèvre charnue plutôt que de trahir un nouveau soupir.

— Vraiment ?

Dieu qu'elle était innocente – le genre de douce et simple perfection idéale pour tenter un homme blasé.

Il se penchait vers elle, prêt à capturer sa bouche, lorsque le grincement de gonds fit voler en éclat leur intimité.

— La porte, expliqua Daphné.

Des voix se mirent à flotter sur la terrasse.

Il se redressa pour mettre un peu de distance entre eux.

Elle tendit la main, mêla ses doigts à ceux de Miles et se leva, le tirant sur ses pieds.

— Allez.

— Où m'emmenez-vous ?

— Dans la serre.

11

Lorsque Daphné s'était retirée sur la terrasse cet après-midi-là, elle n'avait aucun projet en tête. Mais les choses avaient malgré tout échappé à son contrôle.

Elle ne s'était pas attendue à la réponse de Miles à propos des plumes, et du fait qu'elle devait continuer à écrire. Et elle n'avait en aucun cas prévu son intention de la séduire – bien que, évidemment, ce soit forcément ainsi qu'un homme comme lui devait envisager sa cour.

Mais le plus inattendu avait été sa propre réaction. La conscience qu'elle avait de l'attention qu'il lui portait, la façon dont cela faisait accélérer son pouls et affluer le sang au creux de son ventre.

Elle avait décidé que le trouver attirant n'était rien d'autre que cela : un fait. Rien qui exige une quelconque altération de son comportement. Exactement comme un jour ensoleillé *n'exigeait pas* d'aller dehors et de lever son visage en direction du ciel. Une lady pouvait tout aussi bien admirer sa chaleur dorée par la fenêtre et continuer à s'acquitter de ses tâches sans risquer d'avoir les joues rouges et des taches de rousseur.

Mais quand lord Deveraux l'avait invitée à s'asseoir près de lui, si parfaitement, si impossiblement beau, refuser était soudain devenu au-dessus de ses forces. Elle avait essayé de se rappeler qu'il s'agissait d'une comédie, de la cour qu'elle avait elle-même exigée. Mais lorsqu'il n'y avait personne alentour, cela paraissait réel.

Puis il avait été sur le point de l'embrasser. À nouveau.

Et elle avait été sur le point de le laisser faire. À nouveau.

Quand la porte de la terrasse s'était ouverte, elle avait imaginé le scandale qu'aurait provoqué le fait d'être découverts enlacés sous la tonnelle. Cela aurait confirmé le statut de débauché de lord Deveraux aux yeux de la société, et lui aurait donné à elle les derniers détails dont elle avait besoin pour son essai.

Mais cela aurait également rendu nécessaire qu'elle l'épouse, en fin de compte.

Cami aurait insisté, et son époux, Gabriel, aurait renchéri – oubliant opportunément son propre passé de débauché. Tristan, le mari d'Erica, aurait affiché un air sévère et parlé de devoir, et Erica n'aurait pas été en total désaccord. Bell aurait ouvert de grands yeux, inquiète, se demandant ce que la disgrâce de Daphné pourrait avoir comme effet sur ses propres chances de trouver un époux. Et si son frère Paris, qui la considérait encore comme une enfant, en avait seulement eu vent…

Elle frissonna à cette idée.

— Vous avez froid ? demanda lord Deveraux derrière elle, d'un ton légèrement taquin.

La transpiration picotait son dos et ses aisselles, mais elle ne pouvait l'imputer à la seule atmosphère étouffante de la serre. D'un geste rapide et discret, elle déboutonna le haut de son spencer vert foncé.

— Qu'est-ce que c'est que tout cela ? demanda-t-il en regardant autour d'eux.

— Des plantes exotiques, pour la plupart. Des spécimens rapportés par Erica de son voyage aux Indes occidentales.

Il hocha la tête tout en inspectant les plantes les plus proches de lui, bien que Daphné soit convaincue qu'il n'était pas capable de les distinguer les unes des autres.

— Ne... touchez à rien, d'accord ? dit-elle. Elles ont peut-être l'air jolies et délicates, mais certaines sont mortelles.

Un sourire s'étira sur le visage de Miles.

— Je suis familier du genre. Alors, pourquoi m'avez-vous conduit ici ? demanda-t-il en contemplant les parois de verre. Ce n'est pas pour l'intimité, je suppose.

S'était-il attendu à ce qu'elle l'emmène dans un endroit où il pourrait l'embrasser éperdument sans que personne le sache ?

Dans l'ensemble, la vue sur l'extérieur était assez claire, malgré les vitres légèrement ondulées. Ils pouvaient parfaitement voir et être vus.

— Ce sont ces plantes qui attirent les gens à la garden-party de la duchesse – en tout cas, ceux que la botanique intéresse. Ici, je peux prétendre être en train de vous montrer les spécimens les plus précieux de ma sœur, et il paraît évident que nous ne cherchons pas à cacher quoi que ce soit. Tandis que si on nous avait découverts sous la tonnelle, les gens auraient supposé...

Il inclina la tête et leva les sourcils.

— Et cela aurait été si terrible ? Que les gens *supposent* ? Après tout, nous allons nous marier.

Ce simple mot fit battre son cœur.

— Les gens se diront que vous êtes simplement prêt à tout pour gagner votre pari, répliqua-t-elle en repensant à la conversation du petit déjeuner. Et qu'une pauvre et insignifiante jeune femme doit être bien désespérée pour l'accepter.

— Eh bien…

Son nez se plissa pendant qu'il respirait une fleur orange et violette qui se trouvait devant lui.

— … cela ne nous peint ni l'un ni l'autre sous un jour très flatteur, n'est-ce pas ?

Elle tendit la main et toucha son épaule afin de l'empêcher de se pencher trop près de la plante. Il regarda sa main, puis son visage.

— Même si je suppose que ce n'est pas pire que la vérité.

Était-il en train d'hésiter ? De ressentir une forme de regret pour la position dans laquelle il l'avait placée ?

Non, elle doutait que lord Deveraux soit capable de ce genre de remise en question.

Elle s'était mise elle-même dans cette situation, avec quelques mots mal choisis et une solution hâtive.

Il haussa les épaules et s'approcha de la table suivante. Elle laissa retomber sa main.

— Quelle étrange créature. *Dionaea muscipula*… piège à mouches de Vénus, lut-il lentement sur une étiquette, le latin sonnant bizarre dans sa bouche.

— C'est la plante préférée des garçons. Elle mange des insectes.

— Elle *mange* ? répéta-t-il, incrédule.

Elle attrapa un crayon posé sur la table et le pointa sur deux feuilles roses en forme de demi-lunes bordées de pics.

— Un insecte tombe ou est attiré ici, peut-être par la couleur, et...

Les feuilles se refermèrent d'un coup sur le bout du crayon comme une mâchoire.

Deveraux émit un léger sifflement.

— Une plante carnivore, dit-il en secouant la tête. Ces espèces venues d'ailleurs sont un peu inquiétantes. Je crois que je préfère nos bonnes vieilles roses anglaises.

— Eh bien, les roses n'attirent pas les abeilles pour les mener à leur perte, c'est vrai, mais leurs épines ne sont pas vraiment douces. Et nous avons chez nous de nombreuses plantes vénéneuses qui paraissent inoffensives et innocentes. Le gui, par exemple.

— Je ne suis pas sûr que je qualifierais le gui d'innocent, murmura-t-il, faisant allusion aux baisers sous le gui.

Innocent. Un mot qui ne décrivait nullement l'expression de son visage, le mouvement suggestif de sa bouche, ses sourcils levés.

Cette expression lui faisait... eh bien, chaud à l'intérieur. Si elle n'avait pas déjà été accablée par la température de la serre.

— Je ne pense pas qu'on puisse blâmer une plante pour une coutume de Noël inventée par les hommes, dit-elle avec raideur.

Il rit.

— Vous avez raison. C'est plutôt la faute des jeux à boire. Tous ces raisins imbibés d'eau-de-vie...

Elle lui lança un regard de réprimande.

— Vous êtes incorrigible.

— Et il est merveilleusement facile de vous provoquer.

Il lui prit la main et la passa sous son bras, la forçant à marcher à son côté, bien que l'espace entre les tables chargées de plantes soit très étroit. Elle ressentait chaque mouvement de sa cuisse contre la sienne.

— Cette cour s'avère des plus instructives, commenta-t-il.

— C'est bien le but d'une cour, n'est-ce pas ? Apprendre quelque chose de la personne à laquelle vous proposez de vous lier pour le reste de vos jours ?

— Ah, vraiment ?

La question paraissait presque sincère.

— J'avoue n'avoir aucune expérience en la matière, ajouta-t-il.

— Mais, vous et Mlle Grey…

— Je n'ai eu ni l'opportunité ni le besoin de la courtiser. C'est son père qui a arrangé le mariage et Mlle Grey, en fille de devoir, a accepté. Je ne l'ai vue qu'une seule fois sans autre compagnie, avant cette rencontre fatidique dans la bibliothèque – bien que je ne puisse pas vraiment dire que cet incident s'est déroulé sans autre compagnie, n'est-ce pas ?

Il rit, mais il y avait de l'amertume dans ce rire.

— Quoi qu'il en soit, poursuivit-il, nous n'avons pas eu plus de cinq minutes de conversation privée, juste le temps nécessaire quant à moi pour lui demander sa main, et quant à elle pour acquiescer – à contrecœur, semble-t-il.

Il fit une courte pause, comme s'il ruminait ce qui s'était passé.

— Je ne savais pas qu'elle aimait quelqu'un d'autre.

— Moi non plus, fit Daphné. Si elle me l'avait expliqué dans sa lettre, je l'aurais sans doute conseillée différemment.

— Ah ? dit-il d'une voix redevenue ironique. Vous lui auriez conseillé de m'épouser ? D'attendre de pouvoir se faire appeler vicomtesse avant de me cocufier avec son marchand de charbon ?

Daphné se raidit.

— Je vous demande pardon ?

Elle voulut retirer sa main de son bras, mais il la retint.

— Pardonnez-moi, murmura-t-il.

Sa voix était à nouveau plus douce, mais intense. Elle était presque heureuse qu'ils se trouvent côte à côte pour ne pas avoir à le regarder dans les yeux.

— Ce n'est pas ce que je voulais dire, précisa-t-il. J'aurais simplement préféré qu'elle soit plus honnête avec moi. Cela dit, quel droit avais-je d'espérer une telle chose ? Ai-je été honnête avec elle ?

— À propos du pari, vous voulez dire ?

L'épaule qui se trouvait contre elle tressaillit. Elle le regarda à nouveau, mais il évitait son regard à présent. Ses yeux suivaient le chemin d'une bougainvillée qui grimpait jusqu'au toit.

La tête lui tournait. Elle avait pensé comprendre la situation – le comprendre, lui. Jusqu'ici, rien chez lord Deveraux ne lui avait donné une impression de profondeur ou de complexité.

Était-il possible que cet homme soit différent de ce qu'il paraissait ?

— Y avait-il... Y a-t-il une autre personne que vous souhaiteriez épouser ? demanda-t-elle en repensant à ce qu'il lui avait dit le soir du bal des Clearwater. Quelqu'un, peut-être, qui ne répondrait pas aux termes du pari ?

Il laissa échapper un rire étrange.

— Qu'est-ce que c'est que cette question, ma chère ? Et venant de vous ? Comment un gentleman pourrait-il répondre ?

— Mais… vous avez dit…

Elle s'apprêtait à lui rappeler qu'il lui avait dit plusieurs fois qu'il n'était pas un gentleman.

Il lui coupa la parole :

— Je connais mon devoir. J'ai conclu un marché avec vous, mademoiselle Burke. Un marché dont j'ai bien l'intention de remplir ma part.

Ces mots provoquèrent comme un pincement dans sa conscience. Elle avait proposé ce marché avec l'intention de le rompre.

— Si vous deviez perdre ce pari, seriez-vous… ? Je veux dire, si de très fortes sommes sont impliquées, j'imagine que vous pourriez vous retrouver dans le besoin.

— Les dettes d'honneur d'un gentleman n'ont pas vraiment à voir avec l'argent, j'imagine que vous le savez. Mais rassurez-vous, ajouta-t-il en lui tapotant la main, votre futur époux n'est pas pauvre.

Néanmoins, elle avait touché un point sensible. Elle sentit une tension nouvelle dans son bras.

— Excusez-moi, dit-elle. Je ne voulais pas paraître impertinente.

Comment diable la conversation avait-elle pu prendre ce tour ? Était-elle vraiment en train de réclamer son pardon ?

— Vous ne l'êtes pas du tout, assura-t-il. Vous l'avez dit : le but d'une cour est d'aboutir à une meilleure connaissance de l'autre.

— Mais vous venez de me dire que vous n'avez pas été honnête avec Mlle Grey. Comment savoir si vous me dites la vérité ?

Il considéra la question avec une légère grimace.

— J'imagine que vous ne pouvez pas le savoir. Cependant…

Il fit un signe de tête en direction de plusieurs personnes qui se promenaient sur la terrasse. Il y avait peu de chances que Daphné et lui soient passés inaperçus.

— ... je dirais que nous arrivons à un point de la cour où les spéculations vont céder la place aux intentions, et votre frère aîné, les époux de vos sœurs et peut-être même votre père commenceront bientôt à se renseigner sur les miennes.

Elle ferma les yeux, imaginant comment les choses allaient se dérouler. Au moins, la distance entre Dublin et Londres était un avantage – bien qu'elle ne l'ait jamais considéré ainsi jusqu'à aujourd'hui. Son père ne saurait rien pour l'instant. Et Paris, généralement si impliqué dans ses affaires à la Chambre des communes, était resté chez lui dans le Berkshire ce printemps à cause de l'accouchement imminent de sa femme, Rosamund, qui attendait leur troisième enfant. Mais Gabriel et Tristan... Elle ravala un rire nerveux. C'était comme s'ils allaient devoir affronter un tigre et un ours. Oui, ce serait sans doute très compliqué.

— Et s'ils ne sont pas satisfaits de vos réponses ? hasarda-t-elle en ouvrant les yeux.

Il la regardait.

— Quel âge avez-vous, Daphné ?

— Vingt et un ans.

La façon dont il lui avait posé la question lui fit soupçonner qu'il connaissait la réponse, et son hochement de tête le confirma.

— Suffisamment âgée pour choisir par vous-même, donc.

Mais qu'était-elle censée choisir ?

En surface, il avait l'air d'attendre d'elle qu'elle brave sa famille s'ils interdisaient leur union – puisque, naturellement, c'était la seule façon de ne pas voir son secret révélé. Mais en dessous, caché quelque part dans cette couche profonde qu'elle avait tout juste commencé à explorer, était-il en train de se préparer à un nouveau rejet ?

Il se tourna vers elle, lui lâchant le bras. Ils ne se touchaient plus mais étaient à présent face à face, bien plus près que la bienséance le commandait.

— Je suis réellement désolé si les plumes n'étaient pas une bonne idée, dit-il avec quelque chose qui ressemblait à de la sincérité tout au fond de son regard brun. J'ai pensé que c'était le genre de cadeau qu'une écrivaine apprécierait.

Il la voyait comme une écrivaine. Il voulait qu'elle continue à écrire – même s'il rechignerait à l'idée d'un essai sur les débauchés s'il devait apprendre ce projet. Mais tout de même. Elle-même ne se voyait pas encore comme une écrivaine, loin de là. Et elle ne s'attendait certainement pas à ce que lord Deveraux la voie ainsi...

Sans réfléchir, elle se hissa sur la pointe des pieds, se rapprochant de lui, assez pour un baiser. Juste une bise rapide, insignifiante, sur la joue, peut-être. Non, pas insignifiante. Elle avait envie d'exprimer sa gratitude pour le cadeau. Mais pas un baiser comme celui qui avait eu lieu dans le bureau de lord Estley. Rien qui puisse la laisser à bout de souffle et emplie de désir...

— Mais... voilà Mlle Burke !

La voix féminine venait de derrière elle, près de l'entrée de la serre, dont les gonds avaient visiblement été huilés plus récemment que ceux de la porte de la terrasse.

— Heureuse de vous voir, continua la voix.

Daphné se retourna avec un air gêné et découvrit lady Stalbridge qui se tenait à l'entrée, tenant la main de sa nièce, la petite Isabella. Toutes deux avaient les yeux écarquillés mais, Dieu merci, l'attention d'Isabella était concentrée sur les plantes.

Du coin de l'œil, Daphné vit les bras de Miles retomber, comme s'il les avait levés pour les glisser autour d'elle.

Les yeux de lady Stalbridge notèrent rapidement le mouvement puis revinrent à Daphné.

— Comme je le disais à Mme Howard, entre les reflets du soleil sur le verre et la buée, on voit des silhouettes qui bougent dans le jardin d'hiver, mais il n'est pas impossible de les reconnaître, dit-elle en ouvrant son éventail et en commençant à l'agiter.

Ce qu'elle voulait dire était parfaitement clair : elle considérait qu'elle avait sauvé Daphné d'un désastre.

Miles s'écarta aussi loin que l'espace étroit le lui permettait.

— Mlle Burke était en train de me parler des voyages entrepris par sa sœur pour acquérir ces étranges spécimens.

Lady Stalbridge regarda autour d'elle avec une expression dubitative, avant de désigner sa nièce.

— La duchesse a promis à Isabella qu'elle verrait ici des choses effroyables.

Isabella hocha vigoureusement la tête.

— Oh ! s'exclama Miles, le visage radieux. Je sais ce que c'est. Puis-je ?

Il tendit la main à Isabella, qui fit quelques pas en avant et s'en saisit sans hésitation.

— Lord Stalbridge est en bas avec Luca, expliqua lady Stalbridge.

Luca était son neveu, le frère cadet d'Isabella.

— Ils sont en train de disputer une course à trois jambes avec le duc, son fils et quelques autres, poursuivit-elle. Je dois dire que la duchesse douairière se montre étonnamment détendue concernant le sort de ses roses, sachant que la moitié des équipes risquent de dévier du chemin à un moment ou à un autre.

— Les roses se défendront si cela arrive, lança Miles avec un sourire en direction de Daphné. À présent, voyons… où se trouve… ? Ah, oui.

Il conduisit Isabella jusqu'à la plante carnivore.

— Une grande fille comme vous ne doit pas avoir peur d'être dévorée par ce monstre, la rassura-t-il. C'est un piège à mouches de Vénus.

Isabella, qui avait environ six ans, gloussa en découvrant la plante haute de seulement quelques centimètres.

Miles s'empara du crayon que Daphné avait utilisé plus tôt et s'agenouilla pour se mettre à hauteur de l'enfant, sans se soucier de la terre sur le sol.

— Mais, comme vous allez le voir rapidement, je pense que le mieux serait que votre petit frère reste en bas…

Un sourire monta aux lèvres de Daphné avant qu'elle puisse le retenir – ce qui n'échappa pas à lady Stalbridge.

— Mademoiselle Burke, dit-elle en s'approchant de la jeune femme et en passant un bras sous le sien, un air de réprimande dans le regard, peut-être pourriez-vous me montrer quelque chose de moins cruel ?

Un véritable débauché ne sacrifierait jamais sa dignité pour faire plaisir à un enfant. C'est ce que s'était dit Daphné le soir du bal des Clearwater.

Est-ce que son empressement à amuser Isabella signifiait que Miles n'était pas le débauché que tout le monde croyait ?

Ou était-ce Daphné qui ne comprenait rien aux débauchés ?

— Je ne vous ai jamais demandé de prendre vos investigations à ce point au sérieux, ma chère, continua lady Stalbridge en baissant suffisamment la voix pour que seule Daphné puisse entendre. Il faut faire attention à ne pas vous faire vous-même happer par ses charmes. En fait, plus tôt vous en aurez terminé avec cette affaire, mieux cela sera. Envoyez-moi votre texte d'ici la fin de la semaine prochaine.

Daphné hocha la tête, les muscles tendus par l'effort d'avoir à se retenir de jeter un coup d'œil par-dessus son épaule.

Elle avait peur que l'avertissement de la comtesse n'arrive trop tard.

12

Miles ne fut pas surpris de se voir interdire l'accès au sanctuaire d'Alistair. En vérité, ce qui le surprenait, c'est que ce ne soit pas arrivé plus tôt.

La domestique lui délivra ce refus d'un air sérieux, secouant tristement la tête.

— Non, monsieur. Il a dit qu'il ne devait être dérangé par personne. Le comte est encore au lit, ajouta-t-elle dans un murmure.

À peine ces derniers mots prononcés, elle posa la main sur sa bouche comme pour les ravaler.

Miles fronça les sourcils. Alistair n'avait jamais été du genre à paresser.

— Est-il indisposé ?

Les doigts de la domestique glissèrent légèrement sur son menton, assez pour lui permettre de dire :

— Il a le nez pris. Ce sont les roses, monsieur. Et peut-être un peu lady Frederica.

Ce fut au tour de Miles de porter une main à sa bouche, cherchant à masquer le début d'un rire.

— Oh, je vois. Eh bien, je vais simplement…

Il passa à côté d'elle, s'engageant dans l'escalier, et avait déjà gravi la moitié des marches quand elle parut comprendre son erreur.

— … je vais simplement m'assurer qu'il va bien.

La chambre du comte de Ryland était plus propre que son repaire de l'étage en dessous, mais à peine moins austère. Juste un lit, sans tentures. Un fauteuil et une table aux pieds fins devant une cheminée vide, sur le manteau de laquelle s'empilaient presque autant de volumes que sur les étagères de sa prétendue bibliothèque. Et deux hautes fenêtres devant lesquelles étaient tirés des rideaux de soie qui avaient dû être un jour rouge ou bordeaux, mais dont la couleur s'était estompée avec le temps et que Miles était à présent tenté de qualifier de vieux rose.

En tout état de cause, ils filtraient à peine la lumière, bien que la matinée soit si sombre et humide que la pièce était relativement peu éclairée. Pas assez sombre, cependant, pour que Miles ait la moindre difficulté à distinguer la silhouette de son ami, assis sur le lit, un plateau sur les genoux, les yeux gonflés et le nez plus rouge que les rideaux. Il avait l'air d'avoir combattu plusieurs rounds contre un champion de boxe et d'avoir perdu le combat.

— Dehors, lança Alistair d'une voix rauque. Et dis à cette fichue femme de chambre qu'elle peut d'ores et déjà commencer à chercher une nouvelle place.

C'est en tout cas ce que Miles pensait avoir entendu. Alistair était si congestionné qu'une bonne partie de ses phrases avait été inintelligible.

— Calme-toi, calme-toi. Il ne faut pas la blâmer. Tu sais à quel point je peux être incorrigible, dit Deveraux, se rappelant le mot de Daphné.

— Incorrigible, confirma Alistair, même si cela sonna plus comme *angorrigib* quand il le prononça.

Miles parvint à ne pas sourire.

— C'est positivement antipatriotique pour un gentleman anglais de montrer une telle réaction face aux roses. Je pense que tu exagères tes symptômes. La bonne m'a dit que Freddie avait fait je ne sais quelle bêtise, après m'avoir quitté hier. Je soupçonne que tu joues les malades pour ne pas avoir à l'affronter.

— Après t'avoir quitté ? releva Alistair en s'asseyant plus droit, le mouvement menaçant de faire tomber son plateau. C'est comme ça que tu vois les choses ? Au lieu de : « après que j'ai abandonné ta sœur pour courir après Mlle Burke » ?

— Elle ne marchait pas assez vite…

— Ça suffit, dit Alistair, fouillant dans les draps pour trouver son mouchoir avant de se moucher avec un bruit de trompette. J'ai trop mal à la tête pour avoir cette conversation avec toi. Je te tuerai demain.

Miles hocha la tête d'un air compréhensif.

— Le problème, c'est qu'à partir de demain il pourrait bien y avoir la queue, dit-il en tapotant sa poche de poitrine. J'ai une nouvelle invitation, vois-tu. Du marquis d'Ashborough.

Le regard vaseux de son ami s'éclaircit un peu.

— Une invitation ? À un rendez-vous dans le pré au petit matin, tu veux dire ?

Miles parvint à forcer un rire, mais il se dit qu'il aurait pu le rendre plus convaincant.

— Certainement pas. C'est une invitation à dîner. Un repas auquel se joindra le duc de Raynham, et peut-être M. Paris Burke. En d'autres termes, les trois hommes les plus importants dans la vie de Daphné, à l'exception de son père. Demain soir.

Ce qui suivit alors fut une série de mouvements savamment calculés. Alistair plia son mouchoir, repoussa le plateau, sortit du lit, traversa la chambre pieds nus et tira les rideaux, bien qu'il ne soit vêtu que de sa chemise de nuit et que les fenêtres donnent sur la rue. Il ne croisa le regard de Miles à aucun moment.

— Donc, ce que tu es en train de me dire, c'est que je serais gentil de te tuer plutôt aujourd'hui.

— Exactement, mon cher vieil ami.

Alistair hocha la tête, le regard fixé sur le ciel gris.

— Au cours du dîner hier soir, Georgie a raconté qu'on t'avait vu dans la serre avec une jeune femme, mais j'étais persuadé qu'elle avait inventé cette histoire pour détourner l'attention de la mauvaise conduite de sa sœur. Même Miles, pensais-je, même Miles ne serait pas assez imprudent, si indifférent aux bonnes manières, si prisonnier de...

— Sa queue ? suggéra Miles durement.

Le « même Miles » prononcé par son ami l'avait plus vexé qu'il n'aurait voulu l'admettre. Il ne s'attendait pas à cela venant d'Alistair.

Celui-ci se retourna.

— J'allais dire ses *désirs*. Nous ne sommes plus à l'université, Miles.

— Non, clairement pas.

— J'en déduis que tu ne vas pas essayer d'expliquer ton comportement ?

— Est-ce que cela servirait à quelque chose ? Si je te disais que Mlle Burke m'a montré la collection de plantes tropicales de sa sœur, à la vue de tous ceux qui voulaient bien regarder, et que je me suis conduit en gentleman tout du long, y compris lorsqu'elle a semblé vouloir à un moment... Bref.

Il se tut un instant, tâchant de ne pas penser au visage de Daphné tourné vers lui, son corps tout près du sien.

— Me croirais-tu ? demanda-t-il finalement.

Alistair croisa les bras et regarda Miles de haut en bas, l'air on ne peut plus sévère. Puis il laissa échapper un profond soupir.

— Évidemment que je te croirais. Mais, mon Dieu, c'est donc sérieux cette histoire, n'est-ce pas ? Si tu t'es laissé infliger une leçon sur les plantes…

Miles gloussa, puis aussitôt redevint grave.

— Tu sais quoi ? Ça l'est peut-être, confessa-t-il après un moment. Sérieux, je veux dire.

Le sifflement de la respiration d'Alistair fut le seul bruit dans la pièce pendant un bon moment.

— Je vois, dit finalement celui-ci. Donc, tu ne peux pas vraiment refuser l'invitation d'Ashborough.

— Non, je ne peux pas.

Alistair toussa quelques instants, puis gagna l'unique fauteuil de la chambre et s'assit.

— Fort bien. Puisque je ne dispose d'aucun pistolet de duel et que je n'ai pas la force ce matin de te transpercer avec mon épée – même si cela aurait été miséricordieux –, je suppose qu'il vaudrait mieux que nous discutions de ce que tu vas faire, ou plutôt de ce que tu ne vas pas faire pour éviter un nouveau dîner de fiançailles catastrophique.

Miles hocha la tête et s'appuya contre le manteau de la cheminée, se préparant à une conversation qui ne promettait aucun des agréables à-côtés de la leçon de botanique délivrée par Daphné.

Comprendre qu'elle lui plaisait était à la fois totalement inattendu et assez malvenu. Certes, il aurait pu tomber sur bien pire qu'une femme qui le faisait sourire, qui le tenait en haleine et qui lui donnait envie de l'embrasser jusqu'à perdre le souffle.

Mais tout cela rendait également très inconfortable le fait de... eh bien, de lui faire du chantage. Il avait menacé de révéler sa participation à la gazette pour la forcer à l'aider à gagner son pari. C'était l'une des choses – non, *la* chose la plus méprisable qu'il ait jamais faite, l'une des choses les plus méprisables dont il ait entendu parler.

S'il l'appréciait, il devait la libérer de ce marché.

Mais comme il l'appréciait, la solution n'était pas si simple.

Elle lui avait proposé de l'épouser. Elle était prête à se sacrifier plutôt que d'inciter une autre femme à s'apparier avec un libertin comme lui. D'ici quelques jours, elle pouvait être à lui.

Mais pouvait-il être à elle en retour ?

Le charme est le principal outil du débauché pour attirer les jeunes ladies. (Les méthodes qu'il pourrait employer pour attirer d'autres types de femmes sont au-delà de l'expertise de l'autrice et n'entrent pas dans les préoccupations de la présente publication.) Une jeune lady est élevée pour n'accepter les attentions que d'hommes parlant avec intelligence et ayant des manières de gentleman. Elle pourrait par conséquent imaginer qu'il est très facile de se prémunir contre les débauchés – elle sera à l'affût d'un visage trop joli, de vêtements trop raffinés et d'un comportement désagréable.

Le charme, cependant, est ce qui fait passer un discours absurde et idiot pour rationnel. Le débauché sait flatter, cajoler, taquiner, et parfois même insulter ! La jeune lady à qui ce type de discours n'a jamais été adressé fera naturellement savoir que de telles paroles sont malvenues et offensantes. Elle aura appris à se détourner de ce genre de bavardage.

Elle est cependant en danger d'ignorer l'effet du charme, qui a le pouvoir extraordinaire de rendre ces flatteries agréables et faire de mots tranchants des mots doux. ~~Elle pourrait découvrir qu'être taquinée est en réalité délicieux, fait monter la tension et lui donne en retour le sentiment d'être intelligente~~.

Le charme n'affecte pas uniquement les oreilles, mais également les yeux. Une jeune lady doit se garder de voir le ~~magnifique~~ méprisable visage du débauché occuper une place ~~dans ses rêves~~ dans ses pensées. Dans le cas contraire, elle pourrait se retrouver, dans les moments les moins convenables, avec ~~une palpitation~~ un esprit confus, un cœur battant trop vite, un souffle court et

— Daph ? Tu ne devineras jamais !

Bell arriva en trombe dans la chambre qu'elles partageaient, les joues roses, les cheveux en désordre d'avoir couru.

Instinctivement, Daphné posa un bras sur son travail, effaçant à demi le mot « méprisable » – son ajout le plus récent à la page. D'ordinaire, elle écrivait d'une main sûre, sans taches ni ratures. Mais cet essai sur les débauchés la perturbait. Elle avait déjà envoyé trois versions au feu et n'avait pas grand espoir avec la quatrième. Chaque fois qu'elle trempait sa plume, elle voyait l'un de ces deux visages : lady Stalbridge, les sourcils légèrement froncés, clairement déçue par sa lenteur ; ou lord Deveraux, souriant comme à son habitude, une expression que Daphné essayait de visualiser quand sa sœur était entrée dans la pièce.

— Oooh ! fit Bell.

Elle se tordit le cou en approchant de la coiffeuse, sur laquelle était posée l'écritoire de Daphné.

Pour les encourager à leur écrire régulièrement alors que les sœurs quittaient Dublin pour la première fois, leurs parents leur avaient donné à chacune une écritoire – une boîte en bois à l'intérieur de laquelle elles pouvaient stocker des plumes, de l'encre et du papier, avec un couvercle légèrement incliné qui formait une surface pratique pour écrire.

Enfin, ce n'était pas la *première* fois qu'elles quittaient Dublin. C'était, plus précisément, la première fois qu'elles quittaient la maison sans leurs parents.

Quoi qu'il en soit, ces boîtes avaient voyagé avec elles, avaient pris le bateau de Dublin à Londres avant d'être transportées au manoir de Tavisham dans le Berkshire, Hawesdale Chase dans le Westmorland et Stoke Abbey dans le Shropshire, les diverses maisons de leurs frères et sœurs à travers l'Angleterre. L'écritoire de Daphné était usée et cabossée par les ans, tachée d'encre à l'extérieur comme à l'intérieur. Celle de Bell était encore immaculée et se trouvait rangée sous son lit.

— Es-tu en train de travailler à la prochaine chronique de Miss Busy B. ? murmura Bell. Quelle est la question du mois ?

Daphné plia les pages de l'essai dont l'encre n'était pas encore sèche, souleva le couvercle de quelques centimètres et y glissa les papiers.

— Je ne suis pas autorisée à te le dire. Mais tu avais quelque chose à me dire, toi. Qu'est-ce que c'est ?

Bell se rappela la raison qui l'avait conduite jusqu'ici.

— Tu ne devineras *jamais* ! répéta-t-elle.

— Je n'ai pas l'intention d'essayer.

Malgré un profond soupir d'agacement, Bell ne put tenir sa langue bien longtemps.

— Gabriel a invité lord Deveraux à dîner demain.

Daphné, qui avait toujours sa plume dans la main, la sentit se casser sans pour autant avoir conscience d'avoir refermé le poing.

— Que… Pourquoi ? Pourquoi faire une chose pareille ?

— Pour voir de quel bois il est fait, selon Cami. Il paraît maintenant évident que l'homme cherche à te courtiser, et ils ont l'intention de le faire passer sur le gril avant de décider si oui ou non ils lui donnent leur bénédiction.

— *Ils ?* Cami et Gabriel, tu veux dire ?

Bell hocha la tête.

— Et Tristan, bien sûr. Et Erica aussi. Oh, et Paris également, si Rosamund arrive à se passer de lui. C'est vraiment dommage que Galen soit en train de faire cette randonnée dans l'ouest de l'Irlande. Tes fiançailles potentielles avec un vaurien auraient pu être un moyen de rassembler toute la famille.

Daphné ferma les yeux, soudain heureuse de pouvoir se concentrer sur la douleur que la pointe de la plume provoquait dans la paume de sa main.

— Est-ce que papa et maman sont attendus également ?

— Bien sûr que non, idiote. Ils ne peuvent pas venir de Dublin en une journée. Mais papa a donné à Paris l'autorisation de signer un accord de mariage. Et s'il n'est pas là, je suis sûre que Gabriel ou Tris pourraient…

— Lord Deveraux a-t-il accepté l'invitation ?

Elle ouvrit la main juste assez pour laisser les morceaux de plume – l'une de celles qu'il lui avait offertes – tomber sur la coiffeuse. Puis elle regarda Bell et vit la réponse écrite sur son visage.

— Réponse délivrée par messager il n'y a pas cinq minutes, répondit-elle d'un air condescendant. Il serait très heureux... *et cætera et cætera*.

Daphné avait vu assez de correspondance de gentlemen – des lettres de plainte avait été envoyées à *La Gazette des demoiselles* après son premier article – pour savoir que les *et cætera* n'étaient peut-être pas une invention de Bell. Elle n'aurait pas été surprise d'apprendre que lord Deveraux écrivait de cette façon.

— Tu l'as lue, alors ?

— J'ai entendu Cami le dire à Gabriel.

— Entendu ? releva Daphné en se tournant dans sa chaise. Est-ce que tu aurais écouté aux portes, Bell ?

Elle ne pouvait pas réellement revendiquer une quelconque supériorité morale lui permettant de réprimander sa jeune sœur pour une chose pareille. Mais cela augmentait la possibilité que Bell ait mal compris. Peut-être les choses n'étaient-elles pas aussi désespérées qu'elles en avaient l'air.

Bell sembla offensée par cette accusation. De manière excessive, estima Daphné.

— Pas du tout !

Daphné tâcha de masquer sa déception. Elle avait espéré avoir une semaine supplémentaire, au moins, afin de terminer son essai et d'affiner son plan pour mettre fin à ces fiançailles officieuses sans pour autant tout révéler. À présent, à cause de l'intervention de sa famille, on lui forçait la main.

En admettant, bien sûr, que Miles survive au porto d'après dîner avec Paris, Gabriel et Tristan.

— Quand la saison a débuté, dit Bell en se laissant tomber sur son lit, les bras en croix, le regard rivé au plafond, je ne pensais pas un instant que tu voudrais t'approcher de près ou de loin du marché du mariage. Tu faisais un tel foin à l'idée de devoir faire les boutiques, danser, faire des visites – c'en était troublant, vraiment. Je ne t'avais jamais vue te cacher auparavant.

— Je ne...

Daphné s'interrompit. Elle avait bien caché des choses, dans un sens tout du moins. Elle avait creusé son trou, petit, étroit – sa place dans la famille, dans le monde –, et s'était dit que cela ne la dérangeait pas d'être négligée et ignorée. Elle était ravie à l'idée de travailler pour *La Gazette des demoiselles*, mais tout le monde savait, elle y compris, qu'elle n'était pas aussi douée avec une plume que Cami ou Galen, ni aussi passionnée par un sujet qu'Erica ou Paris, ni aussi jolie que Bell.

Mais la vérité était qu'une part d'elle avait toujours espéré être vue et appréciée pour ce qu'elle était.

Miles, *lui*, l'avait vue – assez en tout cas pour trouver la meilleure façon de lui faire la cour, avec des chansons irlandaises, des plumes neuves et un esprit joueur.

Rien de cela n'était réel, cependant. C'était une fausse cour, faite à sa demande. Et si elle n'y prenait garde, c'était sur le point de devenir un faux mariage, sans honnêteté ni compréhension. Sans amour.

Avec un soupir, elle s'écroula sur le lit, à côté de Bell.

— Eh bien, disons que ça n'aurait pas été très gentil de ma part d'éclipser ma petite sœur, plaisanta-t-elle.

Belle rit, mais pas avec sa légèreté habituelle. Et lorsqu'elle se releva un peu, s'appuyant sur son coude pour regarder Daphné, celle-ci vit pour la première fois une maturité inattendue sur son visage. À dix-neuf ans, Bell était une femme.

Peut-être que Daphné n'avait pas vu les choses aussi clairement qu'elle l'aurait dû.

— Je suis désolée, commença-t-elle, bien qu'elle ne sache pas vraiment comment s'excuser d'une vie entière passée avec la certitude qu'elle en savait plus que sa sœur, alors qu'en vérité elle ne savait rien du tout.

Bell secoua simplement la tête.

— Crétine.

Et elles partirent toutes deux d'un grand rire, comme elles n'avaient plus ri depuis des années, le genre de rire qui faisait mal aux côtes et couler les larmes. Eileen, la chatte qui dormait enroulée dans son coin habituel entre les oreillers, gonfla sa queue et sauta du lit avec un « miaou » offusqué.

Finalement, à bout de souffle, Daphné leva les yeux au plafond.

— Oh, Bell, qu'est-ce que je vais faire ?

— Faire ? répéta Bell en se tournant pour la dévisager. Que veux-tu dire ? J'avais l'impression que tu aimais plutôt bien lord Deveraux. Et il n'a pas l'air mal, en dépit de ce que disent les gens à son propos.

« Ce que disent les gens... »

Ce qu'*elle* – Miss Busy B. – avait dit.

Elle était à deux doigts de tout raconter à Bell. De lui révéler ce que Miles avait exigé pour garder le secret. Et la supposée – et temporaire – « solution » qu'elle avait imaginée, celle que sa famille aimante semblait à présent déterminée à rendre bien réelle et permanente.

Mais si elle disait la vérité à Bell aujourd'hui, cela mettrait l'accent sur sa réticence à le faire plus tôt. Bell serait blessée par son manque de confiance.

Elle parvint à émettre un rire d'autodérision.

— Je voulais dire : qu'est-ce que je vais bien pouvoir *porter* ?

— Oh, laisse-moi choisir ! s'exclama Bell, sautant du lit et se précipitant vers le dressing.

De là, elle fit plusieurs suggestions et les rejeta toutes avant même que Daphné ait le temps de donner son avis.

Eileen bondit sur le matelas pour retrouver sa place habituelle, douillette et confortable. Momentanément surprise par la présence de Daphné sur ce qu'elle semblait considérer comme son lit, la chatte rôda autour d'elle, procédant à une inspection minutieuse avant de se mettre à pétrir de ses pattes le ventre de la jeune femme.

C'était assez désagréable. Ses griffes faisaient des accrocs dans sa robe. Il ne s'agissait heureusement que d'une simple robe de coton, qui avait à présent une tache d'encre sur la manche. Mais c'était aussi, de manière évidente, un signe d'affection, au point que Daphné n'eut pas le cœur de repousser l'animal. Et Eileen, inconsciente de tout dilemme, ne fit même pas mine de bouger lorsque l'abdomen de Daphné eut des hoquets de rire.

La chatte, tout comme sa famille, ne faisait que ce qui lui venait instinctivement, même si cela causait de la douleur.

Les véritables écrivains de la famille, Cami et Galen, auraient sans doute repoussé une image aussi bâclée pour décrire les circonstances dans lesquelles se trouvait Daphné. Mais elle n'en était pas moins vraie.

Ses frères et sœurs avaient organisé ce dîner du lendemain pour elle. Ils voulaient la protéger – et peut-être, au moins un peu, protéger leur réputation. Elle ne pouvait leur en vouloir de n'avoir pas pris en considération ses sentiments ou de ne pas lui avoir demandé ce qu'elle voulait réellement.

Après tout, qu'aurait-elle répondu s'ils l'avaient fait ?

13

Miles appréciait la bonne nourriture avec la même délectation qu'il appréciait les divers plaisirs charnels qu'offrait la vie. Mais il ne se souvenait pas d'avoir moins apprécié un repas que celui-ci. Et cela incluait le pathétique dîner de fiançailles chez les Grey.

Tous les convives étaient soit un membre de la famille Burke, soit un conjoint. L'absence d'autres invités n'était pas en soi une surprise, tout d'abord parce que la famille était assez grande pour remplir une salle à manger, ensuite parce que l'humeur n'était aucunement à la célébration, en dépit de quelques amusantes saillies et de rares éclats de rire. Miles était sûr d'avoir assisté à des funérailles plus gaies.

En fait, au vu des regards sévères lancés à la fois par M. Paris Burke et le duc de Raynham, il se demandait si ce n'était pas, en effet, plutôt des funérailles auxquelles il était en train d'assister – les siennes, un peu en avance.

Mais cela n'aurait eu absolument aucune importance à ses yeux s'il avait été la seule victime.

La table avait été organisée pour que Daphné et lui se trouvent au milieu, face à face. De chaque côté de Daphné se trouvaient le duc et son frère aîné. À la gauche de Miles se trouvait la duchesse et, à sa droite, Bellis. Lord et lady Ashborough étaient assis chacun à un bout de la table. Il était dès lors très aisé pour Raynham et Burke de transpercer Miles de regards noirs, et impossible pour Miles de converser avec Daphné, que ce soit par des regards ou des mots, sans attirer l'attention de toute l'assemblée. De fait, depuis un quart d'heure, les yeux de Daphné étaient restés baissés sur son assiette, bien qu'il ne l'ait pas vue prendre la moindre bouchée.

Personne cependant n'avait dit un mot désagréable. Le repas se déroulait comme s'ils s'étaient accordés à l'avance pour ne pas demander à Miles ce qu'il attendait de cette attention portée à Daphné, ni pointer ce que la jeune femme avait à perdre. D'ailleurs, ils l'avaient sans doute fait – s'accorder. Ni lady Ashborough ni le duc de Raynham ne lui apparaissaient comme le genre de personnes qui agissent sans planifier une stratégie.

Non, tout semblait suivre un cours déterminé à l'avance : les sujets de conversation et les plats changeaient avec une régularité minutieuse. Burke interrogea la duchesse sur le succès de sa garden-party. Quelqu'un s'enquit de la santé de Mme Paris Burke et reçut une réponse rassurante. Miles comprit de l'échange en question que la dame attendait un enfant, ce qui rendait la présence de Burke d'autant plus notable.

Daphné était-elle toujours aussi silencieuse lorsqu'elle se trouvait au milieu de sa famille ? Cela paraissait peu probable. Il savait qu'elle était fort capable de tenir une conversation et, à les regarder tous ensemble, il était facile d'imaginer comment une telle compétence s'était aiguisée.

Cela ne rendait que plus troublant son présent silence. Ils se parlaient les uns aux autres, faisant même parfois l'effort d'inclure Miles dans la conversation, mais ils laissaient Daphné disparaître. Oh, pas littéralement, certes – elle ne s'était pas encore résolue à s'enfoncer dans sa chaise et à glisser sous la table.

Cette image lui donna cependant une idée. Étirant une jambe, il donna un petit coup à son pied avec le bout de son orteil. Il espérait, du moins, que c'était bien son pied. S'il s'agissait de celui de Raynham, il doutait que le duc fasse preuve d'indulgence.

Il sut qu'il avait atteint son but lorsqu'il la vit se redresser sur son siège et la sentit ôter son pied. Sa tentative de communication venait d'avorter. Il commençait à retirer sa jambe quand il sentit un coup sur le côté de ses orteils. Puis, sans pour autant lever les yeux, elle pressa légèrement son pied contre celui de Miles, deux fois, comme si elle pressait ses doigts pour le rassurer.

Était-elle inquiète ? Nerveuse ? Pour elle-même ? Pour lui ?

Elle était plutôt jolie avec sa robe jaune primevère recouverte de dentelle blanche, et il était évident qu'un grand soin avait été apporté à la coiffure de ses cheveux bruns et soyeux. Pour sa part, Miles préférait la robe bleue qu'elle portait à la soirée musicale des Estley, la façon dont sa couleur métallique semblait l'avoir imprégnée de sa force.

Bellis se pencha vers lui.

— N'est-elle pas ravissante ?

— Toujours, répondit-il, se surprenant à le penser vraiment.

Daphné leva alors les yeux, mais sans le regarder.

— C'est sa robe, expliqua-t-elle en lançant un regard à sa petite sœur. Elle cherche à obtenir un compliment pour elle, pas pour moi.

Que répondre à cela ?

— Eh bien, vous méritez chacune un compliment. Je ne vois aucune raison d'en être avare. Mlle Daphné est ravissante, en effet, et Mlle Bellis a beaucoup de goût.

Cela lui valut un rougissement de la plus jeune, un regard désapprobateur de son frère et la perte du contact de Daphné sous la table.

— J'ai entendu dire, lord Deveraux, lança la duchesse de Raynham, que vous connaissiez un peu les plantes.

La duchesse était un personnage étonnant : chaleureuse et amicale la plupart du temps, mais arborant un air de perpétuelle distraction. Elle ressemblait peu à une duchesse, et même à une Burke. Ou, à tout le moins, elle ne vibrait pas avec la même intensité que ses frère et sœur aînés, lady Ashborough et M. Paris Burke, malgré ses singuliers cheveux roux. N'ayant jamais rencontré l'autre frère, le poète, Miles s'en tint là pour les comparaisons.

— Absolument pas, Votre Grâce, répondit-il avec un sourire incertain. Je me demande qui a bien pu vous tromper à ce point.

— Mlle Isabella Killigrew, la nièce de lord Stalbridge.

Il commençait à comprendre.

— Oh, eh bien, en fait je n'ai fait que répéter ce que votre sœur... (Il lança un regard à Daphné, qui avait repris la contemplation de son assiette intacte.)... m'a raconté à propos de, euh... qu'était-ce, déjà ?

— Le piège à mouches de Vénus, répondit Daphné automatiquement, avant de refermer la bouche aussi vivement que les feuilles de ladite plante.

— Oui, voilà, dit Miles. Puis nous avons pris le temps de regarder d'autres spécimens intéressants. Je, euh... J'ai peut-être inventé quelques détails scientifiques à leur propos. Et puis, euh...

Une chaleur particulière monta sur sa nuque et ses oreilles. Mon Dieu, était-il en train de rougir ?

— ... je lui ai raconté quelque chose à propos des abeilles qui, dans des climats plus chauds que le nôtre, seraient aidées dans leur travail par des fées.

Lady Ashborough lui lança un regard désapprobateur par-dessus ses lunettes, une expression qui le renvoya mentalement sur les bancs de l'école.

— Ce sont de petites créatures ailées qu'on nomme colibris, en fait, intervint Raynham en se penchant en arrière sur sa chaise, faisant tourner le pied de son verre entre ses doigts. Vous n'étiez pas si loin.

Même dans cette position qui se voulait détendue, Raynham conservait une réserve, une raideur qui semblait autant venir de son passé d'officier que de son rang. Quoi qu'il en soit, son geste avait été... Miles ne savait pas vraiment comment le qualifier. Amical ? Pas tout à fait, mais au moins l'homme ne l'avait pas laissé se tortiller sous le regard inquisiteur de lady Ashborough.

— Comme c'est mignon ! déclara Bellis. Daphné, ça ne te rappelle pas quand Gabriel prenait le thé avec nous ? Quand Cami l'a fait venir à Dublin, la première fois ?

Daphné répondit d'un hochement de tête, mais l'échange de regards entre lord et lady Ashborough exprimait un curieux mélange de nostalgie et d'inquiétude.

Ces éclats d'histoire familiale étaient trop brefs et trop obscurs pour éclairer Miles. Ils offraient néanmoins des éléments sur une famille qui, pour un homme sans frère ni sœur et sans aucun souvenir de ses parents, était un grand mystère. Donc, Daphné et Bell devaient avoir à peu près l'âge d'Isabella Killigrew quand Ashborough – un joueur invétéré à la réputation si sulfureuse que les gens en parlaient encore à voix basse une décennie plus tard – avait courtisé puis épousé leur sœur aînée, une femme bien en dessous de sa condition. Il soupçonnait que cette histoire avait un peu d'influence sur la façon dont la famille voyait la cour qu'il faisait à Daphné aujourd'hui.

Soudain, lady Ashborough se leva. Le dîner était terminé.

— Allez, mesdames, laissons ces messieurs à leur porto.

Les hommes se levèrent à leur tour et s'inclinèrent pendant que les dames sortaient. Miles aurait aimé que Daphné lui jette un regard en partant, mais elle était entourée par le cortège des sœurs Burke qui l'accompagnaient vers la sortie.

D'un élégant geste de la main, Ashborough congédia les valets de pied. Il s'approcha du buffet et en sortit quatre petits verres à pied et deux carafes, l'une contenant du porto, l'autre une liqueur de couleur ambrée, qu'il plaça devant Burke avec un sourire entendu.

— Je suppose que vous préférez le whisky ?

Burke leva des yeux noirs sur son hôte. Un autre échange de regards, un autre échange de non-dits, dont Miles ne comprenait pas le début du commencement.

Puis le visage de Burke, émacié, beau, se détendit, et il se mit à sourire pour la première fois de la soirée.

— J'espère que ce n'est pas une quelconque piquette écossaise que vous essayez de faire passer pour de la véritable eau-de-vie, Ashborough.

— Oserais-je ? répliqua le marquis en retournant s'asseoir, une lueur malicieuse au coin de l'œil.

Depuis l'autre côté de la table, on entendit un *cling* lorsque Raynham déboucha la carafe de porto.

— Je pense que nous savons tous que la réponse est oui.

Les trois hommes se mirent à rire.

Ils avaient tous au moins dix ans de plus que Miles, ce qui voulait dire qu'ils avaient la quarantaine. Des hommes de pouvoir et de privilèges, dans la force de l'âge. Époux et pères dévoués. Et pourtant, remarquablement différents les uns des autres, liés par le mariage à des sœurs qui, elles-mêmes, semblaient avoir peu en commun.

Miles, qui jusqu'à récemment s'était cru plutôt apprécié de tous, s'était toujours senti à l'aise en compagnie des hommes - les clubs, le terrain de cricket, les conversations sur les chevaux et les femmes... Mais il n'était pas certain d'avoir sa place parmi cette assemblée masculine. Il repensa aux yeux baissés de Daphné.

Peut-être serait-il plus sage, tout simplement, de se retirer de la course.

— Vous êtes nerveux, Deveraux ? lança Raynham en servant un verre de porto avant de le lui tendre.

— Devrais-je l'être ?

— Apparemment, fit Ashborough d'une voix traînante, vous pensez à intégrer le clan Burke.

Donc, je parlerai d'expérience en répondant : oui, vous devriez l'être.

— Je sais que j'aurais dû vous tuer la première fois que je vous ai vu, lui dit Burke, fixant son verre avec un profond scepticisme, bien que la remarque ait été faite sans agressivité.

Ashborough se pencha vers la table pour prendre le verre que lui tendait Raynham.

— Je dois dire que, certains jours, Camellia pourrait être encline à être d'accord avec vous. Mais je fais de mon mieux pour l'inciter à m'épargner et à faire la paix. Habituellement, elle rend les armes.

Il y avait quelque chose de suggestif dans ses paroles.

— Bon Dieu, Ash !

Burke, qui s'était risqué à prendre une gorgée, recracha dans son verre et lui lança un regard mauvais en s'essuyant la bouche du revers de la main. Si on exceptait la couleur de leurs yeux, lui et lady Ashborough auraient pu être jumeaux. Le même visage anguleux, les mêmes cheveux noirs qui ne montraient aucun signe de blanchissement. Ils semblaient plus proches en âge que Daphné et Bellis.

Raynham émit un son qui aurait pu être un gloussement. Ou non.

— Messieurs, j'ai bien conscience qu'une décennie d'animosité ne peut aisément être mise de côté. Mais puis-je vous suggérer de concentrer votre énergie et votre attention ailleurs, ce soir ?

Sur ce, trois paires d'yeux vinrent se poser sur Miles.

Décidé à ne pas paraître mal à l'aise, il leva son verre dans une sorte de toast muet puis avala une bonne gorgée, bien qu'en réalité il aurait préféré le whisky de Burke au porto épais et sucré.

— Je suppose que vous avez des questions à me poser, messieurs, dit-il en reposant son verre sur la table.

— Des observations, corrigea Burke. La première d'entre elles étant que je n'ai jamais vu Daphné avec un air plus abattu que ce soir.

Miles réfléchit à la remarque. Burke était un avocat à l'intelligence vive et à la langue affûtée - des qualités pour lesquelles lui-même n'était pas spécialement connu. Prudence est mère de sûreté, dit-on. Mais, au final, il savait quelle devait être sa réponse.

— Êtes-vous certain que c'est moi qui suis à blâmer pour cela ?

Ce que voulait dire Miles était très clair. Burke le regarda de travers et versa la moitié du contenu de son verre dans sa gorge.

— Je ne vois pas comment la détermination de notre famille à protéger Daphné pourrait être la raison de son attitude maussade.

— Peut-être préférerait-elle se protéger elle-même, suggéra Miles. C'est une adulte. Moi je l'ai remarqué, si aucun d'entre vous ne l'a fait.

Quelque chose brilla dans le regard d'Ashborough.

— Se protéger elle-même... d'un homme de votre réputation ? demanda ce dernier. Et comment croyez-vous que les choses risqueraient de tourner ?

Étrange question, pensa Miles, venant d'un homme dont la réputation était bien plus sombre que la sienne, un homme qui avait épousé une femme qui semblait capable de tenir tête au diable lui-même.

Les paroles du marquis étaient-elles un avertissement ou un encouragement ?

— C'est vrai, convint Burke. Même à la campagne, j'ai entendu parler de votre pari – et c'était avant que Cami m'écrive pour me dire que vous commenciez à tourner autour de notre sœur. Vous avez dansé avec elle, chanté avec elle, et il y a eu l'incident du jardin d'hiver. Vous semblez déterminé à vous donner en spectacle avec elle.

— Le jour de la garden-party, elle semblait bien plus malheureuse *avant* l'incident du jardin d'hiver, comme vous l'appelez, qu'après, intervint Raynham.

Burke se tourna vers son autre beau-frère et Miles fit de même, tâchant d'interpréter les paroles du duc. Peut-être la réaction de Daphné sur la terrasse, qu'il pensait avoir imaginée, était-elle bien réelle, finalement.

— C'est Erica qui vous a dit cela ? suggéra Burke, se référant à la duchesse.

Il semblait sceptique.

— C'est *ma* sœur qui me l'a dit. Pas la vôtre, répliqua le duc.

Miles se remémora l'échange muet entre lady Viviane Laurens et Daphné, et comprit que la première avait dû parler ensuite au duc.

Raynham recula sa chaise afin de pouvoir croiser les jambes. Cette posture le rendait, on ne sait comment, encore plus impressionnant.

— Vivi et Daphné sont devenues bonnes amies au fil des ans. Et j'oserais dire qu'elle est moins prompte aux exagérations romantiques que certaines jeunes ladies – Bellis, par exemple – de qui lady Ashborough tient ses informations.

— Veuillez m'excuser, se hasarda Miles, mais personne n'a songé à questionner Mlle Burke elle-même ?

Les trois hommes échangèrent un regard. Par un accord tacite, ce fut Ashborough qui prit la parole.

— Daphné n'a pas été très loquace sur le sujet.

— Daph a toujours été la discrète de la famille – comparée aux autres, du moins, expliqua Burke avec la lassitude de celui qui a grandi entouré de sœurs.

Miles avait entendu ce ton chez son ami Alistair à de nombreuses reprises.

— Même si vous pouvez tous être taciturnes de temps à autre, ajouta Raynham, ce dont Burke convint d'un hochement de tête.

— Donc, après en avoir discuté, poursuivit Ashborough, nous avons décidé qu'il nous incombait de connaître vos intentions. J'ai vu le livre de paris moi-même au White's. Aussi, je sais que vous souhaitez absolument éviter de le perdre.

— Pourquoi avoir accepté ce pari ? demanda Raynham en secouant la tête.

— Pourquoi fait-on un pari ? répliqua Ashborough. Parce qu'il ne pensait pas pouvoir le perdre.

En entendant cela, Burke regarda Miles de bas en haut et émit un bruit offusqué.

— Nous savons aussi pour les fiançailles brisées avec Mlle Grey, dit Raynham. Et vous avez commencé à prêter attention à Daphné juste après cela. C'est plutôt pratique.

Burke se leva et alla jusqu'au buffet, avant de reprendre :

— En l'espace d'une semaine, ces attentions sont devenues insistantes, au point que ma sœur risque de devenir un sujet de commérages si les choses ne sont pas menées à leur conclusion logique rapidement – bien que cela me fasse mal d'avoir à le dire.

Miles se leva, comprenant que cette réunion touchait à sa fin.

— Une demande en mariage.

Que diraient ces hommes s'ils apprenaient que Daphné lui en avait déjà fait une ?

— Nous ne nous apprécions peut-être pas toujours, affirma Raynham avec un regard circulaire, mais cette famille est bâtie sur l'amour. Votre seul souci est peut-être de gagner votre pari, mais comprenez bien que ce n'est en aucun cas le nôtre. Nous voulons le bonheur de Daphné.

— Donc, si elle refuse, ajouta Ashborough, vous irez poser votre regard ailleurs. Ne comptez pas sur une deuxième chance.

— Avec Daphné ?

— Avec nous tous.

Leur instinct de protection avait quelque chose de remarquable. Miles le trouvait à la fois admirable et étouffant. Pas étonnant que Daphné écrive en secret et rêve d'être à la fois appréciée pour elle-même et autorisée à déployer ses ailes.

Mais quelle chance avait-il, réellement, d'être le genre d'homme dont une femme si intelligente avait besoin ?

— C'est compris. Je lui parlerai dès ce soir, avec votre permission.

Raynham et Ashborough s'en remirent à Burke, dont le visage était tendu tandis qu'il hochait durement la tête.

— Venez, dit-il. Nous vous conduisons à elle tout de suite.

14

Assise dans le salon, un livre sur les genoux, Daphné faisait semblant de lire. Elle n'avait pas la moindre idée de ce dont parlait le livre, mais il lui servait à fuir l'attention des autres. Son plan lui avait semblé assez simple au départ. Elle écrirait un essai sur les débauchés – c'est-à-dire sur « ce diable de Deveraux ». Choquée par les révélations contenues dans l'essai, la bonne société se détournerait de lui pour de bon. Il n'aurait alors plus aucun pouvoir sur elle pour la faire chanter, ce qui réduirait à néant la perspective d'un mariage entre eux. Elle serait libre.

Elle n'avait pas réfléchi à ce qui arriverait si Paris, Gabriel et Tristan refusaient de laisser Miles continuer sa cour – soit en lui demandant de l'épouser immédiatement, soit en refusant de donner leur bénédiction à cette union. Dans ce cas, elle serait contrainte de choisir son destin : l'épouser contre le gré de sa famille ou contre son propre gré, ou les deux, ou se voir dénoncée comme étant Miss Busy B. et devoir en affronter les conséquences.

Quelle que soit la nature de la conversation qui se déroulait en ce moment même entre les quatre hommes, la période de cour touchait à sa fin et, jusqu'à présent, ses recherches n'avaient pas abouti à des résultats suffisants pour alimenter son ouvrage.

Tout en ruminant, Daphné écoutait Bell d'une oreille distraite, qui passait le temps en jouant du pianoforte – pas très bien, d'ailleurs, parce qu'elle en jouait rarement. Malheur à l'homme qui, cherchant une épouse accomplie, poserait son regard sur Bellis Burke.

Cami et Erica étaient assises sur le même sofa, en train de parler bébés. D'après ce que Daphné entendit, Erica aurait préféré retourner à la campagne mais, comme la naissance de Percy avait été compliquée, son mari était déterminé à rester à Londres où on trouvait les meilleurs médecins. Tristan n'était pas un homme très ouvert ni très sentimental, mais personne n'aurait pu mettre en doute l'amour qu'il portait à son épouse.

Les yeux posés sur son livre sans le voir, Daphné essayait de se remémorer mot pour mot ce que Miles avait dit au cours du dîner – pour son essai, bien entendu. Sauf que rien ne l'avait particulièrement frappée comme étant dangereux, ni même un tant soit peu libertin. Juste une absurdité concernant sa robe – et encore, c'était Bell qui la lui avait arrachée. Sinon, il avait été inhabituellement silencieux.

L'était-il encore ? Paris et Gabriel étaient-ils en train de le noyer sous les reproches ?

Ou étaient-ils en train de le pousser à en dire plus qu'il ne le devrait ?

Soudain, les portes du salon s'ouvrirent, laissant entrer les messieurs. Paris paraissait un peu fatigué, comme un homme qui avait quitté le Berkshire tôt le matin même et qui y retournerait dans quelques heures, à l'aube. Il alla parler à Bell au piano.

Daphné s'était à moitié attendue à ce qu'il y ait du grabuge dans la salle à manger après leur départ, et elle ignorait s'il fallait se réjouir que ce ne soit pas le cas.

Les gentlemen avaient d'autres façons, plus dangereuses, de régler les différends.

Gabriel traversa la pièce jusqu'à Cami, qui se leva et demanda s'il fallait qu'elle sonne pour qu'on apporte le thé.

— Dans le salon familial, répondit Gabriel avec un sourire impossible à décrypter. Lord Deveraux aimerait dire quelque chose à Daphné, seul à seule.

Le hochement de tête de Cami fut si brusque que Daphné aperçut seulement le reflet de la lumière sur ses lunettes. Puis les six partirent silencieusement, alors que Miles observait la gigantesque peinture d'une vallée boisée dans le Shropshire où se trouvait nichée Stoke Abbey.

Il ne se retourna que lorsqu'il entendit Daphné refermer son livre d'un coup sec.

Il marcha vers elle. Ses mouvements étaient si gracieux qu'il lui fut difficile de ne pas le regarder. Elle s'était demandé si son essai devait inclure des éléments sur ce genre de questions. Les jeunes femmes étaient tenues dans une ignorance affligeante du corps – les leurs et ceux des hommes. Selon elle, et de l'avis de tout le monde à *La Gazette des demoiselles*, cette méconnaissance les rendait vulnérables.

Mais pouvait-elle vraiment révéler ses récentes découvertes sur l'attrait des formes masculines et leur capacité à détourner une femme de ses buts ?

— Daphné ?

Il semblait à la fois indécis et vaguement satisfait ; elle se demanda si son expression l'avait trahie.

Forçant son esprit indiscipliné à revenir à l'instant présent, elle posa son livre à côté d'elle. Avec un léger sourire, elle désigna le fauteuil tout près du sien. Il s'assit au bord du siège, les jambes repliées, comme s'il s'attendait à devoir bondir au moindre signal. Leurs genoux se touchaient presque.

— Ont-ils été affreux avec vous ? demanda-t-elle comme il ne se décidait pas à parler.

La question le fit hésiter.

— Non, je ne peux pas dire cela, finit-il par répondre. Votre famille est…

— Extraordinaire ? Exceptionnelle ? suggéra-t-elle.

Il haussa une épaule.

— Oui, sans doute. Mais j'allais dire écrasante. À tel point que je me suis demandé si ce sont eux qui vous ont poussée dans l'ombre ou si vous vous y êtes enfermée de votre plein gré.

Quelle étrange réponse.

— Ils n'ont jamais…, commença-t-elle avant de ravaler sa dénégation.

Qu'est-ce que la façon dont sa famille la traitait avait à voir avec la situation présente ? Sauf si, bien sûr…

— Ils ont insisté pour que vous me demandiez en mariage, je présume ?

— Ils n'ont pas utilisé ces mots. Mais c'était l'ambiance générale de la conversation, admit-il. Même si j'ai le sentiment que certains seraient ravis de me voir partir et ne plus jamais vous adresser la parole, afin que la pestilence engendrée par ma présence auprès de vous se dissipe.

— C'est Paris, j'imagine.

Elle avait pensé que son frère insisterait pour mettre un terme à tout cela.

— Ou... ou Gabriel ? Il a un humour tellement grinçant.

— En effet.

S'ensuivit une nouvelle pause au cours de laquelle Daphné se prépara à l'inévitable.

— Eh bien ? s'enquit-elle enfin, quand le tic-tac de l'horloge de la cheminée eut fini de ronger ses nerfs.

— Eh bien quoi ?

— Allez-vous me faire votre demande ?

Un éclair de surprise traversa son visage.

— La décision n'a-t-elle pas déjà été prise ? fit-il remarquer.

— Mais vous ne leur avez pas dit cela, répliqua-t-elle, hésitante. Avez-vous finalement changé d'avis concernant notre mariage ?

Un étrange sentiment lui saisit la poitrine à cette idée. Elle aurait dû éprouver de l'excitation à la perspective de retrouver sa liberté, mais ce n'était pas le cas.

— N'êtes-vous pas plutôt en train de me demander si j'ai changé d'avis concernant la révélation de l'identité de Miss Busy B. ? rétorqua-t-il en levant un sourcil.

— Eh bien... j'imagine qu'il est naturel d'espérer...

— D'espérer quoi ? dit-il en se penchant vers elle. Que je vous libère de votre part du marché ?

— C'est tout ce qui vous inquiète, n'est-ce pas ? demanda-t-elle, soudain furieuse. Le marché et votre pari.

La mâchoire de Miles tressaillit.

— Non, ce n'est pas le cas.

— Quoi, alors ?

Il la regardait mais ne semblait pas la voir. Ses pensées, quelles qu'elles soient, étaient ailleurs.

— Je ne vois rien d'autre à discuter ce soir. Ne devrions-nous pas rejoindre les autres ? lança-t-il en se levant.

Miles n'était pas aussi dénué de cœur et d'esprit qu'elle le pensait au départ – ou qu'on l'avait incitée à le penser. Elle avait au moins appris cela au cours des derniers jours. Mais, à cet instant, il était aussi froid et inflexible qu'un cube de glace.

Elle commençait à douter de pouvoir le persuader de changer son projet de l'épouser. Ses raisons, quelles qu'elles soient, semblaient aller au-delà de ce pari stupide.

Plutôt que de faire moins de recherches, comme le lui avait enjoint lady Stalbridge, Daphné allait avoir besoin d'en faire bien plus si elle voulait avoir la moindre chance de défaire le nœud qu'elle avait noué avec lui.

— Pas tout de suite, dit-elle, tout en se levant également. Si vous en laissez à ma sœur la moindre occasion, elle va organiser notre mariage dans les moindres détails.

Un sourire éclaira son regard.

— Quelle sœur ?

— Je pensais à Cami, mais ce pourrait être une autre.

Il se tapota les lèvres du doigt.

— Ce n'est pas un choix facile. La duchesse de Raynham pourrait obtenir de très jolies fleurs, j'imagine.

— Erica ne s'intéresse pas vraiment à la *beauté* des fleurs, l'avertit Daphné. Peut-être devrions nous discuter de tout cela ensemble d'abord.

N'importe quoi, pourvu qu'il dise quelque chose sur lui. Quelque chose qui soit plus que des balivernes ou du badinage. Quelque chose de réel. Quelque chose de vrai.

— Cela vous ennuie-t-il que toute votre famille ne puisse être présente au mariage ? demanda-t-il. Vos parents, en particulier ? Il leur sera impossible d'être ici avant la fin juin.

Elle fit mine de considérer la question, tâchant d'imaginer ce que cela lui ferait si elle devait réellement se marier quelques jours plus tard.

— Sans doute un peu, oui, concéda-t-elle. Mais ils n'étaient pas présents non plus au mariage de Cami ou d'Erica. Nous n'avons tous été réunis que lorsque Paris s'est marié, et cela a été un calvaire de trouver de la place pour tout le monde. Je me souviens que Paris et Galen ont dû dormir à l'auberge du village.

Des images de ce jour béni lui revinrent.

— Je me souviens de m'être inquiétée que Rosamund épouse Paris seulement parce que je les avais dénoncés, révéla-t-elle.

— Dénoncés ?

Un air à la fois amusé et scandalisé fit se retrousser les lèvres de Miles et illumina ses yeux.

— À quel propos ?

— Je...

Le rouge lui monta aux joues, ce qui lui parut absurde.

— Je les avais vus s'embrasser.

— Comme c'est choquant ! la taquina-t-il.

Ils étaient trop proches l'un de l'autre pour qu'elle se sente totalement à l'aise.

Mais, près de lui, elle n'était pas mal à l'aise non plus. Loin de là.

— Et qu'est-ce que c'est que cette histoire de Bellis et vous prenant le thé avec Ashborough ? demanda-t-il.

— Oh, ça…

Elle laissa échapper un petit rire nostalgique.

— Il est venu à Dublin avec Cami. Au printemps 1898. Galen avait été durement blessé au début de la rébellion et la maison était sens dessus dessous. Paris était…, commença-t-elle avant de se mordre la lèvre.

Bien que plus d'une décennie soit passée, elle n'était toujours pas autorisée à confirmer les rumeurs disant que son frère avait été impliqué dans la rébellion.

— Gabriel a pris sur lui de nous amuser pendant que Cami remettait de l'ordre, comme elle l'a toujours fait. Je n'oublierai jamais la gentillesse qu'il a montrée envers deux petites filles effrayées.

— Vous avez dû être contente, et plutôt surprise de l'époux qu'avait choisi votre sœur.

— Oh, ils n'étaient pas mar…

Elle rougit de nouveau.

La Daphné de huit ans n'avait pas tellement réfléchi au fait que Cami et Gabriel avaient voyagé ensemble depuis Londres jusqu'à Dublin sans être mariés et sans chaperon, et pas du tout à ce qui avait pu se produire pendant le voyage. À présent, cependant, elle voyait les choses différemment.

— C'est-à-dire que… je crois que c'est au cours de cette visite qu'elle a décidé de l'épouser.

Miles hocha la tête. Il comprenait parfaitement l'aspect scandaleux de l'histoire qu'elle venait de lui raconter.

Comment s'était-elle retrouvée à parler si facilement de son passé, alors que son intention première était de lui faire dire quelque chose de lui ?

— Et votre famille ? demanda-t-elle. Viendraient-ils… *Viendront-ils* au mariage ?

— Celle que j'ai, oui, répondit-il d'un air mystérieux. Y compris le comte de Ryland, je l'espère. Il a été comme un frère pour moi depuis que nous avons commencé l'école ensemble. Mais au-delà de ça...

Il se laissa aller à un haussement d'épaules de résignation, si ce n'est d'indifférence.

— Les connaissances d'un célibataire le suivent rarement dans sa vie d'homme marié, ajouta-t-il.

Elle avait oublié l'espace d'un instant le genre de monde dans lequel les hommes comme lui évoluaient. Il ne présenterait sans doute pas ses amis à son épouse, mais il ne les abandonnerait pas non plus. Il installerait la nouvelle lady Deveraux quelque part à la campagne et rentrerait en ville vivre sa vie dès qu'elle aurait un enfant, si ce n'est plus tôt.

Elle se fit une note mentale pour ajouter cela à son essai.

— J'imagine, dit-elle. Cette question ne doit pas avoir grand intérêt pour vous. Les jeunes femmes, elles, passent plus de temps à penser à leur mariage.

— Alors que les hommes pensent plutôt à leur nuit de noces ?

Comment son ton pouvait-il être à la fois séducteur et plein d'autodérision ?

— Non, répondit-elle sans réfléchir. Les femmes pensent à cela également.

Impossible de ne pas être un peu curieuse, ou au moins de s'interroger sur la signification des chuchotements ponctués de gloussements qui couraient parmi les matrones.

— Vraiment ?

Sans même qu'ils aient eu conscience d'avoir bougé, la distance entre eux s'était évaporée. Il avait incliné la tête et le murmure de Miles à son oreille la fit frissonner. Il ne la touchait pas, et pourtant elle ne parvenait pas à trouver la force de s'écarter.

— Nous sommes dans un salon, lui rappela-t-elle, bien décidée à reprendre un peu le contrôle sur la situation, même si elle ne réussissait pas à se contrôler elle-même. Pas dans une bibliothèque plongée dans le noir. Pas de partie d'échecs, ce soir.

Son rire contre sa tête picota ses cheveux.

— Pour une jeune femme qui a insisté pour qu'on lui fasse une cour dans les règles, vous êtes remarquablement curieuse de ce qui n'est pas convenable. Souhaitez-vous savoir ce qui s'est passé exactement dans la bibliothèque ce soir-là ?

Elle releva le visage pour lui faire face.

— S'agit-il d'une menace ?

— Une promesse, plutôt, murmura-t-il.

Elle sentit les mots vibrer dans son corps. Et son mouvement avait amené sa bouche à quelques centimètres de celle de Miles.

Peut-être la question de l'initiateur du baiser n'avait-elle pas d'importance, bien qu'elle craigne tout de même d'avoir été celle qui avait comblé la distance entre eux. Presque sans s'en apercevoir, elle était à présent sur la pointe des pieds, ses mains tenant les revers de sa veste afin de se rapprocher encore.

Avant les quelques nuits précédentes, elle n'avait jamais compris le tapage que l'on faisait autour des baisers. Elle n'avait pas encore connu le délicieux plaisir qu'ils procurent, ni compris comment la bouche d'un homme pouvait être dans le même temps douce et affamée.

Mais, évidemment, c'est pour cette raison que l'on cachait la vérité aux jeunes femmes.

Ou peut-être les baisers n'étaient-ils pas toujours comme cela ? Peut-être était-ce seulement ses baisers à lui ? *Leurs* baisers.

Non, elle ne pouvait penser une telle chose. Elle ne...

Ses lèvres bougeaient avec lenteur. Il paraissait vouloir découvrir la moindre courbe de sa bouche, en apprendre le goût.

« Un homme qui ressemble à ça... Un homme qui embrasse comme ça... »

Le bout de sa langue toucha sa lèvre inférieure. Alors ses lèvres s'ouvrirent avec un soupir. Sa langue s'aventura plus profondément dans sa bouche. Une telle sensation aurait dû sembler effroyable à une jeune femme bien élevée. Dans ce cas, pourquoi inclinait-elle encore plus la tête ? Pourquoi gémissait-elle de plaisir quand la langue de Miles se mêlait à la sienne ?

C'était un débauché, un expert dans l'art de la séduction. Rien de plus, rien de moins.

Les mains de Deveraux, accrochées à ses côtes, glissèrent lentement vers le haut, sous sa poitrine. Il devait sentir son cœur tambouriner, son souffle court. Et lorsqu'il passa le pouce sur la courbe de son sein, puis sur son téton, la robe empruntée à sa sœur parut soudain trop serrée.

Il promena la bouche le long de sa mâchoire, puis sur son cou, émaillant sa fine peau de baisers plus appuyés qui lui donnèrent l'impression que son cœur allait bondir hors de sa gorge.

— Échec et mat ? parvint-elle à soupirer près de son oreille.

Une demande de miséricorde, une reddition. Elle n'avait ni la force ni le désir de le repousser.

Il rit doucement.

— Mais, ma chère, il ne s'agit que du premier coup.

Vous pourriez découvrir que vous aimez être compromise.

Toutefois, il recula d'un pas, faisant glisser ses mains jusqu'à sa taille. Elle ne disposait pas cependant d'assez d'espace pour reprendre son souffle – sans parler de reprendre ses esprits, qui avaient été éparpillés aux quatre vents.

Il observait son visage, et elle ne savait comment qualifier son expression. « Surpris mais triomphant » fut ce qu'elle trouva de mieux.

— Je suis ravi de savoir que vos frères et sœurs n'ont pas été non plus des saints lorsqu'il a été question de faire la cour. Ils ne pourront pas franchement se plaindre quand ils vous verront ainsi, ayant clairement été embrassée avec passion.

Elle lâcha les revers de sa veste, souhaitant mettre de l'ordre dans ses cheveux. Mais elle se surprit à arranger le tissu de la veste de Miles, ses mains glissant sur sa puissante poitrine.

Et lorsqu'elle se décida enfin à retirer ses mains, il en attrapa une.

— Ce ne sont pas vos lèvres qui vous trahissent, dit-il en lui embrassant le bout des doigts. Ce sont vos yeux.

Même ses pupilles à lui brillaient – et elle n'imaginait pas le nombre de femmes qu'il avait dû embrasser. Il semblait envoûté. Qu'est-ce qui pouvait bien être excitant pour lui dans cette expérience ? Mais s'il ressemblait à cela, elle… elle devait ressembler à Ève dans le jardin d'Éden juste après avoir goûté au fruit de l'arbre de la connaissance.

Désireuse de plus. Encore plus.

Peu importait le nombre de ratures ou de papiers froissés, il allait lui falloir trouver les mots pour expliquer ce qu'un débauché avait le pouvoir de faire ressentir à une femme. Se faire compromettre ne survenait pas exactement sous la forme contre laquelle les jeunes filles avaient appris à se prémunir.

Son corps était plus prompt à la trahir qu'elle ne l'avait imaginé.

Son esprit était devenu aussi ferme et aussi fiable qu'un bol de porridge.

Dieu merci, son cœur lui appartenait encore. Au moins pour le moment. Attaché comme il l'était au reste de son corps, elle n'en était plus totalement certaine.

— Venez, dit-il, remettant sa veste en place et lui tendant le bras.

Son expression ironique disait clairement qu'il avait deviné au moins en partie ses pensées.

— Le mieux serait que nous rejoignions les autres avant que quelqu'un vienne nous chercher.

Elle hocha la tête et glissa son bras sous celui de Miles. C'était très différent de leur départ furtif et séparé du bureau de lord Estley. À présent, tout le monde était censé savoir…

En haut, dans le salon familial, personne ne faisait semblant de se distraire. Pas de livre, pas de cartes, pas de pianoforte. Les hommes étaient encore debout et toutes les têtes se tournèrent en direction de la porte quand Miles et elle la franchirent. Même Zwolf, qui paressait près du feu, se leva et se dandina vers eux.

— Eh bien ? lança Paris.

Ignorant la question, Miles lâcha le bras de Daphné, s'accroupit et caressa les oreilles du chien.

— Comment s'appelle ce bon toutou ? demanda-t-il.

— Zwolf, murmura Daphné en remuant le moins possible les lèvres.

Elle posa une main sur l'épaule de Miles pour l'inciter à se relever, remarquant les expressions abasourdies des membres de sa famille. Seul Gabriel semblait s'amuser de cette attention soudaine portée au chien.

— Oh, c'est vrai, dit Miles. Je suis désolé.

Il se redressa, essuya ses mains et hocha la tête en regardant Paris.

— Votre sœur a accepté de faire de moi le plus heureux des hommes.

Elle n'était pas tout à fait surprise de découvrir autre chose que du soulagement sur les visages en entendant l'annonce sommaire de Miles, qui s'était remis à grattouiller la tête du chien. Seule Bell applaudit, tout excitée. Elle s'avança, mais s'arrêta avant même que Cami lève un sourcil.

— Permettez-moi de vous inviter dans ma demeure, Lyneham Park, dans le Hertfordshire. Je sais que vous n'êtes pas tous en mesure de voyager, surtout de façon si précipitée, affirma Miles avec un léger hochement de tête en direction d'Erica dont la grossesse commençait à se voir sous sa robe à taille haute. Mais je suis sûr que Daphné souhaitera découvrir le domaine dont elle deviendra la maîtresse. Et je... eh bien, je l'avoue, mon vœu le plus cher a toujours été de me marier dans l'église du village.

Son vœu le plus cher ?

— Avant la fin du mois, n'est-ce pas ? demanda Tristan.

Il avait dit cela simplement dans le but d'empêcher Paris de le faire, pensa Daphné. Loin de l'influence apaisante de Rosamund, son frère était plus dur que le granit.

— Tout à fait, Votre Grâce, répondit Miles avec un sourire qui révélait une nouvelle fois la raison pour laquelle on l'appelait « ce diable de Deveraux ». À présent, permettez-moi de vous remercier pour votre hospitalité, lady Ashborough, et de vous souhaiter à toutes et tous une excellente nuit.

Il attrapa la main de Daphné et la leva jusqu'à sa bouche. Elle sentit des picotements dans ses doigts avant même que ses lèvres les effleurent.

— Faites vite vos bagages, ma chère.

Et il partit.

La porte s'était à peine refermée derrière lui que les voix de la famille s'élevèrent, parlant entre elles plutôt que s'adressant à Daphné. Des « Quel toupet ! », « Nous ne pouvons absolument pas permettre… » et « Le Hertfordshire ? » lui parvenaient aux oreilles comme des vagues.

Pire que tout, la voix de Cami s'éleva, dans un murmure terrible :

— Sans cette ridicule *Gazette des mauvaises manières* ou je ne sais quoi, il s'apprêterait à épouser Mlle Grey, et nous serions à l'abri de tout cela.

Daphné vacilla sous le poids de ces mots. Se penchant, elle posa la tête contre le flanc tiède de Zwolf.

Elle ne pouvait qu'espérer trouver ce qu'elle cherchait – la vérité sur Miles – à Lyneham Park.

15

— Tu te sens mieux, mon vieux ? lança Miles en ouvrant la porte de la bibliothèque d'Alistair. Mme Swetley m'a dit qu'elle avait préparé son thé spécial juste pour toi.

La gouvernante du comte avait toujours traité Miles comme un membre de la famille.

Alistair était assis à la table, baigné d'un étroit halo de lumière. Sa plume en suspens au-dessus de la lettre qu'il était en train d'écrire, il se tourna vers son ami avec une grimace.

— Le thé spécial de Mme Swetley est sans aucun doute spécial, mais ce n'est absolument pas du thé. Je l'ai jeté, comme d'habitude.

Il désigna du menton une plante à demi morte dans un coin de la pièce. Il avait encore les yeux injectés de sang et le nez rouge, mais il avait retrouvé sa voix.

— Ce qui a amélioré les choses, c'est la pluie d'hier soir. Elle a nettoyé l'atmosphère.

— Merveilleux, dit Miles en se vautrant dans un fauteuil. Alors tu seras suffisamment en forme pour voyager après-demain.

La bonne tactique avec Alistair, c'était de délivrer une nouvelle comme s'il s'agissait d'une affaire déjà conclue.

Avec un soupir, il posa sa plume sur le plateau et reboucha la bouteille d'encre.

— Et où vais-je, exactement ?

— À Lyneham Park. Avec moi.

— Pourquoi ?

— Parce que je me marie, évidemment. Vas-tu me féliciter ?

Alistair se pencha légèrement en arrière sur sa chaise pour avoir Miles en ligne de mire.

— Avec Mlle Burke ?

— Qui d'autre ?

— Je pourrais penser à... Très bien.

Il s'arrêta lorsqu'il aperçut Miles attrapant un livre à côté de lui pour le lui lancer à la tête.

— Je te félicite de tout cœur. Je vois que tu es rentré indemne de ton dîner à Finch House, et je déduis de ton humeur joviale que tu es parvenu à gagner l'approbation de Mlle Burke et de sa famille...

— « Approbation » est peut-être un mot un peu fort, avoua Miles en tripotant le livre, un volume étonnamment lourd traitant de l'élevage des moutons. Mais en tout cas, la question est réglée. Nous nous marions à Lyneham dans quelques jours. Viendras-tu ?

Alistair fit semblant de considérer la question.

— Aurai-je l'honneur de te conduire moi-même à l'autel et de te donner à la mariée ?

— Me donner ? Je te manquerais trop si tu me donnais, rétorqua Miles en riant.

Il se sentait particulièrement enjoué pour quelqu'un qui avait dû subir les regards noirs de la famille Burke toute la soirée, et étant donné que Daphné lui avait pratiquement dit qu'elle ne voulait pas l'épouser.

Ah, mais elle l'avait *embrassé*. Et sans la réticence qu'il avait sentie lors de la soirée musicale des Estley. Elle ne lui était pas indifférente, elle n'était ni froide ni prude. Et elle était réellement jolie dans cette robe jaune. Sa poitrine tenait parfaitement dans la paume de sa main, exactement comme il l'avait imaginé.

Ce n'était pas franchement une référence, mais il connaissait des hommes qui avaient contracté un mariage pour moins que ça.

— Qu'est-ce que je vais faire de mes sœurs si je dois me précipiter à la campagne ? demanda Alistair. J'imagine que je pourrais les emmener, mais tu sais qu'elles préféreraient mourir que de quitter Londres pendant la saison.

— Bernie a accepté de venir les garder, expliqua Miles.

Bernie – Bernadette – était la sœur aînée d'Alistair.

— Tu as conscience que Bernie préfère que tu l'appelles lady Brinks, n'est-ce pas ? lui indiqua celui-ci avec un regard sévère.

— Oui, oui…

Miles reposa le livre qu'il avait dans la main. Il devinait qu'Alistair était bien plus enthousiaste à l'idée d'une semaine de liberté sans la responsabilité de Freddie, Georgie et Harrie qu'il voulait bien l'admettre.

— Lady Brinks oublie que je l'ai vue hurlant et courant dans un couloir, ne portant rien d'autre qu'une chemise de nuit et des bigoudis.

— Ah, mais oui ! dit Alistair en pouffant. Le fameux incident de 1795. Tu as de la chance qu'elle ait refoulé le souvenir de ce matin-là dans le fond de sa mémoire, sinon elle n'aurait jamais levé le petit doigt pour nous aider.

Alistair prit sa plume et la fit tourner entre ses doigts, l'air absent.

— Après-demain, tu disais ?

— À l'aube, confirma Miles.

— C'est-à-dire 10 heures du matin au plus tôt, se moqua Alistair.

Il ouvrit sa bouteille d'encre et ajouta une ligne à sa lettre, avant de la signer d'un geste ample et de reposer la plume sur le plateau d'argent, où elle atterrit avec un léger tintement.

— Tu es bien sûr de toi ? demanda-t-il sans se tourner vers son ami.

— Oui, affirma Miles, arborant une confiance qu'il ne ressentait pas tout à fait.

— Simplement pour éviter de perdre un pari ?

— Tu sais que je n'ai jamais aimé perdre, fit-il remarquer pour la énième fois. Mais rassure-toi, il ne s'agit pas seulement du pari. Ou en tout cas, pas celui que j'ai fait au White's.

Alistair pivota sur sa chaise et le regarda, sourcils froncés.

— Comment ça ? Un *autre* pari ?

— Pas tout à fait. Plutôt une promesse faite à moi-même. Je t'expliquerai quand nous serons à Lyneham Park, dit-il en se levant. Je reviendrai demain pour t'aider à faire tes bagages.

Alistair n'avait pas de valet – si cela avait été le cas, il n'aurait pas porté ses vêtements de manière aussi rigide et mal ajustée.

— N'as-tu pas des affaires à mettre en ordre de ton côté ?

— Je m'en suis occupé avant le dîner.

— Tu étais sûr à ce point du résultat ? s'étonna Alistair.

Miles haussa les épaules.

— Il fallait que je m'occupe pour m'empêcher de penser aux différentes façons dont pourraient me tuer un duc, un marquis et un Irlandais réunis. *Ou comment je pourrais être éviscéré par une Irlandaise avec un regard tranchant comme une lame et une bouche de rêve.*

Alistair rit, mais Miles ne plaisantait qu'à moitié.

— À vous voir faire les cent pas comme ça, on aurait presque l'impression que vous êtes impatiente de vous rendre dans le Hertfordshire.

Les mots de Gabriel arrêtèrent soudain l'incessant va-et-vient de Daphné dans la bibliothèque. Cette pièce avait toujours été sa favorite à Finch House, avec son lambris chaleureux, ses étagères bien garnies qui s'étiraient du sol au plafond et ses hautes fenêtres encadrées de rideaux verts.

Des fenêtres qui donnaient sur la rue.

Où on était en train de charger la voiture.

Tournant le dos à l'agitation du dehors, Daphné sourit à Gabriel.

— Je ne devrais pas ?

Cela faisait plus d'une heure et demie qu'assis à sa table il travaillait aux affaires de ses domaines. Son bureau pouvait être isolé de la bibliothèque adjacente par une porte, mais il préférait généralement laisser ouvert. C'était une version plus grande de la même pièce dans la maison de Dublin où elle avait grandi, où le bureau de son père se trouvait à un bout du salon. Son travail avait toujours fait partie de la vie de la famille, effectué au milieu des devoirs scolaires, des chamailleries des enfants ou du tintement d'un clavecin.

Gabriel mit de côté le livre de comptes qu'il était en train d'étudier, se leva et vint s'appuyer contre l'encadrement de la porte.

— Je me suis posé la même question, dit-il en croisant les bras et posant sur Daphné un regard curieux. Mais je n'arrive pas à trouver une réponse. Sur le papier, cet homme est un excellent parti pour n'importe quelle jeune fille. Mais *devriez-vous* être impatiente d'épouser un homme avec la réputation de Deveraux ? Dans ces circonstances ? Dans n'importe quelles circonstances, d'ailleurs ?

— C'est absurde, répondit Daphné en faisant un geste vague de la main. Et encore plus venant de vous. Vous êtes ce qui se rapproche le plus d'un romantique dans cette famille. Bon, si on excepte Galen...

Gabriel pouffa.

— Non. Quand je sens le désir urgent d'exprimer mes sentiments en écrivant des poèmes, je m'assois et j'attends que ça passe.

Il pencha la tête tandis qu'on entendait les domestiques descendre une nouvelle malle dans l'escalier, certainement la dernière de Bellis.

— La réputation et les rumeurs ne font pas tout, lui rappela-t-il, se référant à son passé mouvementé. Suivez votre cœur, Daphné. Sachez seulement que si vous changez d'avis lorsque nous serons dans le Hertfordshire...

— Ce serait un véritable scandale, dit-elle, frissonnant à cette idée.

— Ça ne rentrerait même pas dans les cinq plus gros scandales que cette famille a eu à affronter, assura Gabriel en se retournant pour rejoindre son bureau. Il faut que je termine d'inspecter ce rapport. Tâchez de ne pas faire un trou dans le tapis, d'accord ? Zwolf a fait assez de dégâts comme cela, ajouta-t-il en désignant un bout du tapis effiloché, avant de faire une pause. En parlant de Zwolf... et de Deveraux...

— Si vous avez l'intention de m'offrir l'explication ridicule selon laquelle on peut juger un homme par le simple fait qu'un chien l'aime ou non...

— Ce n'est pas ridicule. Et avant-hier...

— Zwolf est allé le voir directement. Oui, j'ai vu ça. Nous l'avons *tous* vu, dit Daphné, tâchant de chasser le souvenir de l'expression de Cami lorsque Miles s'était d'abord intéressé au chien en entrant dans la pièce. Mais ce chien donnerait sa loyauté indéfectible à quiconque le gratte derrière les oreilles.

— J'en ai bien conscience, admit Gabriel avec un sourire amusé. Mais Deveraux, lui, ne le savait pas. Il aurait pu avoir peur, ou être agacé, ou un tas d'autres choses. Ce n'est pas n'importe quel homme qui est capable de se pencher pour caresser un chien – particulièrement un chien si gros, plutôt envahissant.

Daphné fronça les sourcils.

— Êtes-vous en train de me dire que vous pensez que la propension de Deveraux à grattouiller la tête de Zwolf – au mépris des bonnes manières lorsqu'on est en société, me permettrais-je d'ajouter – est suffisante pour réévaluer sa personne ? Que je devrais *réellement* être impatiente d'épouser un tel homme ?

Cette anxiété dans sa poitrine, ces papillons dans son estomac ne pouvaient pas être de l'impatience.

Ou alors si ?

Non, bien sûr que non. Elle n'était pas *impatiente* d'épouser Miles. Elle n'allait d'ailleurs pas l'épouser du tout.

Elle aimait l'embrasser, c'était vrai – mais rien que ce fait devrait suffire à la dissuader, elle ou n'importe quelle jeune femme sensée, de considérer cet homme comme un époux potentiel. Il embrassait ainsi parce que c'était un débauché.

Un débauché qui était le sujet de l'essai à moitié terminé qui se trouvait dans son écritoire. La même écritoire qu'un valet de pied avait chargée dans la voiture sous ses yeux. Elle avait été ravie de voir la délicatesse avec laquelle le valet la maniait, comme s'il connaissait le contenu incendiaire qui s'y trouvait.

Si elle était impatiente de prendre la route, c'était le genre d'impatience qu'on ressentait à la perspective d'en finir une fois pour toutes avec une tâche déplaisante.

— Je vois des éclairs de Camellia en vous de plus en plus souvent, commenta Gabriel avec un sourire en coin. Ce que je veux dire, c'est que...

Son explication en resta là, car une domestique apparut dans l'encadrement de la porte. Elle semblait nerveuse.

— Monsieur ?

— Oui ? dit Gabriel en lui faisant signe d'entrer.

La jeune fille fit une révérence incertaine et s'approcha.

— Vous vous souvenez, monsieur, il y a quelques jours, quand les enfants ont eu un peu de fièvre... ?

— Et ces rougeurs ? Comment l'oublier ?

Le médecin avait assuré que cela n'avait rien d'inquiétant, et c'était le cas puisqu'ils s'en étaient remis rapidement, bien que cela leur ait fait manquer la garden-party de la duchesse. Gabriel fronça le nez, comme s'il sentait encore l'odeur de la pommade donnée par l'apothicaire pour soulager les démangeaisons.

— Eh bien, monsieur, il... euh... il semblerait que lady Ashborough ait attrapé la même chose.

Gabriel blêmit.

— Est-elle... ? Avez-vous appelé le médecin ?

— Oui, monsieur. Et lady Ashborough m'a chargée de vous dire qu'elle va tout à fait bien, si ce n'est que, excusez-moi, ça la gratte un peu. Mais elle se demande si vous...

Gabriel était déjà en train d'enfoncer un doigt sous son col de chemise – par empathie, espéra Daphné, ou par le simple pouvoir de suggestion, plutôt qu'à la suite d'une soudaine apparition de boutons.

Pour ne pas prendre de risque, Daphné et la domestique firent un pas en arrière afin de s'écarter de lui.

— Elle dit également que le voyage dans le Hertfordshire devra être repoussé de quelques jours, ajouta la domestique avec un regard d'excuse en direction de Daphné.

Tout l'oxygène contenu dans les poumons de Daphné s'échappa d'un coup. C'était la dernière semaine du mois. Miles n'avait pas quelques jours supplémentaires. Ce qui signifiait qu'elle non plus ne les avait pas. Comment allait-elle faire pour...

— Je peux peut-être aider ?

Le regard de Daphné sauta à nouveau vers l'embrasure de la porte où se trouvait à présent lady Stalbridge, portant une pelisse bleu de Chine, serrant quelque chose contre sa poitrine.

— Je suis désolée de m'imposer à cette heure si matinale. Je voulais rendre ce livre emprunté à lady Ashborough avant de quitter la ville, expliqua-t-elle en montrant le volume. Personne n'a répondu quand j'ai frappé et la porte d'entrée était ouverte... Avez-vous dit qu'elle était malade ?

— À peine. Simplement le genre d'affection qu'on est prompt à attraper quand il y a des enfants dans une maisonnée, répondit Gabriel avec un faible sourire, se tortillant légèrement pour atteindre du doigt un point derrière son épaule.

— Oh, mon Dieu. Et j'ai vu une voiture qui attend dans la rue. Vous deviez voyager aujourd'hui ?

— Oui, madame, dit Daphné en se tournant légèrement pour que seule lady Stalbridge puisse voir l'expression de son visage. Dans le Hertfordshire. Lord Deveraux et moi allons nous marier d'ici quelques jours. Ou plutôt, nous *allions* nous marier...

— Mes félicitations, mademoiselle Burke, répliqua-t-elle en cachant sa surprise, faisant semblant d'ignorer le regard paniqué que lui lançait Daphné. Mais quel dommage que vous ayez à reporter votre mariage..., conclut-elle en baissant la voix, secouant la tête d'un air désolé.

— Je suis certaine que lady Ashborough sera sur pied à temps pour l'heureux jour, assura Gabriel. Mais lord Deveraux a exprimé le désir que nous arrivions tous le plus tôt possible, afin que Daphné puisse se familiariser avec sa nouvelle demeure.

— Lyneham Park, oui. Mais, grands Dieux ! Je viens de comprendre... Nous allons être voisines, mademoiselle Burke ! s'exclama lady Stalbridge. C'est merveilleux ! D'ailleurs, je me demande...

Une expression pensive apparut sur son visage.

— Oui, madame ? s'enquit Gabriel après un moment.

Il était clairement pressé d'aller voir comment se portait Cami. Ou de trouver un endroit tranquille pour pouvoir se gratter à loisir.

— Eh bien, lord Stalbridge a reçu un mot de son intendant hier soir et doit se hâter d'aller à

Ferncliffe ce matin même. Si nous pouvons vous être d'une aide quelconque..., dit-elle en lançant un regard appuyé à Daphné.

— Vous voulez dire que vous seriez prête à m'emmener à Lyneham Park, madame ? Mais qu'en est-il de votre nièce et de votre neveu ?

— Oh, ils apprécieront de rester s'amuser avec leur oncle Oliver – mon beau-fils, lord Manwaring, ajouta-t-elle à l'intention de Gabriel.

— Et cela vous poserait-il problème si ma sœur Bellis se joignait à nous ? J'aimerais beaucoup l'avoir à mes côtés.

— Oh, mais bien sûr, ma chère, dit-elle avec un sourire indulgent. Aucun problème.

— C'est une excellente solution, madame, déclara Gabriel. Je suis votre obligé. Lady Ashborough et moi-même pourrons certainement vous rejoindre à la campagne dans un jour ou deux, dit-il tandis que son corps entier tressaillit. Trois jours au plus. À présent, si vous voulez bien m'excuser, il faut vraiment que j'aille voir mon épouse...

La domestique se plaça à contrecœur entre lui et la porte. Elle leva la main, paume ouverte.

— Je suis désolée, monsieur, mais madame a insisté pour que vous restiez éloigné d'elle, au moins jusqu'à la visite du médecin.

— D'accord. Bien sûr. Je vais juste...

Il contourna lestement la jeune femme et se précipita vers la porte.

— Quand le médecin en aura fini avec lady Ashborough, envoyez-le-moi immédiatement.

La domestique regarda tour à tour Gabriel s'échappant puis Daphné, ébaucha une révérence et se hâta derrière lui.

Un sourire espiègle se dessina sur le visage de lady Stalbridge tandis qu'elle posait son livre contre sa poitrine.

— Cela n'aurait mieux pu se passer.

— Ce livre n'appartient pas à ma sœur, n'est-ce pas ?

— Non, ma chère.

— Et lord Stalbridge a-t-il *réellement* une affaire urgente à traiter dans le Hertfordshire ?

Le sourire de lady Stalbridge s'élargit.

— À présent, oui.

— Mais... lord Manwaring... Il va être désemparé quand vous lui annoncerez qu'il doit rester avec les enfants.

— Oh, non, répondit-elle, écartant son inquiétude d'un revers de main. Il aura les précieux conseils de Mme Goode, comme vous le savez. Et puis, il ne s'agit que de quelques jours. Jusqu'à ce que vous ayez terminé votre essai, j'imagine.

Daphné hocha la tête, masquant une déglutition nerveuse.

— Oui, madame. Je vais aller dire à Bellis que le programme a changé.

— Et je vais faire appeler notre voiture pour que vos affaires puissent y être chargées. Nous partirons dans une heure.

— Si vite, madame ?

Lady Stalbridge pencha la tête et jaugea Daphné d'un regard perçant.

— Lord Deveraux n'attend-il pas une future mariée impatiente ?

Impatiente.

La grande créature ailée dans la poitrine de Daphné, brièvement immobilisée par l'annonce de la maladie de Cami, se remit à battre des ailes.

— Oui, en effet.

— Fort bien, dit lady Stalbridge en se retournant pour partir. Je vous retrouve dans une heure.

16

Bien que Miles ne laisse jamais passer beaucoup de temps entre deux visites à Lyneham, chaque fois que le domaine était en vue, il se demandait pourquoi il en était resté éloigné si longtemps.

La maison bâtie en briques rouges avait quelque chose comme quatre cents ans, même si les parties les plus anciennes servaient d'offices et de réserves depuis l'époque du grand-père de Miles, à la faveur d'une construction nouvelle dans le style palladien. Sa position sur un relief, au-dessus d'un bois luxuriant, la faisait paraître plus grande qu'elle n'était, impressionnante mais pas imposante.

Elle avait un air... eh bien, elle avait l'air d'un foyer.

Il était né ici vingt-huit ans plus tôt, de parents qui l'adoraient – c'est du moins ce qu'on lui avait dit. Ils étaient morts dans un accident de voiture quand il n'avait que deux ans. Il était le vicomte Deveraux depuis aussi loin qu'il se souvienne. S'ils avaient vécu, sans doute aurait-il partagé cette maison avec des frères et sœurs – autant que Daphné, imaginait-il. Au lieu de cela, il ne connaissait sa mère et son père que par leurs portraits.

Lyneham Park était envahi de portraits.

— Penses-tu qu'ils viendront ? demanda-t-il à Alistair en se détournant de la vitre de la voiture.

Alistair leva les yeux de son livre.

— Mmm ?

Comment cet homme faisait-il pour lire dans un véhicule brinquebalant ? Cela avait toujours été un mystère pour Miles. Mais, de toute façon, il n'aimait pas particulièrement lire même lorsqu'il était au calme. Ou il n'aimait pas rester au calme suffisamment longtemps pour se résoudre à ouvrir un livre.

— Les Burke, insista-t-il. Penses-tu qu'ils viendront ?

Il avait envie de leur montrer sa maison, pas comme une manière d'étaler sa richesse mais parce que… eh bien, dans le fond, il ne savait pas exactement pourquoi.

Alistair referma son livre en y glissant un doigt pour garder sa page.

— Tu veux dire, tous ?

— Je veux dire n'importe lequel d'entre eux.

Sa bouche était soudain devenue sèche.

Avec un éclat de rire, Alistair donna un coup sur le genou de Miles avec son livre.

— Je suppose qu'au moins l'un d'entre eux viendra. Savoir si c'est celui – ou celle – que tu espères voir, cela reste encore à démontrer, mon vieux.

La voiture crissa sur le gravier de l'allée dans le virage entre la maison et un jardin qui descendait en pente douce jusqu'à une pelouse fraîchement tondue. Le jardin était rempli de roses, une profusion de variétés qui aurait fait la fierté de la duchesse de Raynham. Ou peut-être de la douairière, se corrigea Miles, se souvenant de ce que Daphné lui avait dit à propos de sa sœur Erica, qui ne s'intéressait pas vraiment à des choses aussi banales que la couleur ou le parfum d'une fleur. Rien qu'en passant devant, fenêtres fermées, il pouvait en respirer l'odeur.

Miles se pencha en avant et poussa le panneau se trouvant juste derrière Alistair, qui permettait de communiquer avec le cocher.

— Nous allons directement aux écuries, John. Nous entrerons par surprise, ajouta-t-il avec un clin d'œil à Alistair.

— Très bien, monsieur.

Alistair le remercia silencieusement. Entrer par la porte principale, où d'autres roses grimpaient le long des colonnes qui soutenaient le fronton, l'aurait laissé avec un nez congestionné et des yeux rouges.

Au lieu de cela, ils passèrent par la partie la plus ancienne de la maison, traversant l'armurerie, la salle de repos, le bureau de l'intendant. Cela signifiait qu'ils risquaient de voir le valet de pied sans sa livrée, mais peu importait, Alistair étant un si vieil ami qu'il était ici presque autant chez lui que Miles lui-même.

Après quelques déambulations, un détour par la cuisine où la cuisinière fit mine de pousser des cris lorsqu'ils dérobèrent chacun une tartelette, la surprise d'une domestique qui fit tomber son pot de cire d'abeille dans un vacarme épouvantable, ils se retrouvèrent enfin dans le hall d'entrée.

Par habitude, Miles leva les yeux. Les hauts plafonds étaient décorés de scènes tirées des douze travaux d'Hercule, et cela l'avait toujours fasciné. Était-ce étrange d'aimer à ce point sa propre maison ? Alistair l'observait avec une drôle d'expression.

Miles se moquait de ce que les gens pensaient de lui. À part une personne, peut-être…

— Au moins, je ne me suis pas mis à chanter, rappela-t-il à son ami. Pas encore.

L'acoustique de cette partie de la maison était parfaite, il l'avait prouvé à de nombreuses reprises, comme cette fois tristement célèbre où il avait entonné une chanson paillarde apprise au pub alors qu'il n'avait que seize ans, et où il avait réveillé sa grand-mère qui dormait pourtant d'un sommeil profond.

— Messieurs ! fit le majordome en s'approchant d'un pas vif. Quel plaisir de vous revoir à Lyneham, bien qu'un peu plus tôt que prévu.

Alistair et lui échangèrent un regard.

— La route était particulièrement dégagée, Frost, expliqua Alistair, qui était encore en train de prendre son café et ses toasts quand la voiture de Miles s'était montrée à l'heure dite – pour une fois.

— Je suis ravi de l'entendre, monsieur. Dois-je m'occuper de vos affaires ?

— Oui, merci, Frost, dit Miles. Installez lord Ryland dans sa chambre habituelle, s'il vous plaît.

Il s'agissait de la plus belle chambre qui ne donnait pas sur le jardin.

— Et comme je vous l'ai dit dans mon message, poursuivit-il, j'attends quelques invités supplémentaires. Mais je crains de ne pouvoir vous dire combien exactement. Nous le saurons quand ils seront là.

Frost reçut la nouvelle sans sourciller.

— Nous serons prêts, monsieur.

— Les meilleures chambres, insista Miles avant de grimacer face à sa propre impatience.

— Bien entendu, monsieur.

Avant que Frost reparte, Miles leva un sourcil inquisiteur.

— Elle est dans le salon d'hiver, monsieur.

— Naturellement, dit Miles avec un hochement de tête. Pour la lumière, j'imagine ?

— Tout à fait, monsieur.

— Très bien, vous pouvez y aller.

Il congédia le majordome d'un geste de la main et se tourna vers l'escalier.

Alistair arrêta son geste.

— Si tu préfères, je peux...

— Pas du tout. Elle sera ravie de te voir.

Ils grimpèrent les marches en silence. C'était l'avantage avec les vieux amis, ceux qui comprenaient les choses sans qu'un mot ait besoin d'être prononcé, et c'était aussi bien puisque les pensées de Miles semblaient réticentes à se voir exprimées sous forme de phrases.

Le salon d'hiver était une petite pièce au premier étage avec des fenêtres exposées au sud pour attraper la lumière pendant les mois les plus lugubres de l'année. Durant l'été, sans rideaux pour assombrir les vitres donnant sur la roseraie, la pièce était presque trop lumineuse et presque trop chaude.

Une servante était discrètement assise sur une chaise près de la porte et se serait levée si, en entrant, Miles ne lui avait pas fait signe de rester à sa place.

Il découvrit la frêle silhouette vêtue de noir, assise dans un fauteuil, une couverture sur les genoux, menton sur la poitrine, lui tournant le dos. Il resta immobile, réticent à déranger son repos.

Alistair rompit le silence en éternuant. Miles s'aperçut alors que trois grands vases remplis de fleurs étaient disséminés dans la pièce.

Elle sursauta.

— Qui est là ?

— C'est Miles, grand-maman, dit-il en s'approchant, mains tendues. Et j'ai amené lord Ryland avec moi.

Elle tourna vers eux ses yeux embrumés, qui avaient été autrefois le miroir de ceux de Miles. Elle semblait plus fragile chaque fois qu'il la voyait, et la peau de sa joue était aussi froide et sèche que du papier lorsqu'il y posa les lèvres pour un baiser.

— Il était temps, mon garçon, le morigéna-t-elle avant d'émettre un petit rire. Mais j'aurais dû savoir que tu n'abandonnerais pas une vieille dame le jour de son anniversaire.

— C'est votre anniversaire, madame ? demanda Alistair en s'approchant à son tour.

Elle libéra une main noueuse de l'enchevêtrement de laine sur ses jambes – elle n'était pas en train de se reposer mais de faire du crochet, constata Miles, les points étant si familiers à ses doigts qu'elle n'avait pas besoin de l'aide de ses yeux – et l'offrit à Alistair.

— Oui, en effet. Dimanche prochain.

Penché sur la main de la vieille dame, Alistair lança à Miles un regard de biais.

— Dimanche prochain, répéta-t-il en se redressant. Le 1er juillet.

— C'est bien cela, dit-elle. Et quel âge pensez-vous que j'aurai ?

— Oh, je serais bien incapable de le dire, répliqua poliment Alistair. Certainement pas plus de…

Il baissa la voix et murmura, avec un air dramatique :

— Soixante-dix ?

— Quatre-vingts, exulta-t-elle en tapant des mains, ravie de l'avoir trompé.

Le père de Miles avait été le plus jeune de ses quatre enfants, et elle avait survécu à tous.

— Impossible, déclara Alistair avec un sourire radieux.

— Ce n'est pas le genre de chose sur laquelle une lady mentirait, rétorqua-t-elle, avant de pencher légèrement la tête en direction de Miles. On pourrait même dire qu'une telle occasion mériterait une fête.

Alistair approuva résolument et regarda son ami.

— En effet, on pourrait le dire, lança-t-il autant à l'adresse de Miles qu'à celle de sa grand-mère.

— Et vous allez l'avoir, cette fête, dit Miles, ignorant le regard d'Alistair. Nous attendons quelques invités qui ne devraient pas tarder. Peut-être même arriveront-ils dès aujourd'hui.

— Oh ? Ce serait merveilleux.

— Et si tout se passe bien, j'ai programmé une célébration particulière pour votre anniversaire.

Un bruit étouffé sortit de la gorge d'Alistair. Miles était à peu près sûr que cela n'avait rien à voir avec les roses, cette fois-ci.

— J'espère que nous danserons, fit sa grand-mère, tapant déjà du pied sous sa couverture.

— Bien entendu. À présent, je suis sûr que lord Ryland aimerait se rafraîchir après ce voyage. Voulez-vous nous excuser quelques minutes, grand-maman, le temps que je lui montre sa chambre ?

— Lui montrer sa chambre ? répéta-t-elle. Quelle idée ! N'a-t-il pas la même chambre que d'habitude ?

Mais, sans insister, elle leva le menton pour recevoir un nouveau baiser de Miles et reprit ses travaux d'aiguille, fredonnant une chanson et tapant du pied en rythme.

— Que diable ? s'exclama Alistair aussitôt qu'ils se retrouvèrent tous les deux dans le couloir, la porte du salon d'hiver refermée.

C'était l'expression la plus proche d'un juron que Miles l'avait jamais entendue proférer.

— Attends…

Il fit un geste à son ami, lui indiquant l'escalier, et le conduisit à sa suite familière à l'arrière de la maison, plutôt sombre en comparaison du salon d'hiver, mais surtout sans la moindre fleur à l'horizon. Une fois à l'intérieur, Miles s'effondra dans un fauteuil et attendit l'avalanche de questions.

Mais Alistair, intelligent comme il l'était, avait déjà tout compris par lui-même.

— Tu t'es juré de te marier avant la fin du mois pour faire un cadeau d'anniversaire à ta grand-mère ? lança-t-il, incrédule. C'était ça, l'autre pari dont tu me parlais hier soir ?

Miles, qui s'était préparé à devoir s'expliquer, se retrouva bouche bée. Il se contenta de hocher la tête.

Grand-maman s'inquiétait du fait qu'il soit « tout seul » – c'est ainsi qu'elle disait toujours. Il aurait très bien pu la contredire : lorsqu'il n'était pas à Lyneham Park, il n'était pratiquement jamais seul. Il s'entourait de compagnons, hommes et femmes, mais rarement du genre qu'on peut présenter à sa grand-mère.

Il avait compris, sans que jamais les mots soient prononcés par l'un ou par l'autre, que ce qui l'inquiétait le plus était ce qu'il deviendrait après sa mort. Partirait-il définitivement d'ici, se contentant d'être l'homme qu'il était hors de Lyneham Park ? Est-ce que ce lieu cesserait d'être sa maison ?

Ainsi, il était parti en ville au mois de mai avec une vague idée tournant dans un coin de sa tête : est-ce que cela rendrait grand-maman heureuse s'il se trouvait une épouse afin de ne pas être « seul » quand elle aurait disparu ?

Il n'avait pas pensé à son propre bonheur. Ni à l'amour... autre que celui que lui portait sa grand-mère et celui qu'il lui portait en retour. Il n'avait jamais passé beaucoup de temps en compagnie des femmes avec qui un homme comme lui était censé convoler. Il avait accepté l'idée que celle qu'il épouserait serait accomplie et convenable, c'est-à-dire ennuyeuse et dénuée de passion.

Tout ce qui importait, c'était que grand-maman n'ait pas d'objection à partager le nom de lady Deveraux avec elle.

Il ne s'était pas attendu à avoir le moindre problème à trouver une telle femme. Il avait un titre, il était beau et riche. Il avait parlé un peu vite, comme souvent, et accepté le pari au White's parce que cela l'amusait.

En tout cas, il ne s'était pas attendu à l'irruption de Daphné dans ses plans.

— Penses-tu qu'elle lui plaira ?

Alistair, qui le connaissait mieux que lui-même, comprit aussitôt la question. Miles le voyait sur son visage. Mais puisqu'il était Alistair – c'est-à-dire prudent et un tout petit peu moralisateur –, il fallait qu'il en rajoute.

— Est-ce que je pense... ?

Il marcha de long en large devant un panneau de bois qui séparait la chambre à coucher du dressing. Celui-ci était couvert de peintures de chérubins nus, batifolant au milieu d'un ciel parsemé de nuages cotonneux. Ce panneau était déjà là la première fois qu'Alistair était venu en visite à Lyneham Park. À un moment, Miles avait proposé de le remplacer, mais Alistair avait ri et dit qu'il ne reconnaîtrait pas la pièce s'il disparaissait.

— Est-ce que je pense que ta grand-mère appréciera la femme avec laquelle tu es sur le point de nouer le lien sacré du mariage, une jeune femme que tu connais à peine et qui semble – pardonne-moi – peu enthousiaste à l'idée de t'épouser, et que tu n'as demandée en mariage que pour éviter de perdre un pari stupide et de trouver une épouse avant son anniversaire ? Est-ce vraiment ce que tu es en train de me demander ?

— Bon Dieu, marmonna Miles en passant une main dans ses cheveux. Quand tu présentes les choses comme ça...

Alistair se laissa tomber dans le fauteuil face à celui de Miles et posa la tête contre le haut dossier.

— Et comment suis-je censé les présenter ?

— Eh bien, tu pourrais commencer en laissant de côté tout ce qui a trait au pari. Grand-maman ne doit jamais savoir que je joue.

Alistair baissa le menton et lui lança un regard sombre.

— C'était dans tous les journaux, mon vieux. Des journaux que, ai-je entendu dire, la dame de compagnie de lady Deveraux lui lit à voix haute très souvent.

— Oh, ça, dit Miles en écartant la question d'un geste. J'ai ordonné aux domestiques d'éviter les articles qui mentionnent mon nom depuis une dizaine d'années.

— Ce qui doit rendre le journal particulièrement court, certains jours. Cela doit plus ressembler à un prospectus qu'à un quotidien d'information, se moqua Alistair en dessinant dans l'air, du bout des doigts, un petit rectangle pour appuyer son affirmation.

— Et, continua Miles sans lui prêter attention, je ne vois pas de raison de lui dire à quel point Mlle Burke et moi nous connaissons peu. Il y a bien souvent des gens qui se marient alors qu'ils se connaissent à peine.

— En effet, concéda Alistair, qui parvint toutefois, on ne sait comment, à montrer avec ces deux seuls mots à quel point il jugeait une telle attitude mal avisée.

— Donc, la seule question est celle de la supposée réticence de Mlle Burke. Penses-tu qu'elle soit vraiment réticente ?

— À toi de me le dire.

Le poids de la vérité pesait sur la poitrine de Miles. Comme il serait plus facile de se soulager de ce poids et de raconter à son ami l'histoire de Miss Busy B., sa satanée insistance à estimer que Daphné lui devait une épouse, le tremblement de ses lèvres et le feu dans ses yeux quand elle s'était offerte à la place !

— Mais je suppose que nous le saurons bien assez tôt, reprit Alistair en se levant. Quand le clan Burke fondra sur Lyneham Park.

Il traversa la pièce en direction de la fenêtre.

— Ou pas, ajouta-t-il.

— Elle viendra, déclara Miles avec force.

Quel autre choix avait-elle ?

Et quand elle viendrait, elle verrait pourquoi il avait fait ce qu'il avait fait. Il lui montrerait cette part de lui que presque personne n'avait jamais entrevue.

Il lui prouverait qu'il était davantage que « ce diable de Deveraux ».

17

Au moins, la présence de Bellis et de lord Stalbridge dans la voiture avait eu pour vertu de ne pas permettre à lady Stalbridge de presser Daphné pour en savoir plus sur l'essai qu'elle était en train d'écrire – ou sur quoi que ce soit d'autre.

Daphné n'avait jamais pu déterminer à quel point Lord Stalbridge était au courant de l'existence de la gazette. Il avait l'air d'un homme droit, facile à vivre et clairement fou amoureux de son épouse. Mais rien de tout cela ne signifiait qu'il serait enchanté de découvrir qu'elle dirigeait un journal conçu par des jeunes femmes qui encourageaient leurs congénères à se rebeller contre l'autorité et à se débarrasser du joug des attentes de la société.

— Quelle jolie campagne, déclara-t-il en regardant par la fenêtre tandis qu'ils longeaient des champs verdoyants. Je pense que nous y sommes presque.

À ces mots, le couvercle du panier sur les genoux de Bellis s'ouvrit d'un coup et Eileen sortit la tête, comme si la chatte avait l'intention de vérifier par elle-même ce qui venait d'être dit. Bien qu'elle ne soit jamais ravie de se voir confinée dans son panier, la chatte était une voyageuse chevronnée qui avait déjà de longs périples à son actif, incluant une traversée de la mer d'Irlande alors qu'elle n'était qu'un chaton.

Avec un regard de biais à Daphné, Bell repoussa le petit museau rose du chat dans le panier et referma le couvercle. Daphné lui avait demandé instamment de laisser le chat à Finch House, mais Bell avait insisté, affirmant que cela ne dérangerait pas lord Deveraux.

— Il aime les animaux, tu te rappelles ? avait-elle dit en se référant à son comportement le soir du dîner familial.

Ce qui avait, en retour, déterminé Daphné à imposer son point de vue, d'abord parce que Bell ne l'écoutait jamais, ensuite parce qu'elle craignait que sa sœur ait raison. Daphné n'avait absolument pas besoin d'une occasion de confirmer les dires de Gabriel selon lesquels on pouvait juger du caractère d'un homme par le fait que les animaux l'aiment ou non.

Mais, comme toujours, Bell n'en avait fait qu'à sa tête.

Dans l'heure qui suivit, l'hypothèse de lord Stalbridge se confirma et un manoir de briques rouges apparut au bout d'une route bordée d'arbres. Daphné jeta un œil par la vitre, espérant apercevoir quelque chose à travers les branches, mais réticente à paraître trop curieuse.

— Ne meurs-tu pas d'envie de voir ? demanda Bell en se penchant pour améliorer son propre point de vue.

Daphné croisa les mains sur ses genoux et reposa ostensiblement son dos contre la banquette.

— Mourir ? J'espère bien que non.

Bientôt, cependant, et bien que toujours enfoncée dans la banquette, elle distingua la maison. Le soleil étincelait contre de hautes fenêtres, des pierres plus claires accentuant la brique plus sombre dans un but sophistiqué.

L'homme avait une maison *charmante*, bien évidemment. Qu'aurait-il pu posséder d'autre ?

— Tout cela a l'air très bien entretenu, commenta lady Stalbridge en montrant le jardin de roses, bordé de buissons parfaitement taillés sur trois côtés et d'un mur de pierre du côté de la demeure.

— Les terres et les fermes également, ajouta lord Stalbridge qui, lorsqu'il avait hérité de son titre quelques années plus tôt, avait dû renoncer à des réparations dans sa propre maison pour pouvoir améliorer les conditions de vie et de travail de ses métayers.

Il précisa :

— Je n'ai pas pu m'empêcher de le remarquer en passant.

Une fois qu'ils furent descendus de voiture, ils se dirigèrent vers la maison. Quelques pas derrière les Stalbridge, Bell toucha le bras de Daphné.

— Qu'est-ce que ça te fait de savoir que tu seras bientôt la maîtresse de ce domaine ? murmura-t-elle.

Sur le moment, Daphné supposa que sa sœur la raillait, et elle ouvrit la bouche pour lancer une réponse cinglante. Mais il y avait une réelle candeur dans le visage de Bell, un mélange d'appréhension et d'encouragement, et elle n'eut d'autre choix que de répondre honnêtement.

— Je ne sais pas vraiment.

Elle commençait à penser que venir jusqu'ici avait été une erreur.

La porte s'ouvrit et le majordome, un homme imposant d'environ cinquante ans, s'inclina avant de les inviter à entrer.

— Bonjour. Bienvenue à Lyneham Park. Nous vous attendions.

Le hall de la maison n'était pas particulièrement vaste, mais les hauts plafonds le faisaient sembler plus grand qu'il n'était. Un escalier en courbe conduisait au premier étage, et de chaque côté du hall des portes doubles étaient ouvertes, révélant une série de pièces, salles à manger et autres pièces d'agrément joliment décorées. Tout était élégant sans être ostentatoire. Des choix qui révélaient les goûts d'un précédent lord Deveraux, elle en était sûre, pas ceux de l'homme qui gâchait sa vie à Londres.

— Je suppose que vous êtes Mlle Burke ? demanda le majordome sans montrer la moindre hésitation quant à la sœur à laquelle il lui fallait s'adresser, à la grande surprise de Daphné.

— C'est bien moi, dit-elle. Et voici ma sœur, Bellis Burke, et nos compagnons de voyage, lord et lady Stalbridge.

Le majordome s'inclina.

— Très bien, madame. Je suis Frost, si vous avez besoin de quoi que ce soit. Lord Deveraux ne savait pas exactement quand vous arriveriez, mais il m'a donné des instructions pour vous accueillir et vous conduire à vos chambres.

— Et où est-il ? demanda lady Stalbridge.

— Lord Ryland et lui sont partis à cheval, madame.

Elle leva les yeux au ciel à l'adresse de Daphné : « Toujours à la recherche de son propre plaisir », disait son regard aussi clairement que si elle avait prononcé les mots.

Frost continua :

— Chaque fois qu'il rentre à Lyneham Park, la première chose que fait lord Deveraux, c'est d'aller voir par lui-même ce qui se passe dans son domaine, pour vérifier s'il n'y aurait pas des problèmes qui auraient été négligés par son intendant ou qui nécessiteraient son intervention personnelle.

Sans plus d'explications, il les conduisit jusqu'à l'escalier. Bellis se tordait le cou pour en voir le plus possible, tandis que lord Stalbridge faisait une demande au majordome dont Daphné n'entendit pas la teneur.

— Des affaires qui nécessiteraient l'intervention du vicomte, glissa lady Stalbridge à l'oreille de Daphné en lui prenant le bras. Quelle façon délicate de parler des filles de ses métayers !

Daphné força un sourire ironique sur ses lèvres.

— J'imagine qu'un débauché doit bien se trouver des amusements à la campagne, tout comme il a des passe-temps en ville.

— Et nous y voici, dit Frost en s'arrêtant devant une porte. J'espère que cela sera à votre goût, lord et lady Stalbridge.

La grande et belle chambre donnait sur le bois à l'arrière de la maison.

— Et de l'autre côté du couloir, j'ai placé Mlle Burke.

Cette chambre, encore plus grande, était lumineuse et offrait une magnifique vue sur le jardin de roses. Le mobilier était élégant et féminin, les murs étaient peints d'un bleu pâle, avec des rideaux et un dessus-de-lit de la même couleur.

— Votre sœur a la chambre adjacente, précisa Frost en indiquant une porte communicante derrière laquelle on pouvait apercevoir une chambre plus petite.

Sa propre chambre ! Daphné dut résister à la tentation de tourner sur elle-même, bras ouverts. Elle n'avait jamais eu de problème à partager une chambre avec sa sœur, mais quel luxe d'avoir tout ça pour elle seule ! Lord Deveraux avait-il compris… ? Mais non, bien sûr que non. Il avait, sans le moindre doute, laissé aux domestiques le soin de répartir les invités.

Daphné s'aperçut que ses pensées divaguaient lorsque Frost se racla la gorge.

— Puis-je me permettre, madame ? Lord Deveraux a mentionné un gros chien.

Bell gloussa et répondit à sa place :

— Pas de chien.

Pas encore, ajouta Daphné en silence.

— Seulement un chat, enchaîna Bell en levant son panier d'où s'échappa un misérable miaulement.

Frost inclina la tête, sans montrer si la nouvelle le surprenait ou le consternait, comme il se doit.

— Très bien, madame. Je vais m'assurer qu'on monte vos affaires, et une coupelle de lait. Autre chose ?

— De l'eau chaude ? s'enquit Daphné.

— Elle est déjà commandée, madame. Le dîner sera servi à 18 heures. D'ici là, souhaitez-vous que je vous fasse monter des rafraîchissements, ou préférez-vous prendre le thé dans le salon d'hiver avec lady Deveraux ?

Ces deux derniers mots lui coupèrent le souffle. *Lady Deveraux ?* Était-il marié ? Mais alors, à quel jeu jouait-il ? Le pari. Mlle Grey. Tout cela !

C'est probablement sa mère, intervint sa conscience rationnelle, cherchant à ralentir les battements de son cœur.

Mais il est orphelin, contra une autre partie d'elle. *Tout le monde le sait. On dit même que c'est pour cette raison qu'il est totalement sauvage.*

— Qui est... ? commença Bell.

On pouvait compter sur elle pour aller directement au cœur des problèmes.

Lady Stalbridge, qui se tenait sur le pas de la porte, coupa Bell.

— Le thé au salon d'hiver me paraît une excellente idée, dit-elle d'un ton parfaitement détaché. Dans une demi-heure ? Cela conviendra-t-il à Mme la vicomtesse ?

— Tout à fait, madame, dit Frost avant d'expliquer où se trouvait le salon d'hiver. Je me charge de vos affaires, termina-t-il, bien qu'il attende un hochement de tête de Daphné – provoqué par un coup de coude de Bell – pour s'éclipser.

— Mais qui donc est lady Deveraux ? demanda Bell aussitôt que le majordome fut hors de portée de voix.

— La grand-mère de lord Deveraux, répondit lady Stalbridge avec un regard indulgent, quoique légèrement agacé, en direction de son mari. Apparemment.

— Je l'ai rencontrée il y a quelques années, expliqua lord Stalbridge. Quand j'ai hérité du titre de comte. Je me suis présenté à tous les voisins – Ferncliffe n'est qu'à vingt-cinq kilomètres d'ici. Quand je suis venu rendre une visite à Lyneham Park, lord Deveraux n'était pas présent. J'ai eu, à la place, le plaisir de faire la connaissance de lady Deveraux. J'en aurais volontiers parlé, mais je pensais que vous saviez, mademoiselle Burke... Et puis, il y avait toujours la possibilité qu'elle ne soit plus...

Il désigna le ciel plutôt que de dire les mots à voix haute.

— Elle était déjà âgée et frêle à l'époque, continua-t-il. Mais c'est une femme extraordinaire. C'est elle qui a élevé votre fiancé, vous savez.

Daphné secoua la tête. Être élevé par sa grand-mère à la campagne n'est pas exactement le genre de vie dont on se vante pour affirmer son statut de débauché.

— Elle doit être fière de l'homme qu'il est devenu, déclara lady Stalbridge.

Le ton de sa voix ne permettait pas de dire si elle était sincère ou se voulait cinglante.

Sur ces mots, ils se retirèrent tous dans leur chambre pour faire un brin de toilette avant le thé.

— Sa grand-mère, répéta Bell avec un petit rire incrédule, tout en ouvrant le panier d'Eileen pour la libérer. Tu sais, pendant un moment, j'ai pensé…

— Tu lis trop de romans, la réprimanda Daphné plutôt que de lui révéler ses propres inquiétudes.

Son cœur battait la chamade, mais la vitesse de son pouls avait autant pour cause la surprise que la culpabilité. Pensait-elle vraiment qu'il aurait pu l'attirer ici, comme le méchant d'un quelconque roman gothique, avec les membres les plus puissants de sa famille, dans l'intention de devenir bigame ? C'était grotesque.

Elle était en train d'accorder trop d'importance à son essai.

En peu de temps, malles, sacs et bonbonnes d'eau chaude commencèrent à arriver. Daphné se lava le visage et, avec l'assistance d'une domestique, enfila une robe de fine mousseline que la femme de chambre de Cami avait pliée avec beaucoup de soin afin qu'elle ne se froisse pas pendant le voyage. « Il faudra que tu sois à ton avantage d'emblée, avait insisté sa sœur, sans avoir à attendre qu'une pauvre fille fasse chauffer un fer à repasser. »

Pendant que la même domestique aidait Bell à changer de robe, Daphné s'approcha de la fenêtre et regarda en bas. Elle ne savait pas exactement ce qu'elle avait imaginé au sujet de Lyneham Park, mais certainement pas d'y trouver un jardin à faire pâlir d'envie la duchesse douairière de Raynham. La maison était grande, mais pas au point qu'on s'y sente mal à l'aise. Impressionnante sans jamais montrer de signe d'ostentation – si on excluait la profusion de roses dans le jardin. Et même là, les fleurs étaient contenues par des bordures de buissons soigneusement taillés.

Une maison et un domaine comme celui-ci ne pouvaient être maintenus dans cet état sans efforts. Quelqu'un en faisait grand cas. Et même si ce quelqu'un était l'intendant, il agissait forcément sous les ordres de...

Elle écarta la pensée qui se formait. Ou du moins elle essaya. Comme une brindille, celle-ci se plia au lieu de se briser.

Elle ne savait pas comment faire coïncider cet endroit avec le Miles qu'elle connaissait.

Ou, pour être plus précise, avec le Miles que Miss Busy B. avait dépeint.

Peut-être la réponse se trouvait-elle du côté de lady Deveraux. Peut-être s'agissait-il d'un dragon qui exigeait que tout soit parfaitement en ordre et qui maintenait les domestiques dans la terreur, leur demandant d'exaucer le moindre de ses souhaits, fût-il totalement déraisonnable. Peut-être exerçait-elle une autorité si terrible que cela avait conduit Miles à fuir le plus tôt possible, à se rebeller contre les règles, à goûter tous les plaisirs qui lui avaient été interdits…

— Es-tu prête ? demanda-t-elle à Bell, attendant impatiemment de vérifier son hypothèse.

— Pas tout à fait. Tu peux y aller sans moi, répliqua Bell. Je ne veux pas faire attendre lord et lady Stalbridge, et je suis sûre que je trouverai le chemin.

Daphné hocha la tête et sortit dans le couloir, où elle découvrit que les malles de lord et lady Stalbridge venaient tout juste d'être montées – inexplicablement, on avait demandé aux domestiques de s'occuper des affaires de Daphné en priorité.

— Il a dû y avoir un malentendu…, commença-t-elle.

Mais lady Stalbridge l'arrêta d'un geste de la main.

— Il est tout à fait naturel que vous soyez l'invitée d'honneur, dit-elle. Partez devant, nous ne serons pas longs.

Daphné marcha donc seule jusqu'au bout du couloir, là où Frost avait indiqué que se trouvait le salon d'hiver. Contrairement à ce que pouvait laisser entendre son nom, froid et maussade, la pièce était lumineuse, percée de nombreuses fenêtres. Elle avait clairement été aménagée pour qu'on s'y sente bien, avec un mobilier délicat et des murs couverts d'un papier peint à larges bandes jaune pâle et vert pomme – les couleurs les moins hivernales qui soient.

Deux femmes étaient assises dans des fauteuils qui faisaient face à une fenêtre et au jardin en dessous. Quand Daphné entra dans la pièce, la femme sur la gauche se leva rapidement et se tourna vers elle. Elle était replète, avec des cheveux châtains.

Ses mains, qu'elle tenait écartées de quelques centimètres, étaient entourées de fil mauve.

— Madame, dit-elle d'un ton enjoué à l'autre femme, il semble que les invités de lord Deveraux aient commencé à arriver.

— Pas trop tôt, dit la dame âgée de façon bourrue, sans lever les yeux de ses travaux d'aiguille, avant de se mettre à rire. Eh bien, venez vous présenter vous-même, puisque mon petit-fils n'est pas là pour le faire.

Hésitante, Daphné s'approcha et fit le tour pour se retrouver face aux deux femmes avant de faire une révérence.

— Heureuse de faire votre connaissance, madame. Je suis Daphné Burke.

Lady Deveraux avait sans doute toujours été une femme de petite taille, mais l'âge l'avait probablement rapetissée encore un peu. Sa présence, cependant, était considérablement plus imposante que sa stature. Elle continua à faire son crochet tout en parlant, sans jamais poser un regard sur ses aiguilles.

— Je ne m'attendais pas à ce qu'il y ait une jeune femme parmi les invités, dit-elle. Et célibataire ?

— Oui, madame, dit Daphné, quelque peu déconcertée par la question.

— Intéressant.

Elle pencha la tête sur le côté et, lorsque la lumière éclaira entièrement son visage, Daphné comprit soudain que lady Deveraux était aveugle, ou presque. Cela ne semblait cependant pas avoir diminué sa perspicacité.

— Irlandaise, n'est-ce pas ? Je l'entends à votre voix.

— Oui, madame, répondit-elle à nouveau, se préparant à une remarque cinglante. De Dublin.

L'aiguille se coinça et l'autre femme, visiblement la dame de compagnie de lady Deveraux, s'assit afin de détendre le fil.

— Je suppose que vous n'avez pas fait ce chemin toute seule, reprit lady Deveraux après un moment.

— Je suis venue de Londres avec ma sœur cadette, Bellis, ainsi que lord et lady Stalbridge.

— Stalbridge, répéta-t-elle. Ah, oui. De Ferncliffe. Je l'ai rencontré une fois.

— Oui, madame, dit une nouvelle fois Daphné. Ils vont nous rejoindre dans quelques instants. J'étais prête la première, aussi suis-je venue au salon d'hiver comme me l'avait demandé votre majordome.

— Impatiente, commenta la vieille dame avec un petit rire qui rendit le mot moins inquiétant pour Daphné. J'aime ça. Palmer, sonnez pour demander du thé.

Mlle Palmer regarda ses mains prises par le fil, et ensuite par-dessus son épaule en direction de la cloche près de la porte.

— Puis-je… ? commença Daphné.

Mais avant qu'elle ait le temps de lui proposer d'aller sonner, Mlle Palmer afficha un sourire de gratitude et tendit le fil, qu'elle passa autour des mains de Daphné. Après un instant d'hésitation, Daphné prit place dans le fauteuil à côté de lady Deveraux.

— À présent, dites-moi, fit la vicomtesse d'une voix plus basse, comment mon vaurien de petit-fils vous a-t-il attirée à la célébration d'anniversaire d'une vieille dame ? Attention au fil, mon enfant, pas trop tendu. Voilà, très bien…

Célébration d'anniversaire ?

Daphné eut soudainement le sentiment d'être montée sur une scène et de devoir jouer un rôle sans en connaître le texte.

— Que... Je... euh...

— On peut supposer qu'il a attiré Mlle Burke avec les mêmes appâts que ceux avec lesquels il m'attire, moi, chaque fois, déclara lord Ryland depuis le seuil de la pièce. Bonne compagnie et bon air de la campagne.

Il portait toujours ses vêtements d'équitation et semblait plus à l'aise qu'elle ne l'avait jamais vu, bien qu'à ses yeux rouges elle devine que l'air de la campagne ne lui convenait guère.

Lady Deveraux sembla satisfaite de cette explication et accepta un baiser sur la joue.

— Avez-vous trouvé quelque chose d'anormal sur le domaine ? demanda-t-elle.

— Non. Vous êtes singulièrement bénie d'avoir choisi cet intendant, madame.

Daphné était toute prête à croire que cette formidable vieille dame dirigeait Lyneham Park d'un claquement de doigts, mais lady Deveraux contredit cette idée :

— C'est le choix de Deveraux, comme vous le savez.

Peut-être parlait-elle du père de Miles ?

— Et de quoi me diffame-t-on encore, en mon absence ? lança Miles en entrant d'un pas nonchalant, avant de s'arrêter brusquement et de s'incliner en apercevant Daphné. Mademoiselle Burke.

Elle l'avait trouvé beau, habillé pour le bal, mais elle n'avait pas pensé qu'il serait si attirant vêtu d'une culotte en daim et d'un cache-poussière gris-vert boueux avec un accroc à la manche. Il rassembla ses gants, sa cravache et son chapeau dans une main, et passa l'autre dans ses cheveux humides de transpiration.

— Vous êtes... arrivée. Et...

Ses yeux bruns fixèrent tour à tour Daphné et sa grand-mère.

— Toute seule ?

— Très bien observé, se moqua sa grand-mère, qui tendit ses aiguilles à Daphné et se leva difficilement à l'aide de sa canne et du bras de lord Ryland.

Mlle Palmer se précipita pour débarrasser Daphné des aiguilles et du fil, avant de les poser dans un panier à côté.

Daphné se leva et se tourna vers Miles.

— Lord et lady Stalbridge avaient prévu de venir dans le Hertfordshire et ont eu la gentillesse de nous emmener, Bellis et moi.

— Lord et lady Ashborough ne viendront donc pas, crut deviner Miles d'une voix monocorde.

Une partie de son plaisir semblait s'être envolée.

— Ils n'ont pas pu venir, corrigea lady Stalbridge en apparaissant dans la pièce au bras de Bell. Les jeunes enfants ont une propension démesurée à bouleverser les programmes, vous le découvrirez peut-être un jour.

Lady Deveraux gloussa.

— Vous devez être lady Stalbridge, n'est-ce pas ? Et la jeune Mlle Burke est avec vous ?

Daphné se demanda si elle était parvenue à distinguer la silhouette de Bell ou si elle avait entendu ses pas.

— Oui, madame, dit Bell avant de plonger dans une révérence. Ravie de faire votre connaissance.

— Et où est donc lord Stalbridge ? s'enquit la vieille dame.

— Il vous présente ses excuses, madame, répondit lady Stalbridge, mais après toutes ces heures enfermé dans une voiture, il n'a pu résister à l'envie d'aller marcher un peu.

— C'est une excellente idée, déclara Miles, l'air toujours un peu troublé. Pourquoi ne le rejoindrions-nous pas ?

— Palmer a sonné pour commander du thé, dit sa grand-mère.

— Je vais rester avec lady Deveraux si cela vous convient, déclara lord Ryland en tapotant sa main.

— Et moi de même, annonça lady Stalbridge.

Le visage de lady Deveraux s'éclaira d'un sourire.

— Excellent, dit-elle. Mais soyez prévenus : nous ne promettons de garder aucun gâteau à la marmelade à ceux qui nous abandonnent.

— Je ne laisse jamais filer un gâteau à la marmelade, décréta Bell en lançant un regard espiègle à Daphné. Mais je crois bien que ma sœur préférerait aller marcher dans le jardin.

— Est-ce bien vrai, mademoiselle Burke ? questionna Miles.

Bien qu'un peu de tension marque les coins de sa bouche, il convoqua un sourire candide en s'approchant d'elle, lui tendant le bras.

Si elle avait osé regarder du côté de lady Stalbridge pour avoir la permission d'aller se promener avec lui, elle aurait vu une étincelle d'encouragement dans ses yeux.

Pour mes recherches, tâcha de se convaincre Daphné. L'occasion d'observer cet homme dans… eh bien, peut-être pas tout à fait dans son habitat naturel, qui était plus probablement un cercle de jeu ou une maison close. Mais à Lyneham Park, elle avait la possibilité de découvrir ce qu'il y avait derrière le masque du charmant débauché, si tant est qu'il y ait quelque chose.

Elle prit une profonde inspiration et posa une main sur son bras, sentant immédiatement sa force mais déterminée à ignorer le frisson qui courait sur sa peau.

— Absolument, répondit-elle.

18

Comment une chose pouvait-elle être si merveilleuse et si terrible à la fois ?

Voir Daphné à Lyneham Park, la fenêtre derrière elle l'encadrant d'une magnifique vue sur le jardin de roses, le fil de grand-maman enserrant ses poignets, un sourire sur le visage des deux femmes : c'était encore plus beau que ce qu'il avait imaginé.

Et c'était aussi un puissant rappel de la bassesse nécessaire pour rendre cette image bien réelle.

Peut-être Daphné, tout comme Alistair, comprendrait-elle pourquoi il avait agi ainsi, sans avoir à lui expliquer. Elle était intelligente, après tout.

Mais elle avait *droit* à une explication, qu'elle la demande ou non. Et ensuite, à des excuses.

Et pour finir, à sa liberté.

À moins que… à moins qu'en un, deux, trois, quatre – oh, mon Dieu, seulement *quatre* jours ? – il ne parvienne à la convaincre de rester. À Lyneham. Avec lui.

Posant les doigts sur le fleuron en bois sculpté au sommet de la rampe d'escalier, il réfléchit pour s'assurer qu'il n'avait pas fait d'erreur de calcul dans les jours de la semaine qui lui restaient, avec le sentiment que le temps filait. Même ces quelques minutes à attendre que Daphné prenne sa coiffe et sa pelisse lui semblaient trop précieuses pour être perdues.

Elle émergea enfin de sa chambre et s'approcha de lui, mains croisées devant elle. Il ne lui offrit pas son bras.

— La chambre est-elle à votre goût ? C'est la plus jolie des chambres d'ami – mais vous pouvez choisir n'importe quelle autre.

À peine avait-il fait cette proposition qu'il souhaita pouvoir la ravaler. Elle allait le soupçonner de se moquer d'elle et douterait de sa sincérité à vouloir combler ses désirs.

— Cette chambre ne devrait-elle pas échoir à lord Ryland ?

— Il déteste la vue. Il aimerait pouvoir oublier l'existence même des roses.

Le bord de sa coiffe cachait l'expression de son visage – il était certain qu'elle l'avait choisie pour cette raison. Mais il ne put cacher son petit rire.

— Eh bien moi, je la trouve charmante. Et c'est un vrai plaisir de ne pas avoir à la partager avec Bell et son chat. Remerciez la gouvernante pour moi.

C'est moi qui l'ai choisie pour vous, eut-il envie de corriger.

Mais il garda le silence.

Dans le hall d'entrée, un valet de pied ouvrit la porte et s'inclina pendant qu'ils sortaient. Malgré le large chemin de gravier qui les séparait des roses, le parfum qui s'en dégageait était capiteux, et il aurait pu jurer qu'il entendait le doux murmure des abeilles travaillant au milieu des fleurs.

— Quel charmant après-midi, dit-elle en s'arrêtant un instant pour offrir son visage au ciel bleu.

— N'est-ce pas ?

Il était jaloux, jaloux du soleil qui caressait sa joue et qu'elle gratifiait d'un merveilleux sourire.

Pouvait-on être plus pathétique ?

Il était prêt à admettre qu'il l'appréciait... mais de telles pensées laissaient entrevoir bien plus qu'une simple inclination.

— Le jardin est une idée de ma grand-mère, expliqua-t-il en se penchant pour ouvrir le portail en fer forgé fiché dans le mur de pierre qui séparait le jardin du chemin. Il est sa fierté et sa joie.

— Elle n'a pas toujours été... ?

Elle se tut, mais il devina ce qu'elle s'apprêtait à dire.

— Aveugle ? Non, cette affliction l'a gagnée peu à peu au cours des dernières années. Elle se débrouille cependant très bien avec l'aide de sa dame de compagnie, Mlle Palmer.

Le bord de la coiffe s'inclina légèrement – pas tout à fait un hochement de tête.

— Elle semble heureuse de vous avoir ici. Vous venez souvent lui rendre visite ?

— Je crains que la seule réponse convenable qu'on puisse donner, même de la part d'un petit-fils dévoué, c'est « pas assez souvent », répliqua-t-il, lui faisant signe d'entrer dans le jardin d'un grand geste de la main. Je passe tous les automnes et une partie de l'hiver ici, et au cours de l'année je lui rends visite à l'occasion.

— Une occasion comme un anniversaire, par exemple.

Avait-elle déjà tout compris de son plan ridicule ? Ne faisant pas confiance à sa voix, il ne répondit pas.

Ils marchèrent le long de petits chemins de gravier sinueux qui, en dépit d'un ratissage méticuleux par une véritable armée de jardiniers, étaient irréguliers à certains endroits. Il mourait d'envie de lui donner le bras à nouveau, mais elle ne montrait aucun signe d'en avoir, elle, envie.

— J'espère que votre voyage n'a pas été trop désagréable ? hasarda-t-il après un moment de silence, ponctué seulement par le bourdonnement des insectes et, par moments, la respiration profonde de Daphné. Si je puis me permettre, comme se fait-il que les Stalbridge... ?

— Ma sœur est indisposée. Rien de grave, dit-elle précipitamment. Lord et lady Stalbridge partaient pour Ferncliffe, et comme Cami et lady Stalbridge sont amies les Stalbridge ont eu la gentillesse de nous emmener, Bell et moi, et d'offrir d'être nos chaperons jusqu'à ce que Cami et Gabriel soient en état de voyager.

— Lord et lady Ashborough vont donc quand même venir ?

— Oui, dans un ou deux jours.

— Vous auriez pu attendre, lui fit-il remarquer, heureux toutefois qu'elle ne l'ait pas fait.

Ses quatre précieux jours auraient pu se réduire à deux, voire à un seul.

Enfin, elle se tourna vers lui, lui faisant face, ses yeux d'un beau bleu dans la lumière du soleil, une expression circonspecte sur le visage.

— Vraiment ? Vous n'en n'auriez pas pris ombrage ? Ne m'auriez-vous pas mena...

— Non, dit-il sur un ton plus tranchant qu'il ne l'aurait voulu, coupant précipitamment le mot terrible qu'elle s'apprêtait à prononcer. Non, répéta-t-il d'une voix plus douce. Je peux vous assurer que j'ai une longue pratique de la déception, et que j'en ai une parfaite maîtrise.

Elle émit un petit bruit – sceptique, dédaigneux – et se tourna à nouveau vers les fleurs.

— Vous ne me croyez pas ? ajouta-t-il.

— J'ai du mal à croire que vous ayez déjà même fait *l'expérience* de la déception, dit-elle avec un ample geste de la main supposé embrasser le splendide jardin, le manoir et le parc au-delà. Sans parler du fait que vous ayez pu en souffrir suffisamment pour la maîtriser. Mais peut-être est-ce tout simplement dans votre nature d'exercer votre pouvoir sur tout et tous ceux qui vous entourent.

Une protestation instinctive lui monta aux lèvres. Il aimait sa vivacité, ses répliques du tac au tac, l'étincelle de défiance dans ses yeux. Mais ce n'était pas exactement le moment d'en encourager l'étalage. Son caractère diabolique n'était guère discutable. Il s'était enivré quand il aurait dû rester sobre, avait déblatéré quand il aurait dû écouter, avait crié quand un mot d'apaisement aurait mieux servi son but. Il avait souvent été égoïste – il était égoïste en ce moment même, sans doute, bien que tel ne soit pas son intention.

— Vous avez peut-être raison, concéda-t-il.

Lentement, elle pivota vers lui et le regarda, abasourdie.

— Mais quel garçon, ou même jeune homme, poursuivit-il, né avec d'immenses privilèges, avec personne d'autre qu'une grand-mère âgée pour s'occuper de lui, n'aurait pas cherché à tester les limites de son autorité de temps à autre ? C'est une question purement rhétorique, la rassura-t-il, levant la main. Pas besoin de répondre.

Il leva les yeux vers les fenêtres du salon d'hiver, se demandant si leur petit tête-à-tête se déroulait sous le regard perçant de lady Stalbridge. Mais le soleil se reflétait sur les vitres, les transformant en feuilles d'or martelé.

— La bonne réponse, d'ailleurs, est de toute évidence lord Ryland.

Il conduisit Daphné jusqu'à un banc en pierre niché dans une alcôve au milieu des buissons, le seul point du jardin à ne pas être visible depuis la maison.

Il continua :

— Alistair a pris en charge son héritage – un domaine en décrépitude – et ses sept sœurs avec grâce et générosité. Si, au cours des seize dernières années, il lui est arrivé de passer la ligne rouge d'un orteil, c'est moi qui étais derrière lui et qui le poussais.

— Quel dommage qu'il n'ait pas réussi à avoir une meilleure influence sur vous, dit-elle en s'asseyant et en lissant sa jupe.

Elle le taquinait – c'est en tout cas ce qu'il entendit dans sa voix.

— Ah mais, mademoiselle Burke, répliqua-t-il, vous oubliez une chose : sans lui, j'aurais pu être bien pire.

Avant de s'asseoir, il cueillit une rose sur le rosier d'à côté, d'un rose profond, presque rouge. Quand il la lui tendit, elle la prit sans croiser son regard, puis elle fit tourner la tige dans ses doigts, entre le pouce et l'index.

— Quelle vive couleur…

Il s'assit à côté d'elle. La pierre sous la paume de ses mains était fraîche.

— Presque aussi vibrante que vous.

Elle fit à nouveau tourner la fleur, lentement, d'un côté puis de l'autre, puis la porta à son nez pour respirer son doux parfum, les pétales veloutés effleurant sa lèvre.

— Pourquoi faites-vous ça ?

— Faire quoi ?

— Me faire un compliment aussi extravagant. Me conter fleurette alors que personne n'est là pour vous entendre.

Il considéra les différentes réponses possibles. Il se souvint alors de son souhait, aussi tiède avait-il été, qu'il y ait un peu d'honnêteté entre lui et Arabella Grey.

— L'habitude, j'imagine, dit-il avec un soupir las, posant sa main sur le bord du banc de pierre.

Ils avaient déjà été dans cette situation une fois, dans le jardin de la duchesse de Raynham. Il ne savait pas comment mesurer ce jour dans l'évolution de cette étrange cour « pas tout à fait pour de faux ».

— Parce que, ajouta-t-il, d'après mon expérience, c'est le genre de choses que les femmes aiment entendre.

Du coin de l'œil, il aperçut le mouvement de sa main reposant la fleur et le hochement de sa tête. Ses pires soupçons le concernant se confirmaient.

Aussi, il perdit son regard dans le jardin, pensant au curieux mélange de nature sauvage et de culture attentive, la juxtaposition de la douceur et des épines. Avant d'enchaîner :

— Et aussi parce que c'est la vérité, même si je ne l'ai pas perçu tout de suite. Vous *êtes* vraiment belle, et douce, et vibrante, et intelligente, que vous voyiez ces choses en vous ou non. Que vous vouliez qu'elles soient vues par moi ou par quelqu'un d'autre.

Le bourdonnement des insectes remplit le silence qui suivit, ponctué par les trilles d'une alouette quelque part au-delà des buissons. Daphné croisa et décroisa les chevilles. Ses mains, qui jusque-là étaient unies sur ses cuisses, glissèrent sur le banc de chaque côté de ses hanches, comme si elle se préparait à se lever et à le laisser là.

Puis son auriculaire effleura – accidentellement, sans aucun doute – le doigt de Miles. Sa main était gantée, celle de Deveraux nue. Il repensa à ce moment sous la tonnelle de la terrasse de sa sœur.

Cette fois-ci, cependant, elle ne se retira pas.

— Elle sait ? Pour nos..., commença-t-elle avant de déglutir. Pour nos fiançailles ?

— Ma grand-mère ? Non. Même si je suis certain qu'elle sent quelque chose d'inhabituel dans l'air. Je n'ai jamais invité une jeune femme à Lyneham Park.

— Oh.

Ses mains se crispèrent dans le doux cuir de ses gants.

— Alors je suis... je suis honorée que vous ayez souhaité me montrer le domaine.

— Même dans ces circonstances ? osa-t-il demander après un moment.

— Oui.

Elle fut traversée par le tremblement d'un rire nerveux.

— Je crois, précisa-t-elle. C'est-à-dire...

— Je comprends. Nous avions tous les deux en tête une liste de qualités que nous désirions trouver chez la personne que nous allions épouser. J'ai, sans le moindre doute, eu plus de chance que je n'en mérite, et vous..., dit-il en se tournant vers elle avant de lui faire un clin d'œil, vous tentez d'être maîtresse de votre déception.

Elle rit malgré elle.

— Ce n'est pas cela... pas exactement, en tout cas. C'est que... eh bien, je suppose qu'il s'agit finalement d'une question de connaissance : les choses que je sais, que je souhaite savoir, que je ne saurai peut-être jamais à votre sujet. Mais que vous ayez eu envie de me montrer votre foyer, votre famille... C'est un peu comme si je vous avais traîné à Merrion Square et avais proposé de vous montrer la boîte dans laquelle je garde tous mes trésors d'enfance. N'avez-vous pas peur de trop en révéler ?

— Avoir peur ? Le véritable danger, ici, c'est Ryland et ma grand-mère, je pense.

Elle secoua la tête, mais un léger amusement courait toujours sur son visage.

— N'avez-vous pas peur que *ce lieu* n'en révèle trop sur vous, alors ? corrigea-t-elle.

Il réfléchit. Pouvait-il craindre ce qu'elle découvrirait ici ? Probablement.

Mais, quoi qu'il en soit, cela ne l'inquiétait pas.

— Non.

Ce simple mot la fit bondir sur ses pieds, effrayant l'oiseau caché dans les buissons derrière eux. C'était presque comme si c'était Daphné qui était apeurée.

— Parce que vous n'avez pas peur de ce que je pourrais découvrir ? dit-elle, se tordant les doigts. Ou parce que, quoi que je découvre, cela ne changera rien ? Il sera toujours attendu de moi que je me marie avec vous à la fin de la semaine.

Il se leva aussi et croisa les mains derrière son dos, mais ne dit rien. Quels que soient les mots qu'il pourrait utiliser pour la rassurer, ils sonneraient creux. Il devait lui prouver que le fait de gagner son pari n'était pas important.

— Souhaitez-vous explorer un peu plus le jardin ? Ou regagner la maison ?

Il pencha la tête pour voir sous l'ombre de sa coiffe.

— Grand-maman ne plaisantait pas à propos des gâteaux à la marmelade. Nous en serons réduits au pain et au beurre, si nous attendons plus longtemps.

Elle ne sourit pas, mais une partie de la panique avait quitté ses yeux.

— Ça ne me dérange pas. Je préfère le pain et le beurre, pour être honnête. Mais je... je n'ai pas vraiment faim. J'aimerais marcher encore un peu.

— Seule ?

Étrange comme la plus grande crainte d'une personne pouvait être le plus grand désir d'une autre. Lui laisser du temps pour elle-même était une concession qu'il ne pouvait pas vraiment se permettre, une précieuse demi-heure arrachée aux quelques jours qui lui restaient pour arranger les choses.

Mais si elle en avait besoin, il le lui accorderait.

Elle haussa une épaule. Il s'était à moitié attendu à ce qu'elle crie « Bien évidemment, imbécile ! » et lui demande de quitter le jardin.

Au lieu de cela, elle se tourna vers le chemin qu'ils n'avaient pas encore emprunté, jetant un regard incertain par-dessus son épaule. Il prit cela pour une invitation à la suivre.

— Qu'avez-vous très envie de me montrer ? demanda-t-elle après un moment.

Il répondit par une question.

— Qu'avez-vous très envie de connaître ?

— Votre lieu préféré à Lyneham Park.

— Oh, c'est difficile. Ça change, vous savez. Ça dépend du temps, de la saison et... eh bien, de mon humeur, j'imagine.

Ce n'était pas tout à fait vrai. Il y avait cet endroit... Mais sans doute Daphné pensait-elle à quelque chose d'un peu plus... ou peut-être d'un peu moins... Bref.

Qui ne tente rien n'a rien.

— Savez-vous monter ? demanda-t-il.

— Un peu. Tristan a insisté sur le fait que si nous passions du temps à Hawesdale Chase, nous devions apprendre, Bell et moi. C'est très lointain. Mais je pense...

Elle eut un rire d'autodérision avant de continuer :

— Je pense que je préfère marcher. Ou plutôt, je pense que tous les chevaux que j'ai montés auraient préféré que je choisisse la marche.

Ils continuèrent à avancer côte à côte.

— Je suppose, dit-elle en le regardant, que vous êtes un excellent cavalier, n'est-ce pas ?

C'était bien le cas.

— Nous allons nous débrouiller, la rassura-t-il.

Il s'apercevait qu'il voulait véritablement lui faire découvrir cet endroit qu'il n'avait jamais montré à âme qui vive, pas même à Alistair.

— Il y a toujours la charrette.

Cela lui valut l'expression Miss Busy B. qui l'amusait tant.

Elle s'était arrêtée devant la statue d'un chérubin ailé - Dieu merci, plus vêtu que ceux qui se trouvaient dans la chambre de Ryland. Cupidon, pensait-il, vu l'arc dans les mains replètes du personnage. Les flèches étaient encore dans le carquois. Miles tâcha de ne pas voir cela comme un présage.

— Et le lieu que vous aimez le moins ? questionna-t-elle.

— La salle de classe, répondit-il sans hésitation.

Il l'entendit pousser un petit cri consterné, bien qu'elle essaye de le contenir.

— Je rêvais de devenir enseignante.

Évidemment.

— Nous n'avons jamais eu une salle de classe convenable à la maison, cependant, continua-t-elle. Et je dois dire que les leçons n'avaient rien de conventionnel non plus. Elles étaient amusantes, c'est certain, et nous avons tout de même appris beaucoup malgré la pagaille et les rires.

— J'aurais sans doute davantage aimé l'école avec ces deux éléments, dit-il avec un petit rire amer, se frottant les mains. C'est un vrai miracle que les coups ne m'aient pas laissé de séquelles.

Elle tressaillit.

— C'est affreux ! Non, nous n'irons pas là-bas.

— J'imagine qu'elle est dans un état épouvantable, et couverte de poussière. Mais en fait, ça ne me dérangerait pas de retourner la voir. Pas après toutes ces années. Pas avec vous à mes côtés.

— Vous contez encore fleurette ?

Ses paroles étaient clairement une réprimande, quoique plus douce que ce qu'il méritait.

— Oui, confessa-t-il. Est-ce que cela fonctionne ?

Elle leva les sourcils, sans répondre. Mais elle cala le rythme de ses pas sur ceux de Miles tandis qu'ils continuaient leur promenade sur le chemin. Et quelques instants plus tard, elle passa la main sous son bras.

— Que s'est-il passé ? demanda-t-elle en tirant sur l'accroc de sa manche.

— Une bêtise, répondit-il avec dédain.

Il n'avait pas encore regardé si l'accroc avait traversé jusqu'à sa veste. Et il aurait de la chance si son valet ne s'évanouissait pas en voyant l'état de ses bottes. Il posa sa main sur celle de Daphné pour calmer ses doigts nerveux – et la garder à son côté.

— Bêtise et fleurette, murmura-t-elle. Je crois que j'aurais pu voir ça sans faire tout ce chemin.

Il laissa la douce pression de sa main les ramener vers la maison. Un genre de retraite. Il ne pouvait pas l'en blâmer.

— Si vous espériez découvrir une profondeur d'âme chez moi, vous risquez d'être déçue.

Elle pencha légèrement la tête, tout en le considérant. Que voyait-elle ? se demanda-t-il. Le bord de sa coiffe, combiné à leur différence de taille, l'empêchait d'apercevoir autre chose que le coin relevé de sa bouche.

— Vraiment ?

Grands Dieux. Il n'arrivait pas à savoir si elle l'appréciait ou le méprisait.

Peut-être n'y arrivait-elle pas non plus.

Sa confusion était compréhensible. Et c'était peut-être ce qu'il pouvait espérer de mieux, au vu des circonstances. Mais cela laissait ses pensées aussi alambiquées que le labyrinthe des allées du jardin sous leurs pieds.

19

Daphné se retourna lourdement sur le dos, sa tête venant s'enfoncer dans les oreillers de duvet avec un bruit étouffé, puis elle s'agita pour libérer ses membres de l'enchevêtrement de draps et couvertures.

Finalement, il n'était pas aussi facile de dormir sans Bell à ses côtés.

Mais combien de temps allait-elle rester là, étendue, à scruter le noir, se repassant dans la tête des bribes de la conversation du dîner ?

Une bribe, en particulier.

Cela avait été un dîner fort plaisant, en excellente compagnie. Personne, pas même Bell, n'avait taquiné Miles pour avoir manqué le thé ou n'avait fait de remarque sur la soudaine propension à la rêverie de Daphné.

Ils avaient été rejoints à table par la dame de compagnie de lady Deveraux, Mlle Palmer, et par M. Palmer, son frère, qui était également l'intendant de Lyneham Park. C'était un homme de trente-cinq ans tout au plus, clairement trop jeune pour avoir été engagé par l'ancien lord Deveraux, comme l'avait imaginé Daphné au départ. Un homme agréable, avec toutes les bonnes manières d'un gentleman, qui avait passé la majeure partie de la soirée à parler du domaine avec lord Stalbridge, celui-ci s'intéressant de près à ces questions.

Le problème – qui n'était un problème que dans l'esprit de Daphné – avait été quand lord Stalbridge avait posé une question tout à fait banale concernant le bétail. M. Palmer, dont le sourire était presque aussi joyeux que celui de sa sœur, avait suggéré de consulter lord Deveraux sur ce genre d'affaires. Lorsque la question lui avait été répétée, Miles, qui parlait de totalement autre chose avec lady Stalbridge, avait rougi.

Alors lord Ryland était intervenu. Il avait régalé l'assistance en racontant comment Miles, le jour même, avait aidé un fermier dont le bélier s'était pris les cornes dans une haie et ne parvenait pas à se libérer.

Dans le récit de lord Ryland, la rencontre avait été plus amusante qu'inquiétante, avec une incertitude sur l'issue de l'histoire : lequel des deux entêtés gagnerait à la fin, Miles ou le bélier ?

Cela expliquait pourquoi Miles était couvert de boue et complètement débraillé quand il était rentré à la maison.

Bien que cela ait fait beaucoup rire l'assemblée – et fait naître des images frappantes dans son esprit –, rien de tout cela n'aurait dû tenir Daphné éveillée au milieu de la nuit. Non, le problème était ce qu'avait dit M. Palmer à lord Stalbridge en aparté, une fois que la conversation s'était déplacée sur un autre sujet.

— Lord Deveraux n'a jamais été un homme de chiffres, mais il est sacrément doué de ses mains.

Cette remarque était clairement un compliment dans l'esprit de l'intendant, même si Daphné savait que peu de gentlemen l'auraient considérée ainsi.

Elle avait songé, pendant tout le reste du dîner, à ce que cela disait de Miles – le fait qu'il s'implique auprès de ses métayers d'une manière si personnelle. Elle avait repensé à ce que lui avait dit le majordome dans l'après-midi : la première chose que faisait Miles en arrivant au domaine était d'en faire le tour pour voir par lui-même si tout allait bien. De tels détails parlaient étonnamment en sa faveur.

Dans le salon après le dîner, alors que Mlle Palmer jouait du piano et que Miles et par moments lord Ryland et Bellis chantaient, elle s'était mise à réfléchir plus avant à l'affirmation de Palmer selon laquelle Miles n'était pas doué avec les chiffres. Dans le jardin, il avait prétendu que la salle de classe était l'endroit qu'il aimait le moins à Lyneham. D'une certaine façon, cela disait la même chose. Dans sa propre famille, l'apprentissage était quelque chose d'extrêmement valorisé pour les filles comme pour les garçons, mais en règle générale on évitait que les filles en sachent trop, et beaucoup de garçons comme Miles passaient une partie de leur temps à l'école concentrés sur autre chose que des livres.

Pourtant, quelque chose dans cet échange la tracassait.

Une fois dans son lit, elle n'avait pu s'empêcher de ruminer la deuxième partie de ce qu'avait dit M. Palmer. Et à présent, elle ne cessait de penser aux mains magnifiques de Miles, à ses longs doigts étonnamment tannés...

Ou peut-être pas si étonnamment. Il s'était débarrassé de ses gants abîmés avant de sortir dans le jardin, sans se donner la peine d'en enfiler une autre paire. Ce qui rendit très précise la succession d'images qui lui revinrent en tête : sa main qui lui offrait une rose, sa main posée près de la sienne sur le banc en pierre, sa main tenant légèrement la sienne contre son bras.

Doué de ses mains...

Il n'y avait qu'un petit pas entre ces images mentales et le souvenir de son toucher, la chaleur de ces mains puissantes sur sa nuque, sa taille, sa poitrine.

Doué de ses mains...

Elle essuya ses propres paumes devenues moites contre sa chemise de nuit pour réprimer un frisson de désir. Évidemment qu'il était doué de ses mains ! C'était un débauché, après tout. Il fallait qu'elle mette tout cela sur le papier, qu'elle note ses paroles à propos des jeux de séduction et ces idioties qu'il pensait que les femmes aimaient entendre. Sur le fait qu'elle serait aussi belle, vibrante et douce qu'une fleur...

Mais où donc se trouvait son écritoire ? Elle ne l'avait pas vue depuis son arrivée. Probablement, dans l'effervescence de leur installation, quelqu'un l'avait-il rangée par erreur dans la chambre de Bell ou dans celle de lady Stalbridge.

Peu importait. Elle pourrait la récupérer au matin. Mais d'ici là...

Elle sortit du lit et attrapa sa robe de chambre. Dans l'embrasure d'une porte, elle avait aperçu tout à l'heure une bibliothèque au fond du grand salon. Elle y trouverait sans aucun doute du papier et de l'encre. Peut-être même quelque chose d'utile à son essai comme des lettres, un journal intime ou le carnet de ses dettes de jeu. Et même sans cela, elle pourrait au moins lire un livre, n'importe quoi susceptible de calmer l'étrange agitation qui s'était emparée de son esprit.

Pieds nus et à la lumière d'une bougie, elle avança à pas feutrés dans le couloir et descendit l'escalier, marchant très vite, de façon presque comique, sur le carrelage de marbre froid du hall d'entrée, et plus lentement sur l'épais tapis de laine du salon.

La porte de la bibliothèque avait été conçue pour être invisible lorsqu'elle était close, comme à présent, peinte et taillée de façon à se fondre dans le mur. Il lui fallut un moment avant d'en trouver la poignée, et elle se demanda si la porte n'allait pas être verrouillée.

Mais celle-ci s'ouvrit sans résistance. La lumière de la lune vint compléter celle de la bougie pour révéler une pièce aux dimensions modestes, avec un mobilier plus sombre que dans le reste de la maison. Deux hautes étagères remplies de volumes aux couvertures en cuir faisaient face à la porte, séparées par une fenêtre, et sous celle-ci trônait un imposant bureau.

Sans attendre, elle s'approcha des étagères pour inspecter les titres des livres. Mais lorsqu'elle atteignit le bureau, elle ne put s'empêcher de caresser le bois, tiède et ciré. Les seuls objets qui s'y trouvaient étaient un plateau d'argent contenant des plumes et de la cire à cacheter, et un sous-main qui n'arborait pas la moindre marque, aucune éraflure ni tache d'encre, comme s'il n'avait jamais été utilisé. Peut-être que tout ce qui avait de l'intérêt ici avait été retiré pour échapper aux regards indiscrets. Peut-être Miles travaillait-il ailleurs, et le bureau dans la bibliothèque n'était là que pour faire illusion. Ou peut-être évitait-il tout travail qui nécessitait un bureau.

Elle fit le tour du meuble, y posa son bougeoir et s'installa dans le fauteuil. En faisant attention, elle pourrait tout explorer sans que personne s'en aperçoive. D'un doigt tremblant, elle effleura les ornements en cuivre, les poignées et les plaques aux volutes sculptées, les minuscules trous de serrure. Elle trouverait peut-être des choses intéressantes dans la myriade de tiroirs et de casiers, qui révéleraient la nature du maître de Lyneham Park. Des choses qui pourraient renforcer, sans l'ombre d'un doute, la thèse qu'elle souhaitait défendre dans son essai sur les débauchés.

Des choses qu'elle n'était plus du tout certaine de vouloir découvrir.

Que lui était-il arrivé au cours des derniers jours ? Elle croisa les bras sur le bureau et y posa le front, résistant à l'envie de le cogner contre le bois.

Miss Busy B. avait-elle perdu son piquant ?

— Daphné ?

Elle releva brusquement la tête et découvrit Miles de l'autre côté de la pièce qui l'observait, appuyé contre le montant de la porte, l'air détendu, bras croisés.

Elle se leva d'un bond, avec une telle rapidité qu'elle dut se retourner pour rattraper le fauteuil qui faillit tomber.

— Tout va bien ? demanda-t-il en faisant un pas vers elle.

— Oui, parfaitement bien. Je… je n'arrivais pas à dormir.

Le regard de Miles effleura sa robe de chambre qui masquait à peine ses formes. S'attardant plus particulièrement sur sa poitrine qui se gonflait tandis qu'elle cherchait à dompter son cœur battant.

— Moi non plus, avoua-t-il avec un sourire enfantin qui ne fit rien pour calmer le cœur de Daphné. J'ai vu la lumière.

Elle contourna le bureau et se posta non loin d'une étagère.

— Vous cherchiez vous aussi quelque chose à lire ?

— Non, dit-il en s'approchant. J'avais envie de marcher dehors.

Elle s'aperçut alors qu'il était encore complètement habillé. Ou presque. Il n'avait plus de cravate et son col était totalement ouvert. Il avait à nouveau enfilé son pantalon en daim usé et des bottes éculées. Il ne portait pas de veste, mais son cache-poussière gris-vert ; la boue en avait été retirée et la manche déchirée avait été raccommodée.

— Je vous aurais volontiers invitée à vous joindre à moi, mais…, dit-il en regardant ses pieds.

Elle posa la pointe d'un pied sur les orteils de l'autre. Impossible de cacher qu'ils étaient nus.

— De toute façon, je ne suis pas sûre que ce serait une bonne idée, répliqua-t-elle.

Il acquiesça d'un hochement de tête et la lumière de la bougie fit surgir une étincelle dorée dans ses cheveux.

— Je ne voudrais pas que vous attrapiez froid.

Bien qu'elle n'ait pas froid, un frisson la parcourut en entendant ces mots.

Il retira son manteau et s'avança pour le poser sur ses épaules.

— C'est mieux ?

Pire. Bien pire. Son odeur imprégnait le tissu, si merveilleusement masculine.

Une fois le manteau en place, il maintint ses mains sur le col, le refermant à la base de son cou, ses jointures posées légèrement sur ses clavicules. Il avait certainement senti comme elle avait dû déglutir avant de pouvoir articuler deux mots, d'une voix rauque :

— Oui, merci.

Elle n'osa pas croiser son regard.

Mais regarder face à elle était également dangereux : elle voyait la peau nue révélée par son col ouvert. Ce creux intrigant à la base de sa gorge. Quelques poils châtains qui disparaissaient ensuite sous sa chemise.

Elle avait désespérément envie de poser la main – la joue, même – contre son torse, de sentir la chaleur de sa peau, le contour de ses muscles, les battements de son cœur.

Mais, après un geste aussi audacieux, il n'y aurait plus de retraite possible.

— Fermez les yeux, ordonna-t-il.

— Quoi ?

Surprise, elle fixa sa mâchoire couverte d'une barbe de trois jours, puis sa bouche. Ses lèvres étaient retroussées en un sourire sardonique.

— Je viens de me rappeler quelque chose. Nous sommes dans une bibliothèque et elle est mal éclairée, n'est-ce pas ? J'avais promis de vous montrer…

Le sang afflua dans des endroits insensés. Le bout de ses oreilles. Le point secret entre ses jambes.

— Ce n'est vraiment pas… Je devrais retourner…

— Chut, dit-il, et la forme que prirent ses lèvres en murmurant cela rendit sa bouche éminemment attirante. Fermez les yeux, ma chère. Voilà, très bien.

À sa grande surprise, une fois qu'elle eut obéi, il lâcha le manteau et s'écarta. Avant qu'elle puisse poser la moindre question, elle le sentit derrière elle. Il passa un bras autour d'elle et sa main vint se poser sur ses yeux fermés.

— On ne regarde pas.

Elle entendait le sourire dans sa voix. Il glissa son autre main le long de son bras droit, jusqu'à son poignet.

— À présent, marchez, lui murmura-t-il à l'oreille, guidant ses pas en lui tenant la main, son corps se pressant légèrement contre son dos.

Comme elle était privée de la vue, ses autres sens semblaient douloureusement aiguisés : sa chaleur, son odeur faisaient faiblir ses jambes.

— Je ne vous laisserai pas trébucher contre quoi que ce soit, promit-il. Vous pouvez me faire confiance.

Faire confiance à un débauché ? Quelle absurdité !

Néanmoins, elle le laissa la conduire à travers la bibliothèque. Les paupières closes, elle tenta de se souvenir des meubles de la pièce, de deviner où il la menait. Elle n'avait pas fait tellement attention au mobilier, elle n'avait eu d'yeux que pour le bureau, mais n'y avait-il pas un sofa à gauche, à côté de la fenêtre ? Sauf qu'il avait l'air de vouloir l'entraîner vers la droite...

— Arrêtez-vous.

Il baissa son bras droit qui cachait ses yeux mais ne lâcha pas sa main.

— À présent, ouvrez les yeux.

Elle cligna des paupières à plusieurs reprises, mais quand sa vue se fut adaptée à l'obscurité, elle ne comprit pas ce qu'elle voyait. Dans le coin de la pièce où il l'avait conduite se trouvait une petite table ronde, sur un pied unique, dont le plateau était incrusté d'un dessin d'échiquier. Et dessus se trouvait un jeu d'échecs en marbre, les pièces prêtes à être jouées.

— Je... je ne comprends pas.

— Ce soir-là, dans la bibliothèque des Grey, souffla-t-il, ce qu'Arabella Grey m'a vu faire avec Mme Wellcroft...

— Vous étiez vraiment en train de... jouer aux échecs ?

— Je ne suis pas très doué. Ryland a essayé de m'apprendre pendant des années, mais..., ajouta-t-il en haussant les épaules, ce qui souleva aussi le bras de la jeune femme. Je suis une cause perdue.

Spontanément, Daphné ferma les yeux à nouveau, tâchant de se remémorer la lettre de l'Affligée de Grosvenor Square, l'accusation spécifique qu'elle avait formulée. Ce détail dont elle avait supposé qu'il s'agissait d'une métaphore, et qu'elle avait remplacé par des astérisques dans la gazette quand elle avait publié sa réponse.

— Vous jouiez aux échecs, répéta-t-elle mollement. Tout simplement.

Son doux rire se perdit dans ses cheveux. Du pouce, il caressa le dos de sa main, dans un geste supposé la réconforter.

— Vous voyez ? Je ne suis pas l'horrible débauché que l'on dépeint.

Il rit à nouveau, plus amèrement cette fois.

— Pas tout à fait, en tout cas.

Non, il n'était pas l'homme que Miss Busy B. avait imaginé quand elle avait fait le choix de venger Mlle Grey et de mettre en garde les lectrices de *La Gazette des demoiselles*. Et plus Daphné passait de temps avec *ce* Miles, plus son désir pour lui grandissait.

Lentement, elle ouvrit les yeux à nouveau. Leurs ombres tombaient sur le plateau d'échecs, et il était difficile de distinguer les pièces blanches des noires.

Quelqu'un devait faire le prochain pas.

Elle inspira vivement.

— Et si… et si j'avais envie que vous vous comportiez… comme un débauché ? Juste un peu.

Son pouce, qui caressait paresseusement ses doigts, s'immobilisa soudain. Il semblait considérer la bonne réponse à donner.

Elle fut mortifiée, comme si une flamme l'avait consumée d'un coup, lorsqu'il lâcha sa main et fit un pas en arrière. Bien sûr qu'il ne voulait pas d'elle : il voulait seulement gagner son pari. Cette cour n'était rien d'autre qu'une comédie. Badinage et balivernes, comme elle l'avait fait remarquer dans le jardin.

Cela n'avait de toute façon aucune importance. Elle n'éprouvait pas vraiment de désir pour lui non plus. Tout ce qu'elle souhaitait, c'était le piéger, qu'il révèle la part de lui qu'elle voulait voir pour écrire ce fichu essai. Tout allait bien. Elle pourrait utiliser la rencontre de ce soir pour…

Il posa les mains sur ses épaules, retira le manteau qu'il jeta sur un fauteuil non loin. Puis ses lèvres trouvèrent l'orée de son cou, sous l'oreille. Trois baisers dont la douceur trahissait quelque chose de difficilement maîtrisé. La tension dans sa voix la fit délicieusement frissonner.

— Juste un peu, dit-il, son souffle chaud contre sa peau.

20

« Juste un peu. » Avait-on jamais prononcé des mots plus insensés ? Comme s'il était connu pour sa modération et sa retenue... surtout avec une belle femme à moitié déshabillée dans ses bras. Comme si ses pensées libertines à propos de Daphné ne l'avaient pas poussé hors de son lit pour chercher un peu de réconfort dans l'air frais de la nuit.

Au besoin, il aurait su où trouver une source d'eau glacée.

À présent il était là, les bras autour d'elle...

Bon sang. À quel moment l'avait-il enlacée ? C'était comme si son corps se mouvait tout seul, un bras enserrant sa taille, rapprochant leurs hanches, l'autre bras en travers de sa poitrine, plaqué sur ses seins.

Il voulait marquer sa blanche peau de ses baisers, la revendiquer aux yeux de tous. Avancer son bassin pour qu'elle sente son excitation grandissante. Attraper sa chemise de nuit dans son poing et tirer peu à peu vers le haut.

C'était une terrible épreuve pour son caractère, pour sa volonté.

Et il n'avait jamais été très doué pour résister à la tentation.

Il relâcha son emprise et réussit à ménager un petit centimètre entre son sexe qui gonflait rapidement et la courbe luxuriante de ses fesses.

— Daphné, ma chère, murmura-t-il à son oreille, quand vous dites vouloir que je me comporte *juste un peu* comme un débauché, qu'avez-vous en tête ?

Elle respirait fort, de manière saccadée, tandis qu'elle réfléchissait.

— Je ne sais pas, dit-elle au bout d'un moment d'une voix fébrile, à la limite du désespoir.

— Chut, soupira-t-il de manière apaisante contre sa joue.

Il ne connaissait pas non plus la réponse. Il essaya d'imaginer ce qu'elle pouvait penser. Mais il n'avait jamais mené une innocente dans son lit.

— Des baisers ? suggéra-t-il.

La tension dans le corps de Daphné se relâcha. Elle hocha la tête.

— Oui, s'il vous plaît, répondit-elle en cherchant à se retourner dans ses bras.

Il resserra sa prise pour la maintenir en place. Il désirait ce petit bout de peau que son hochement de tête avait dévoilé sur sa nuque, où quelques boucles légères s'échappaient de sa tresse.

Se déplaçant légèrement, il pencha la tête vers cet endroit précieux, puis il libéra une main juste assez longtemps pour ouvrir le col de sa robe de chambre et exposer une plus grande surface de peau.

Comme elle était douce, penchant la tête en avant pour lui offrir un meilleur accès, soupirant lorsqu'il l'explora de baisers, doux au début, puis plus fermes, haletant quand il l'effleura de ses dents avant de donner un coup de langue apaisant. Lentement, il se dirigea vers le haut de son épaule, le côté de sa gorge, le creux sensible sous son oreille, notant ce qui lui plaisait, respirant le doux parfum de son savon, savourant l'arôme salé de sa peau. Son corps semblait fondre dans ses bras, bien que les cordes de son cou soient tendues comme celle d'un arc.

Écartant sa lourde tresse, il prodigua la même attention à l'autre côté avant de lui permettre de pivoter, juste assez pour pouvoir capturer sa bouche. Cette fois-ci, elle n'hésita pas à s'ouvrir à lui, accueillant l'invasion de sa langue avant de tendre timidement la sienne pour le goûter. Avec un gémissement d'encouragement, il la laissa explorer la peau sensible derrière ses lèvres, les bords acérés de ses dents. Si avide, sa Daphné. Si affamée.

Juste un peu, lui répéta sa conscience alors qu'il posait une main sur sa hanche pour la faire tourner entièrement face à lui, savourant la pression de ses seins contre sa poitrine. Les doigts maladroits, il se glissa entre eux pour dénouer la ceinture de sa robe de chambre. Une fois défaite, la soie dévala le long de ses épaules, révélant une chemise de nuit en coton dont l'encolure courbée laissait à peine apparaître le haut de ses clavicules. Elle était attachée juste au-dessous de sa gorge par une demi-douzaine de boutons qui passaient entre ses seins, et le tissu était trop robuste, la coupe trop ample pour laisser entrevoir les pics tendus de ses tétons, encore moins leur teinte sombre.

Pourtant, il n'avait jamais vu vêtement aussi érotique.

Ses mains tremblaient trop pour espérer défaire les minuscules boutons de perle. Il eut même du mal à garder sa douceur lorsqu'il tendit les doigts pour attraper son sein à travers l'étoffe. Il entendit sa brusque inspiration alors qu'il baissait la tête et pressait les lèvres sur sa poitrine. Les mains de la jeune femme, toujours empêtrées dans les manches de sa robe de chambre, s'agitèrent derrière elle pour agripper le bord de la table, mais elle ne s'éloigna pas.

Avec des lèvres taquines et une patience infinie, il traça la courbe généreuse de son sein, la saillie ferme de son mamelon. Lorsqu'elle récompensa ses efforts par un gémissement, il captura cette douce pointe dans sa bouche et suça jusqu'à ce que le coton soit humide.

Tandis qu'il abandonnait le mamelon avec l'intention de passer à l'autre, il s'aperçut qu'elle se dressait sur la pointe des pieds, se soulevant vers lui.

— Mettons-nous plus à l'aise, d'accord ?

Il se redressa, passa la main derrière elle et débarrassa la table d'un seul coup sec, appréciant le bruit sourd des pièces d'échecs frappant le sol.

Le rire de Daphné, incertain et incrédule, se transforma en halètement lorsqu'il saisit sa taille et la hissa sur la table, avant de recouvrir sa bouche d'un baiser.

— Vous n'avez pas peur que quelqu'un soit alerté par ce vacarme ? demanda-t-elle quand il la laissa reprendre son souffle.

Ce n'était pas le cas. Ils étaient à un bout de la maison, les chambres au-dessus d'eux étaient vides et il était minuit passé : les domestiques dormaient sûrement à poings fermés. Mais, pour la rassurer, il alla jusqu'à la porte de la bibliothèque et tourna la clé dans la serrure avec un bruit sec.

— Et si quelqu'un pose des questions à ce sujet demain, dit-il en se retournant vers elle, j'ai bien l'intention d'accuser le chat de votre sœur.

Même dans la pénombre, il vit les lèvres de la jeune femme se retrousser en un sourire.

— Pauvre Eileen. Pour une fois qu'elle est innocente.

Innocente...

Elle s'était redressée, une main posée derrière elle pour garder l'équilibre, l'autre près de sa hanche. La robe de chambre était une flaque de soie sur le sol, tandis que sa chemise de nuit était relevée, offrant une vue sur ses mollets galbés. Il regarda sa poitrine se soulever et s'abaisser à chaque respiration hésitante, irrégulière.

Une pose si peu étudiée. Innocente, oui... et pourtant qui l'invitait indubitablement à poursuivre. Tout en s'approchant, il tira sa chemise de son pantalon, puis s'arrêta à quelques pas d'elle pour passer le vêtement au-dessus de sa tête et le jeter parmi les pièces d'échecs éparpillées.

La lumière de la bougie accrocha l'éclat de ses yeux, et elle se redressa un peu, tendant les deux mains vers lui, comme il l'avait espéré. D'un léger contact, elle explora le haut de son corps, traçant les courbes et les creux de sa musculature bien dessinée. Elle se pencha en avant pour caresser le triangle de poils sur son torse, pour presser les lèvres sur l'un de ses mamelons.

Il n'aurait jamais imaginé qu'il trouverait si agréable d'être torturé jusqu'à la folie.

Avant qu'elle le pousse complètement dans le précipice, il se mit à genoux et prit tour à tour chacun de ses pieds froids entre ses mains, les réchauffant avant d'embrasser le creux de ses chevilles. Puis il fit glisser ses mains sur ses mollets, repoussant l'ourlet de la chemise de nuit jusqu'à ce que ses genoux soient nus. Les écartant doucement, il posa les lèvres à l'intérieur de chacun d'eux.

Puis il leva les yeux, cherchant son regard sombre. Savait-elle, pouvait-elle deviner ce qu'il voulait ?

Il lui avait proposé des *baisers*. Des baisers qu'il brûlait de lui prodiguer... partout.

Juste un peu dévergondé, comme il l'avait promis.

Même s'il s'agissait de ses lèvres et de sa langue, appeler cela un baiser était un vil mensonge. Si le frère avocat de la jeune femme avait vent de sa bassesse, Miles pourrait finir la corde au cou.

Mais il mourrait avec un sourire sur le visage et le goût de Daphné sur les lèvres.

Si elle était prête à cela...

Il glissa une main plus haut, la chemise de nuit s'enroulant autour de son poignet. Caché par le tissu, il effleura d'un pouce la peau douce de sa cuisse.

— Puis-je vous embrasser ici aussi ?

Elle écarquilla les yeux, et sa poitrine se souleva dans un souffle silencieux. Elle ne parla pas et, pendant un long moment, ne bougea pas. Puis, enfin, elle écarta les jambes de quelques centimètres.

L'air qu'il avait gardé coincé dans sa poitrine s'échappa dans un soupir de soulagement et de joie. En remontant encore la chemise de nuit, il couvrit de doux baisers la peau délicate à l'intérieur de ses cuisses, aspirant son parfum de femme, plus exquis que n'importe quel jardin de roses.

Toujours sous le coton protecteur, il effleura ses boucles intimes, sentant son corps se raidir. Il pressa légèrement le pouce sur son bouton secret. Elle sursauta sous l'effet de la sensation... et écarta encore un peu plus les jambes.

Glissant les mains autour de ses hanches, il s'avança plus près du bord de la table et passa les épaules sous ses cuisses, afin qu'elle soit complètement ouverte à lui quand il repoussa sa chemise de nuit jusqu'à sa taille.

Il mit la bouche contre son sexe, tremblant de tous ses membres, tâchant de contenir son désir. Il y déposa des baisers légers, puis plus fermes, la laissant s'habituer à l'idée, à la sensation. Ensuite, il passa un doigt le long de son intimité, se délectant de son humidité, avant de poursuivre le mouvement avec sa langue. Qu'elle était douce, si douce… et tout à lui. Il se mit à la dévorer.

Les jambes de Daphné frémissaient contre ses épaules, et ses doigts s'enfonçaient dans ses cheveux, tirant légèrement. Peut-être par espièglerie, peut-être par passion. Pourtant, il releva la tête. Il ne voulait pas prendre le risque qu'il s'agisse d'un geste d'incertitude, d'une tentative, aussi faible soit-elle, de l'arrêter. Daphné lui avait montré la plus extraordinaire des confiances, ce soir. Et, par Dieu, il avait bien l'intention de s'en montrer digne.

Elle l'observait à travers ses yeux mi-clos. Bien que son expression soit indéchiffrable dans la pénombre, il s'accrocha à son regard. Il aurait voulu la supplier de le laisser continuer. Mais il attendit qu'elle maîtrise sa respiration laborieuse.

— Dites-moi ce que vous voulez, Daphné, murmura-t-il au bout d'un moment, se demandant si elle le savait elle-même.

Elle cligna des paupières, deux fois, comme si elle n'en croyait pas ses yeux, sans qu'il parvienne à décider si c'était à cause de ses paroles ou de ses actes. Puis le bout de ses doigts fléchit contre sa tête, l'incitant à poursuivre.

Il n'hésita pas. S'aidant de sa langue et de ses lèvres, il la conduisit jusqu'à une explosion fracassante, savourant son cri étouffé et les pulsations que procurait l'orgasme. Quand enfin elle s'affaissa contre la table, épuisée, il se releva, observant sa chair humide qui scintillait à la lumière de la bougie, les vêtements et les pièces d'échecs éparpillés à ses pieds.

Elle se redressa à son tour, faisant descendre sa chemise de nuit à mi-cuisse.

— Je n'aurais jamais... cru.

Elle tendit une main tremblante, comme pour l'attirer plus près, mais il se dégagea de son emprise. La confusion, peut-être même la peine, plissa son front.

— N'aurais-je pas dû... ?

— Tout d'abord, dit-il en attrapant sa main tendue pour l'amener à ses lèvres, je ne veux plus jamais vous entendre parler de devoir ou d'obligation quand il s'agit de faire l'amour. C'est compris ?

Elle acquiesça d'un hochement de tête, les yeux écarquillés.

— Deuxièmement, un seul contact avec vous et je me déshonorerais sûrement et compromettrais ma réputation de débauché, ajouta-t-il en plaisantant.

— Serait-ce si mal ? (Un sourire coquin ourla ses lèvres.) Même un débauché peut être compromis.

— Il n'y a rien que j'aimerais mieux que d'être compromis par vous, assura-t-il, et il le pensait vraiment. Mais pas ce soir. Combien de temps avant que votre sœur remarque votre absence, ou que lady Stalbridge... ?

Comme si ces paroles l'avaient ramenée à la pleine conscience, elle se laissa glisser de la table. Rajustant discrètement son pantalon, il se pencha et récupéra la robe de chambre et sa chemise sur le sol.

— Maintenant, retournez dans votre lit, dit-il en posant le vêtement sur ses épaules.

Puis il ajouta à voix basse :

— Plus que quelques jours avant que vous puissiez me rejoindre dans le mien.

Il ne pouvait voir son visage tandis qu'il enfilait sa chemise et qu'elle glissait les bras dans les manches de sa robe de chambre avant de se pencher pour en nouer la ceinture. Quelque chose la traversa, un frisson... de froid ou de désir, il n'aurait su le dire.

Il alla déverrouiller la porte pendant qu'elle récupérait la bougie sur le bureau.

Quand elle fut de retour à son côté, il put enfin distinguer clairement son visage. Le rouge de la passion marquait encore ses joues, et une lueur d'incertitude altérait son regard.

Bien qu'il n'y ait pas d'horloge dans la bibliothèque, il aurait juré entendre un tic-tac. Plus que trois jours...

Trois jours pour la persuader qu'épouser un débauché n'était peut-être pas une si mauvaise chose. Qu'ils pourraient être heureux ensemble.

Que ce mariage signifiait plus pour lui qu'un simple pari.

— Demain matin, je vous ferai visiter la maison, proposa-t-il. Et l'après-midi, nous prendrons une calèche et irons au village. Cela vous convient-il ?

Elle hocha la tête, légèrement hésitante.

— Comme vous voulez.

— Venez.

Lui prenant le bras, il la conduisit vers la porte. Dans le hall, elle s'arrêta.

— Il serait plus prudent que nous remontions séparément, je pense.

Elle avait raison, bien entendu. Il la regarda monter l'escalier. Comme elle disparaissait dans l'ombre, il passa la langue sur ses lèvres, la goûtant à nouveau.

Ce qu'il souhaitait plus que tout, ce qu'il avait *possédé* un instant auparavant, semblait une fois de plus hors de portée.

21

Affamée, Daphné remplit son assiette d'œufs et alla s'asseoir à côté de Bell, qui donnait des morceaux de hareng fumé au chat sous la table de manière peu discrète.

— Vous semblez reposée, lui dit lady Stalbridge en beurrant son toast.

— C'est certainement le bon air qu'elle a pris pendant sa longue promenade dans le jardin hier, suggéra Bell en lançant un regard espiègle à sa sœur.

Daphné parvint, on ne sait comment, à garder une expression neutre.

— J'ai bien dormi, admit-elle.

En fait, elle s'était attendue à ne pas pouvoir fermer l'œil, assaillie par les échos de ce qui venait de se produire. Mais, au lieu de cela, elle s'était effondrée sur son lit et avait plongé dans un sommeil sans rêves. Elle n'avait même pas eu le temps de retirer sa robe de chambre.

Cependant, c'était aussi bien. S'il lui fallait réfléchir aux événements de la veille, c'était certainement mieux de le faire à la lumière du jour.

Elle serra les cuisses au souvenir de ce que Miles avait fait et de la façon dont elle en avait pleinement profité. Lorsque, à la fin, il avait mentionné le fait de le rejoindre dans son lit, elle s'était carapatée, embarrassée par cette irrépressible vérité : elle en mourait d'envie.

Sa mauvaise conscience avait exactement la même voix que celle de Miss Busy B. : *Bien sûr que tu as aimé ! Qui serait surprise de découvrir qu'un débauché connaît les moyens de combler le corps d'une femme ?*

Mais à cette voix s'opposait, contre toute attente, une autre, plus douce mais étonnamment confiante : *S'il n'était qu'un débauché, ne serait-il pas préoccupé d'abord et avant tout par son propre plaisir ?*

Daphné repensa à la façon dont, plus d'une fois, il s'était interrompu pour s'assurer qu'il n'allait pas contre sa volonté et qu'il agissait selon ses désirs à elle, comment la simple pression de ses doigts – elle s'était à peine aperçue qu'elle les avait emmêlés dans ses cheveux dorés – avait suffi à le rassurer, et comment un simple mot aurait suffi à l'arrêter pour de bon. Ce n'était pas un comportement de débauché.

Sans parler de la découverte la plus importante de la soirée. Mlle Grey ne l'avait pas surpris en train de lui être infidèle : il était vraiment en train de jouer une partie d'échecs.

Restait toujours la question du pari, évidemment, mais même sa compréhension de cette question avait commencé à évoluer.

Tandis que ses pensées luttaient les unes contre les autres, lord Stalbridge entra d'un pas nonchalant dans la salle du petit déjeuner et se pencha pour donner un baiser sur la joue de son épouse.

On ne pouvait pas rester longtemps en leur présence sans se rappeler qu'ils étaient en réalité de jeunes mariés, des amis d'enfance qui s'étaient redécouverts seulement l'hiver précédent. Par conséquent, ils se laissaient parfois aller à des démonstrations d'affection qui auraient scandalisé les gens dans certains milieux. Le plus souvent, cependant, ils se limitaient à un regard appuyé, une lueur de satisfaction dans les yeux de lady Stalbridge et un sourire félin sur les lèvres de son époux. Ce matin, Daphné voyait ces échanges subtils avec une connaissance nouvelle et les trouvait encore plus scandaleux qu'un baiser en public.

— J'ai parlé avec Deveraux, annonça lord Stalbridge en congédiant un valet de pied pour se servir son café lui-même. Il propose de nous montrer sa maison ce matin et de nous emmener en promenade au village cet après-midi, quand le soleil aura repris le dessus sur toute cette humidité.

— Voilà qui me paraît une agréable façon d'occuper la journée, approuva son épouse.

Peut-être était-ce un effet de la lumière, ou de sa propre bonne humeur, songea Daphné, mais lady Stalbridge semblait moins méfiante, moins sceptique à l'égard de Miles.

— N'êtes-vous pas d'accord, mademoiselle Burke ?

Daphné était d'accord, si on excluait l'inévitable gêne qu'elle allait ressentir à croiser Miles après la nuit dernière, et la possibilité qu'elle parte en combustion spontanée s'il lui adressait ne serait-ce qu'un clin d'œil complice.

Son attente ne fut pas de très longue durée. Miles apparut dans la pièce à peine cinq minutes plus tard et salua tout le monde.

— Oh non, merci madame, répondit-il à lady Stalbridge qui lui montrait le siège à côté d'elle.

J'ai pris mon petit déjeuner il y a une heure avec grand-maman. Je me lève toujours très tôt quand je suis à Lyneham – il y a quelque chose ici qui me donne envie de ne pas en perdre une minute.

Malgré son apparente bonne humeur, Daphné aperçut une ombre sous ses yeux, comme si sa nuit avait été courte. Bon, elle supposait qu'elle ne l'avait pas vraiment envoyé au lit dans un état de totale relaxation. Mais alors, pourquoi n'avait-il pas simplement pris... euh... les choses en main ?

Vraiment ? s'exclama Miss Busy B., totalement outrée.

Daphné se sourit à elle-même, espérant que la moitié de sa conscience, convenable et guindée, finirait par la laisser en paix pour le reste de la journée.

— Comment ? lança soudain Miles. Ryland n'est pas encore là ? Eh bien, j'envoie Frost le réveiller et je file m'occuper d'un petit problème sur lequel Palmer a attiré mon attention hier soir. Mais après cela, je serai à vous pour vous montrer Lyneham. Dans une heure environ ? Parfait. Retrouvons-nous dans le salon d'hiver.

Puis, avec deux hochements de tête, l'un à la compagnie, l'autre plus précisément adressé à Daphné, sans pour autant croiser son regard, il partit.

— Quelle énergie ! commenta lady Stalbridge, plus amusée que critique.

Bell acquiesça en essuyant la graisse de hareng sur ses doigts avant de reposer sa serviette.

— Et nous allons avoir droit aux portraits de famille, aux élégantes tapisseries, à d'atroces sculptures ramenées d'un voyage lointain par le grand-oncle Je-ne-sais-qui, dit-elle avant de feindre un bâillement. Passez-moi le café, s'il vous plaît. Je pense que je vais en avoir besoin.

Une longue pratique avait permis à Daphné d'ignorer facilement sa sœur. Quand elle eut fini ses œufs, ses toasts et son thé, elle se leva de table.

— Je pense que je vais monter dire bonjour à lady Deveraux.

— Excellente idée, fit lady Stalbridge. Je vous rejoins dans quelques minutes.

— Au fait..., reprit Daphné, arrivée près de la porte. Avez-vous vu mon écritoire ?

— Mmm, fit lord Stalbridge au milieu d'une gorgée de café, avant de lever le doigt. Elle est dans notre chambre, dit-il quand il put parler. Ils ont dû mélanger les affaires, hier après-midi.

— Je ferai en sorte qu'elle soit apportée dans votre chambre dès que possible, promit lady Stalbridge avec un sourire entendu.

Daphné la remercia d'un hochement de tête, même si elle ignorait comment elle allait achever l'écriture de son essai d'une façon qui satisferait lady Stalbridge et les lectrices de *La Gazette des demoiselles* sans pour autant blesser Miles. Mais si elle abandonnait totalement, elle scellerait son sort. Elle n'aurait aucune excuse pour ne pas l'épouser...

Il y avait une certaine ironie dans son incertitude quant à la façon dont elle devait procéder... Elle qui donnait aux autres des conseils si avisés et déterminés ! Soudain, elle regrettait d'avoir été aussi pressée de faire taire la Miss Busy B. qui sommeillait en elle.

Dans le parcours qui la mena au salon d'hiver, depuis la salle du petit déjeuner, elle ne croisa pas âme qui vive, à l'exception d'une domestique, les bras chargés de draps, qui se hâta de disparaître au bruit de ses pas.

Elle trouva lady Deveraux et Mlle Palmer dans le salon, assises à la table ronde où on avait servi le thé le jour précédent. Daphné supposa que c'était là que Miles avait pris son petit déjeuner. Les assiettes avaient été emportées, mais il restait encore un service à café en argent et une tasse devant les deux femmes.

Mlle Palmer lisait un volume relié de cuir marron. Visiblement quelque chose de religieux et hautement édifiant. Lady Deveraux avait ses aiguilles sur les genoux, mais ses mains étaient immobiles et elle semblait s'être assoupie.

— Oh, c'est Mlle Burke ! Bonjour, dit Mlle Palmer avec un sourire de bienvenue.

Les aiguilles de lady Deveraux se mirent en marche.

— Bonjour. Alors continuez, Palmer.

La dame de compagnie gloussa et échangea le petit volume contre un plus gros, posé sur ses genoux sous la table.

— Nous étions sur le point de découvrir ce qui allait arriver à Allora, expliqua Mlle Palmer en ouvrant le livre.

— Le brigand vient tout juste de l'entraîner dans sa cachette et s'interroge sur la façon de partager son butin avec ses hommes, dit lady Deveraux avec un gloussement joyeux. Nous ne savions pas à qui appartenaient les pas que nous avons entendus dans le couloir : Palmer a toujours quelque chose de moins salace à portée de main pour ce genre de cas. Nous ne voudrions pas choquer lord Ryland, par exemple. Mais vous me semblez être le genre de jeune femme qui apprécie la bonne littérature, n'est-ce pas ?

De son aiguille, elle fit un geste invitant Daphné à s'asseoir sur le fauteuil à sa gauche, ce qu'elle fit.

— En effet, j'aime énormément les livres de Robin Ratliff.

— Nous avons lu celui-ci six fois, confessa Mlle Palmer en rougissant.

— Jamais six sans sept, déclara la vicomtesse avec un geste d'impatience et une expression comique sur le visage.

Tandis que Mlle Palmer reprenait la lecture de *La Prisonnière du brigand*, Daphné se versa une tasse de café et considéra la journée qui l'attendait. Miles allait lui montrer son domaine, dont il avait l'intention de faire d'elle la maîtresse, exactement comme il l'avait dit à sa famille. Elle avait accepté l'invitation avec l'idée que son inévitable refus de l'épouser n'en serait que plus douloureux.

Mais elle n'avait pas songé aux autres personnes potentiellement blessées par sa cruauté.

Et elle n'avait jamais imaginé qu'elle aimerait Lyneham Park à ce point.

Sans parler du maître des lieux.

Les aiguilles de lady Deveraux ralentirent quand Mlle Palmer atteignit la fin du chapitre mais reprirent leur rythme vif dès que le livre fut refermé.

— Ce M. Ratliff ne nous déçoit jamais, n'est-ce pas ?

— Non, en effet, convint Daphné. Il m'arrive cependant de me demander si l'auteur ne serait pas une femme.

Les yeux de Mlle Palmer s'embrasèrent, mais lady Deveraux hocha la tête, pensive.

— C'est une idée intéressante. Il faut admettre que peu d'hommes sont capables de comprendre l'attrait que peut avoir un homme supposément mauvais pour une jeune lady convenablement élevée. Vous me plaisez, mademoiselle Burke.

— J'en suis heureuse, madame. Très heureuse.

— Je pensais bien que vous le seriez, répliqua la vicomtesse en se penchant vers elle avant de continuer d'un ton qui se voulait sans doute un murmure. Ne croyez pas que je ne sais pas ce que vous et mon petit-fils êtes en train de mijoter.

Une vague de chaleur se forma dans le ventre de Daphné, gagnant sa poitrine, sa gorge, ses joues à la vitesse d'un feu de forêt.

— Je ne sais pas ce que vous...

— La fête que vous préparez. À la fin de la semaine. Pour mon anniversaire.

Elle parlait comme si Daphné était censée comprendre chaque détail de ce qu'elle disait. Ce qui était le cas, mais pas exactement comme l'entendait la vieille dame.

— Lady Deveraux pense que le vicomte a l'intention de faire une grande annonce lors de sa fête d'anniversaire, expliqua Mlle Palmer, elle-même tout excitée. Je lui ai dit de ne pas nourrir de trop grands espoirs. Peut-être lord Deveraux n'a-t-il que cela en tête : une belle fête avec de nouveaux amis.

Mais son regard malicieux montrait clairement qu'elle ne croyait pas un mot de ce qu'elle disait. Elle aussi s'attendait à une annonce, qui concernerait directement Daphné.

Heureusement, ils furent rapidement rejoints par Bellis et les Stalbridge. Lord Ryland arriva peu après, les saluant d'une voix rauque.

— Palmer, demandez vite du thé au miel pour lord Ryland, ordonna lady Deveraux.

— Ce ne sera pas néc..., commença le comte.

Mais la vieille dame balaya sa protestation d'un geste de la main, désorganisant ses mailles.

— Regardez ce que vous me faites faire, le gronda-t-elle.

La demi-heure qui suivit fut fort plaisante. Lord Ryland prit le fauteuil laissé vacant par Daphné, sirotant docilement son thé au miel d'une main, tandis que de l'autre il maintenait Eileen à distance du panier de laine de lady Deveraux. Mlle Palmer, lady Stalbridge et Daphné étaient assises à l'écart et débattaient des diverses théories concernant l'identité de Robin Ratliff, tandis que Bell feuilletait le livre lui-même, haussant les sourcils un peu plus haut à chaque page. Lord Stalbridge, lui, allait d'une fenêtre à l'autre, admirant la vue et notant que le temps s'améliorait.

Lorsque lord Deveraux apparut, il fallut un moment avant que tout le monde s'en aperçoive.

Ce fut lord Stalbridge qui, le premier, s'adressa à lui :

— Il semble que le ciel se soit aligné sur votre programme, Deveraux.

Tout comme la nuit dernière, lorsque Daphné leva les yeux, il la regardait depuis le seuil, appuyé au montant de la porte. Ni la présence de lumière dans la pièce ni le fait qu'ils soient tous deux vêtus ne faisaient tellement de différence ; elle eut soudain des picotements aux joues tandis que les souvenirs revenaient.

— Je m'en voudrais d'interrompre votre agréable moment, déclara Miles avant de s'avancer dans la pièce et de donner une tape sur l'épaule de Ryland.

— Pas du tout, dit sa grand-mère. Je suis sûre qu'ils sont impatients de faire quelque chose.

— Vous joindrez-vous à nous, madame ? demanda lady Stalbridge.

— Pour aller visiter ma propre maison ? répliqua-t-elle en grimaçant. Non, mais je vous accompagnerai volontiers au village cet après-midi. Je dois dire quelques mots au pasteur. Je ne veux pas de ses sermons acerbes le jour de mon anniversaire.

Miles rit et l'embrassa sur la joue.

— Bien sûr, grand-maman. Nous y allons ? lança-t-il aux autres.

Tous se levèrent et quittèrent la pièce à sa suite.

Pendant la visite, Daphné l'écouta parler, s'intéressant plus à la fierté qui émanait de sa voix quand il parlait de sa demeure qu'aux détails qu'il donnait. Comme Bell l'avait prévu, il y avait pléthore de vieux tableaux, mais aussi quelques-uns plus récents. Miles s'attarda un instant sur un portrait de ses parents, un jeune couple vêtu de ce qui était sans doute leurs habits de mariage. Il ressemblait à son père, estima Daphné, même s'il avait les yeux bruns chaleureux de sa mère.

Dans le salon, il désigna un tableau représentant la maison comme elle était au début, relativement modeste, avant les extensions et les rénovations du temps de la reine Anne. Seul lord Stalbridge exprima le désir de voir la partie ancienne du bâtiment, et Miles déclara qu'il se tenait à sa disposition une fois qu'ils auraient visité la bibliothèque.

Daphné aurait payé cher pour ne pas avoir à passer le seuil de cette pièce, même si la lumière du jour révéla une belle salle chaleureuse, lambrissée d'acajou, avec des meubles couverts de damas aux verts et aux bleus profonds. Elle osa un regard en direction du plateau d'échecs et constata que tout était en ordre, les pièces prêtes à être jouées et deux chaises en bois parfaitement cirées de chaque côté.

Dans un état presque second, elle s'approcha de la table ronde et passa un doigt sur le bord, comme si elle s'attendait à découvrir qu'il s'agissait d'un mirage. Peut-être avait-elle rêvé. Les autres circulaient dans la pièce, admirant les livres ou le manteau sculpté de la cheminée.

Les murmures des invités couvrirent les mots de Miles.

— Une seule victime, dit-il en glissant quelque chose de froid dans sa main.

Elle regarda sa paume et vit le cavalier noir, bras levé, son épée de marbre cassée à hauteur de la garde.

— Je ne vais pas m'appesantir sur le symbole, ajouta-t-il doucement.

Un sourire malicieux jouait au coin de sa bouche quand il lui reprit la pièce des mains pour la poser sur l'échiquier.

Tandis que les autres quittaient la bibliothèque à la suite de Miles, qui leur avait promis une collation dans la salle à manger, Daphné resta en arrière pour parler à lord Ryland qui était en train d'observer des dessins faits par lady Deveraux dans sa jeunesse.

— Vous êtes venu à Lyneham Park de nombreuses fois, déclara-t-elle en s'approchant de lui.

— Impossible de les compter, répondit-il. Je suis venu la première fois l'été de mes treize ans.

Daphné fit semblant de s'intéresser aux dessins.

— Lord Deveraux est-il toujours aussi attentif lors de l'anniversaire de sa grand-mère ?

— Eh bien, disons qu'il s'agit d'une année spéciale. Elle aura quatre-vingts ans le 1er juillet.

— Remarquable. Je me demandais…

Elle hésita, ne sachant si elle voulait vraiment connaître la vérité. Puis elle se lança.

— N'est-ce pas une étonnante coïncidence, alors qu'un événement familial aussi important se profile à l'horizon, qu'il ait fait le pari exigeant de se marier avant la fin du mois de juin ? Et qu'il ait choisi de le faire ici, à Lyneham Park ?

Ryland ne bougea pas, et pourtant elle s'aperçut qu'il s'était raidi.

— Tout à fait, acquiesça-t-il après un instant. Les hommes font parfois des paris inconsidérés.

— C'est ce qu'on dit.

— Mon ami a de la chance - vraiment de la chance - de s'en sortir cette fois-ci.

Daphné inclina la tête, comprenant qu'il s'agissait d'un compliment.

— Il ne voulait pas décevoir lady Deveraux.

Elle ne parvenait toujours pas à se faire à l'idée du pari, mais elle commençait à comprendre que Miles pensait que son mariage rendrait sa grand-mère heureuse. Ce serait comme un présent pour elle, si ce n'en était pas un pour lui.

Un genre de sacrifice, inspiré par un amour dont Daphné pensait cet homme incapable.

— Non, en effet, convint lord Ryland. Mais je les connais tous les deux depuis de nombreuses années, enchaîna-t-il en penchant la tête pour croiser le regard de Daphné, et c'est quelque chose de les voir aussi ravis.

Avait-il raison ? L'idée de l'épouser rendait-elle Miles heureux ?

S'inclinant, lord Ryland se retourna et partit, la laissant seule à contempler les dessins à l'encre de lady Deveraux, représentant un bâtiment qui était sans doute l'église du village et un jeune homme qui ressemblait à Miles mais n'était pas lui.

Oh, elle n'aurait jamais dû venir…

Mais alors, riposta sa voix intérieure qui n'était pas celle de Miss Busy B., *tu n'aurais jamais appris la vérité. Tu aurais sans doute raté sa véritable personnalité.*

L'homme de Lyneham Park était-il le vrai Miles ? Ou le vrai Miles était-il le débauché qui tenait son secret et son avenir entre ses mains remarquablement habiles ?

Bell l'appela depuis la porte.

— Le déjeuner va être servi, Daph.

— Je n'ai pas faim, répondit-elle. Je pense que je vais me retirer un peu dans ma chambre.

Elle espérait que lady Stalbridge lui avait fait retourner son écritoire.

Elle avait un essai à rédiger – un essai très différent de celui qu'elle avait commencé à écrire la semaine précédente.

22

Les espoirs que Miles avait mis dans le trajet jusqu'au village s'effondrèrent quand la répartition des voyageurs dans les voitures se termina, on ne sait comment, avec Daphné et sa grand-mère dans l'une et Alistair et lui-même dans l'autre.

Les dames avaient déclaré que, puisque la calèche convenait parfaitement pour quatre, elles préféraient ne pas se séparer. Lord Stalbridge avait quant à lui préféré y aller à cheval, laissant Miles dans son cabriolet étincelant avec ses confortables sièges.

Avec un haussement d'épaules d'excuse, Alistair monta à son côté.

— Ça aurait pu être pire, mon vieux.

Mais Miles n'en était pas persuadé du tout.

Pas un seul instant de discussion en privé avec Daphné depuis la nuit précédente – si on exceptait l'échange furtif dans la bibliothèque ce matin, qu'il avait gaspillé avec une remarque grivoise sur la pièce d'échecs cassée. Pas un moment pour vérifier comment elle allait, ce qu'elle ressentait, si elle avait des regrets – même s'il était assez confiant sur le fait qu'elle en ait retiré quelque satisfaction.

Il aurait pu passer plusieurs heures à lui faire la cour – lui faire *véritablement* la cour, cette fois – et il allait devoir passer la moitié de ce fichu temps à cahoter sur cette fichue route avec Alistair.

La lourde calèche allant plus lentement, il laissa son cocher imprimer le rythme, restant derrière, ce qui ne fit qu'augmenter sa frustration. Et lorsque Stalbridge se mit à trotter à hauteur de la calèche ouverte, discutant aimablement avec les dames, Miles marmonna un chapelet de jurons dans sa barbe.

— Je serais toi, je ne mettrais pas autant de cœur à le maudire, lui conseilla Alistair.

Miles n'avait peut-être pas marmonné dans sa barbe tant que ça.

— Sans Stalbridge, Mlle Burke ne serait même pas là, lui rappela son ami. Ce n'est pas n'importe quel gentleman qui est capable de quitter précipitamment la ville pour emmener la sœur de l'amie de sa femme à la campagne.

— Tu ne crois pas à son histoire d'affaires à régler à Ferncliffe ?

— Tu y crois, toi ? rétorqua Alistair avec un regard sceptique.

Non. Stalbridge était un propriétaire terrien très impliqué dans la vie de son domaine. Si une affaire urgente l'avait appelé à se rendre sur place, il y serait déjà.

— Pourquoi, alors ? demanda Miles.

— Je ne saurais le dire, fit Alistair en regardant les dames discuter joyeusement entre elles. Lady Stalbridge semble très impliquée dans le bonheur de Daphné… bien plus que ce qu'on pourrait attendre d'une simple connaissance.

— Ce qui est ta façon insupportablement polie de me dire qu'elle ne me fait pas confiance et aura tôt fait de me dire d'aller voir ailleurs si elle y est, plutôt que d'encourager Daphné à m'épouser.

Alistair haussa une épaule.

— Je ne suis pas certain de ce qu'elle veut, ou plutôt j'aurais été d'accord avec toi jusqu'au dîner d'hier soir. L'histoire de Palmer à propos du bélier l'a impressionnée.

— Tu ne veux pas plutôt dire *ton* histoire ? Merci beaucoup, d'ailleurs...

— Eh bien, si cela a attendri au moins l'une des dames présentes, c'est que cela a eu l'effet escompté.

— Je ne savais pas que l'humiliation était une façon de toucher le cœur des femmes, grommela Miles.

— Oh, je ne crois pas du tout ça. Je t'ai vu bien trop souvent faire l'imbécile devant une femme, dit Alistair d'un ton moqueur. J'ai aussi vu le propriétaire terrien travailleur, ajouta-t-il d'une voix plus douce, le maître attentionné, le petit-fils dévoué. De temps en temps, il est bien de laisser voir ce lord Deveraux-là.

— Même si les gens se satisfont du stupide débauché avide de plaisirs ?

Alistair lui lança un nouveau regard mais ne répondit pas.

Ils firent les quelques centaines de mètres suivants en silence. Miles songea à avouer à Alistair ce qui s'était passé avec Daphné. Mais son ami n'avait pas besoin d'entendre ses explications, ses raisons, ses excuses.

Il fallait qu'il parle à la jeune femme. Et très bientôt.

Lyneham était un village modeste – presque un hameau, en réalité –, la rivière Lyne le séparant du domaine de Lyneham Park.

Quand ils cahotèrent sur le petit pont de pierre, à peine assez large pour permettre à la calèche de passer, Miles vit Daphné se dévisser la tête pour tout voir : un maréchal-ferrant, une boucherie, un magasin de tissus, deux pubs et l'église.

Les voitures s'arrêtèrent devant le deuxième pub, Le Bélier et le Coq. Stalbridge et Miles mirent pied à terre et prêtèrent main-forte au cocher avec les chevaux, tandis qu'Alistair allait aider les dames à descendre de la calèche. Lorsque Miles les rejoignit, un programme avait déjà été établi. Lady Stalbridge avait accepté d'accompagner Bellis au magasin de tissus, pendant que Stalbridge et Alistair avaient décidé d'aller boire une pinte de bière. Miles prit le bras de sa grand-mère, se préparant à la conduire à l'église comme elle l'avait demandé.

Daphné se tenait seule.

— Viens à la boutique avec nous, lui proposa sa sœur.

Daphné secoua la tête et suivit Miles et la vieille dame.

— J'aimerais voir l'église.

— C'est là que je me suis mariée, révéla lady Deveraux comme ils s'approchaient de l'édifice. Il y a soixante-deux ans. Je ne crois pas qu'elle ait changé.

Elle se tenait fermement à Miles et à sa canne.

— Excepté le nouveau toit que j'y ai fait poser il y a deux ans, lui rappela son petit-fils.

— J'ai vu votre dessin de l'église ce matin, dans la bibliothèque, dit Daphné. Et l'autre aussi. Était-ce votre époux ?

Le visage ridé de la vieille dame s'épanouit.

— Oui. Le plus bel homme que j'ai jamais vu. Miles lui ressemble.

Daphné, plutôt que de céder à l'évidente invitation à regarder Miles, fixa ses pieds. Il tâcha de ne pas se remémorer la manière dont elle l'avait regardé lorsqu'il s'était défait de sa chemise, la veille au soir.

Avait-il d'une façon ou d'une autre, au lieu d'améliorer les choses entre eux, réussi à tout gâcher ?

— Bon, où donc se trouve Yearsley ? demanda grand-maman comme ils entraient dans l'église.

C'était un vieux bâtiment au charme désuet, fait des mêmes pierres que le pont, avec des fenêtres en ogive donnant sur la rivière et des rangées de bancs polis par les derrières de nombreuses générations.

Le pasteur Yearsley surgit de la sacristie.

— Monsieur, madame, quel plaisir de vous voir !

Son air jovial, visage souriant, ventre rond, crâne chauve et luisant, contrastait avec les mots souvent austères qu'il prononçait en chaire. Miles avait toujours considéré qu'il était bien trop dur avec les petits écarts de ses ouailles dont la vie n'était pas facile. Si le pasteur avait eu la moindre idée de ce que faisait Miles quand il était en ville, il aurait sans doute eu une crise d'apoplexie.

— Votre sermon, cette semaine ? lança sa grand-mère d'un air autoritaire.

Le pasteur sembla pris de court.

— Le pain et les poissons, madame.

Elle hocha la tête en signe d'approbation.

— Une belle histoire de foi, de générosité et de convivialité. C'est parfait pour commencer la célébration de mon anniversaire.

Le pasteur Yearsley croisa les bras, tout en réfléchissant à son analyse des Saintes Écritures.

— Oui, certes. Il est aussi question de doute, d'absence de préparation et d'un remarquable manque de…

La vieille dame tapotait sa canne sur le sol en pierre depuis un moment, un mouvement apparemment sans but. Mais lorsque celle-ci rencontra le pied du pasteur, elle appuya fermement sur ses orteils.

Il poussa un cri perçant.

— Mais si vous le souhaitez, madame, je peux bien entendu mettre en avant les aspects les plus positifs...

— Parfait ! répondit-elle en soulevant sa canne. Bien, cette petite discussion m'a drôlement donné soif.

— Je suis sûr que si vous voulez venir dans notre humble presbytère, dit le pasteur, Mme Yearsley pourra préparer du thé...

— Allons au Bélier, ordonna-t-elle à Miles, qui dut étouffer un rire devant l'expression pincée de Yearsley.

Bien qu'ils en aient déjà parlé, Miles avait espéré avoir à nouveau un moment en privé avec lui à propos du mariage. Il voulait que chaque détail soit parfait.

Le samedi matin, Ryland mènerait Daphné à Lyneham pour retrouver Miles à l'église. Ensuite, ils rentreraient pour profiter du somptueux déjeuner de mariage que la cuisinière était déjà en train de préparer, au cours duquel il ferait la surprise à sa grand-mère. Après le service du dimanche matin, tout le village se rassemblerait sur la pelouse pour porter un toast à la nouvelle lady Deveraux et souhaiter un heureux anniversaire à la douairière.

Mais toute possibilité de conversation sur la question fut empêchée lorsque Daphné se détourna de la plaque qu'elle était en train de lire et s'approcha, arborant son expression Miss Busy B.

— Y a-t-il une école ici ? demanda-t-elle.

Le pasteur Yearsley, à qui était destinée la question, bégaya quelque peu.

— Je... euh... je... Pardon, mademoiselle Burke ?

Elle sembla un peu surprise par le fait que le pasteur connaisse son nom, mais cela ne la fit pas dévier de son idée.

— Y a-t-il une école à proximité ? Pour les enfants du village et les métayers de lord Deveraux ?

— Oh. Eh bien, euh... non, mademoiselle. Ceux qui en ont les moyens assurent l'éducation de leurs enfants à la maison.

— Et ceux qui n'en ont pas les moyens ?

Yearsley se balança sur ses talons et la fixa d'un regard incrédule et méfiant.

— Quel besoin ont-ils d'une éducation ?

Miles pria en silence pour que jamais Daphné ne lui sourie de la façon dont elle souriait présentement au pasteur. Et ses yeux... Grands Dieux, Yearsley devait sentir leur froideur d'acier transpercer son âme.

Elle n'ajouta cependant pas un mot, et l'homme d'Église prit congé d'eux en s'inclinant.

Dans la rue, sa grand-mère fit une demi-douzaine de pas avant de s'arrêter et d'incliner la tête en direction de Daphné.

— J'en déduis que vous êtes l'une de ces réformatrices radicales ?

Miles avait-il tenté le sort en suggérant que rien ne pourrait être pire que la répartition des passagers dans les voitures ? Il aurait payé cher pour se trouver à présent dans son cabriolet, fuyant à toute allure le désastre qui s'annonçait.

Même si, à dire vrai, Daphné semblait moins offensée qu'il ne l'avait craint.

— Eh bien, dit-elle, réfléchissant sérieusement à sa réponse, je crois que notre société a besoin d'être réformée sur bien des plans. Je crois à l'éducation pour tous et aux droits des femmes. Je crois que l'esclavage est une abomination et que les pauvres méritent d'être traités avec compassion. Est-ce radical, selon vous ?

Une question faussement innocente... à laquelle la réponse ne pouvait être que oui.

Peu importait que Miles soit d'accord avec elle. Peu importait qu'il ait essayé d'améliorer les conditions de vie à Lyneham, ou la façon dont il votait à la Chambre des lords. Il ne faisait aucun doute que ses opinions n'étaient pas partagées dans la société en général.

Sa grand-mère fit une moue, fronça les sourcils – ce qui, habituellement, était le prélude à une réplique cinglante.

— Vous savez bien que ça l'est, énonça-t-elle d'un air sévère.

Puis, titubant légèrement, elle lâcha le bras de Miles, passa sa canne de l'autre côté et tendit la main vers Daphné. Elle tapota sa main lorsqu'elle l'eut trouvée avant de lui prendre le bras pour continuer à marcher.

— Mais vous n'avez pas tort, mademoiselle Burke. Vous n'avez pas tort.

Abasourdi, Miles les suivit en écoutant Daphné raconter comment les idées éducatives de ses parents, peu conventionnelles, avaient produit une célèbre romancière, un avocat de premier plan, une botaniste renommée et un poète loué par tous.

Et vous, eut-il envie d'ajouter. Mais il ne le fit pas.

— Et votre jeune sœur ? demanda grand-maman.

— Elle est un peu la mascotte de la famille, avoua Daphné. Mais Bellis a un esprit affûté et très bon cœur.

Le temps qu'elle finisse de chanter les louanges de ses frères et sœurs, ils arrivèrent au pub. Lady Deveraux étant impatiente de s'asseoir et de déguster un verre de bière dans la salle, fraîche et peu éclairée, Miles la laissa aux bons soins de Ryland et Stalbridge et proposa à Daphné de marcher encore un peu.

Il s'attendait à ce qu'elle refuse, mais elle lui emboîta le pas, et ils passèrent devant la forge pour prendre un chemin qui descendait jusqu'au bord de la rivière.

— Comment trouvez-vous Lyneham ? demanda-t-il avec une légère appréhension.

Elle portait la même coiffe que la veille, dans le jardin de roses. Marchant à son côté, il ne pouvait pas voir son visage, tout juste la pointe de son menton.

— C'est très joliment situé, sans le moindre doute, admit-elle en désignant la rivière étincelante.

Elle se retourna pour embrasser le village du regard.

— C'est un charmant village, malgré sa petite taille. Plutôt coupé du monde.

Il n'arrivait pas à déterminer si elle entendait cela comme une critique ou comme une simple observation. La plupart des gens nés à Lyneham y mouraient, et nombre d'entre eux n'allaient jamais plus loin que la foire la plus proche.

— Une école pourrait améliorer les choses, j'imagine ? Attirer du monde ?

— Sans doute, convint-elle.

— Certains vous diront que donner une éducation aux enfants de laboureurs conduira à l'insatisfaction et ensuite à des troubles, fit-il remarquer.

Le bord du bonnet s'inclina en un hochement de tête, n'exprimant pas un accord sur l'idée mais reconnaissant que c'était bien le cas.

— Les gens disent beaucoup de choses.

— C'est vrai.

Miles regarda la rivière en plissant les yeux.

— J'aurais dû faire quelque chose à ce sujet depuis longtemps, c'est un manque regrettable...

— Mais compréhensible, au vu de votre expérience dans la salle de classe. J'imagine que c'est le genre de chose que votre mère aurait pu faire si elle avait vécu. Ou peut-être Mme Yearsley, si son mari n'avait pas une vision aussi étroite du sujet.

Peut-être serait-ce une tâche pour la future lady Deveraux ? fut-il tenté de suggérer.

Au lieu de cela, il se contenta d'un petit rire.

— Mme Yearsley est bien occupée avec ses onze enfants. Elle doit déjà avoir l'impression de diriger une école.

Le coin des lèvres de Daphné se retroussa dans un sourire puis, à sa grande surprise, elle posa la main sur son bras.

— Il est évident que vous avez été très occupé par d'autres tâches. Vous n'avez aucune raison de vous en vouloir ou de vous excuser.

Peut-être pas concernant ses métayers, songea-t-il. Mais en ce qui concernait Daphné, eh bien il lui devait des excuses pour son arrogance, pour sa stupidité, pour son égoïsme.

Il avait voulu trouver du temps pour lui parler, mais à présent il comprenait que ce ne serait pas suffisant. S'il commençait à lui demander pardon maintenant, il n'aurait pas atteint la moitié de ses excuses une fois qu'ils seraient de retour à Lyneham Park.

Une partie de sa frustration avait dû passer dans la tension de son bras, car elle le serra plus fort.

— Je ne m'attendais pas à aimer cet endroit. Mais c'est le cas. Beaucoup. Les gens autant que l'endroit.

Du calme, dit-il intérieurement à la bulle d'espoir qui montait dans sa poitrine. Elle parlait sans doute de sa grand-mère.

Mais, même cela, n'était-ce pas une victoire inattendue par rapport aux jours précédents ?

Il posa son autre main sur la sienne. Il y avait tant de choses qu'il voulait lui dire, mais ses pensées étaient confuses, les mots coincés dans sa gorge.

— Laissez-moi au moins faire amende honorable pour mon audace d'hier soir, Daphné.

— Expliquez-moi comment on fait amende honorable pour quelque chose de si...

De la main, elle dessina un cercle, comme si elle cherchait à attraper le mot approprié.

— Choquant ? suggéra-t-il. Scandaleux ?

— Oui, dit-elle avec un hochement de tête. Mais je pensais plutôt à... agréable.

— Oh.

Son cœur eut un hoquet. Alistair pouvait bien dire ce qu'il voulait sur les profondeurs cachées de Miles, en vérité il était fondamentalement un débauché.

— Dans ce cas, rétorqua-t-il avec un sourire espiègle, il me faut vous proposer de recommencer.

Daphné posa un doigt sur le coin de sa bouche, comme si elle considérait la proposition.

— Mmm...

Puis elle se mit à rire.

Il fut alors reconnaissant à Stalbridge qui choisit ce moment pour émerger du pub et les appeler.

Sinon, Miles aurait été capable de se mettre à genoux immédiatement.

Il lui fallut faire semblant d'enlever un caillou de sa botte pour masquer son état d'agitation et d'excitation.

Quand ils arrivèrent aux voitures, Ryland et Stalbridge avaient déjà aidé la grand-mère de Miles à s'asseoir dans la calèche. Stalbridge raconta à quel point il avait été ravi d'une petite conversation qu'il avait eue avec un vieux fermier à propos de la tonte des moutons, et Alistair semblait requinqué après avoir passé une heure hors de portée de la flore perfide du Hertfordshire.

Lady Stalbridge et Bellis les rejoignirent après quelques instants. Bell grimpa dans la calèche et tapota le siège à côté d'elle.

— Daph, viens voir le ruban que j'ai trouvé : exactement la couleur que je cherchais.

Daphné lança un regard d'excuse à Miles avant de hocher la tête et d'aller s'asseoir près de sa sœur.

— Je n'arrive pas à savoir, dit Alistair une fois qu'ils furent en route, le cabriolet menant bon train à l'avant, si tu penses que cette petite promenade s'est bien passée ou non.

— Presque trop bien, répondit Miles en faisant claquer son fouet pour faire accélérer les chevaux.

Mais on ne semait pas si facilement l'incertitude.

Il avait à la fois tout fait et rien fait de ce qu'il avait prévu cet après-midi. Et malgré les paroles rassurantes de Daphné, il était encore rongé par le doute.

Était-il vraiment possible que cette visite à Lyneham Park ait transformé sa proposition faite à contrecœur en quelque chose de réel, comme semblait le suggérer son commentaire à propos du fait qu'elle aimait l'endroit et les gens ?

Ou avait-il gagné son pari mais échoué ailleurs ? Ce moment passé dans la bibliothèque l'avait-il convaincue qu'il ne pourrait jamais être autre chose que « ce diable de Deveraux » ?

23

Des copeaux de crayon étaient éparpillés tout autour de Daphné comme des os dans le repaire d'un prédateur. Au petit déjeuner, Frost les avait informés que le maître serait absent la majeure partie de la journée, appelé par une affaire urgente à quelques kilomètres de là. Daphné avait vu lady Stalbridge échanger un regard avec son époux. Mais ce n'était pas un regard qu'elle savait déchiffrer.

Pourtant, quelque chose dans ce regard l'avait poussée à rejoindre son écritoire. Elle était décidée à rassembler ses pensées et à finir son essai, moins porté à présent sur les débauchés que sur la question du choix pour les jeunes femmes. Ce n'était pas du tout ce qu'elle avait prévu, et cela ne serait pas suffisant pour être libérée de Miles mais, les jours passant, elle était de moins en moins sûre de vouloir être libérée de lui.

Elle ne s'était pas aperçue du nombre d'heures qu'elle avait passées à écrire, jusqu'à ce que sa sœur ouvre la porte et entre dans sa chambre avec Eileen dans les bras.

— Ah, te voici ! Je t'ai cherchée dans la bibliothèque, le salon, le salon d'hiver, le...

— Et à présent tu m'as trouvée, dit Daphné, avant de remuer sa feuille de papier pour faire sécher l'encre. Qu'y a-t-il de si important ?

— Cami et Gabriel sont ici, annonça-t-elle avec un petit bond qui fit sauter le chat de ses bras. Je crois qu'Eileen est déçue qu'ils ne soient pas venus avec Zwolf ni aucun des enfants.

Daphné aurait eu, elle aussi, envie de cette distraction. Le souvenir des paroles de Gabriel le matin de son départ de Londres et du visage inquiet de Cami était encore douloureusement présent dans sa mémoire. Sa famille la soutiendrait à travers n'importe quel scandale, mais ils avaient également fait ce chemin dans l'attente d'un mariage, malgré toutes leurs réserves. Qu'allaient-ils penser de sa décision… quand elle finirait par la prendre ?

Après avoir empilé les pages, elle glissa l'essai terminé sous le couvercle de l'écritoire et se leva.

— Où sont-ils ?

— Frost les a conduits au salon d'hiver pour rencontrer lady Deveraux.

— Alors il faut que nous les y rejoignions.

— J'arrive bientôt, dit Bell en se dirigeant vers la porte de sa chambre. J'ai promis à Mlle Palmer de lui prêter mon exemplaire de *L'Otage du bandit de grand chemin*. Elle ne l'a pas lu. C'est incroyable, non ?

— Ça laisse perplexe, en effet, convint Daphné avant de sortir.

Dans le salon d'hiver, elle trouva lady Deveraux, Mlle Palmer, lord Ryland, lord et lady Stalbridge, ainsi que Cami et Gabriel en train de se présenter.

— Ah, oui, la célèbre écrivaine, dit lady Deveraux en saluant Cami. Je n'ai malheureusement lu aucun de vos livres. Ma dame de compagnie a développé un goût pour le roman gothique, et rien d'autre ne lui sied.

Mlle Palmer rougit comme une pivoine mais ne nia pas.

— Mais j'ai lu les poésies de votre frère… Disons que j'ai entendu quelques jeunes femmes en chanter quelques-unes au village, l'hiver dernier. C'est si romantique.

Cami avait l'air de ne pas savoir si elle devait se sentir offensée au nom de Galen ou amusée, mais Gabriel prit le parti d'en rire, l'incitant à l'imiter.

— Savez-vous, demanda-t-il à Mlle Palmer, que j'ai eu l'honneur d'être le héros du premier roman de mon épouse ?

— Et le méchant, précisa Cami, lui envoyant un regard noir par-dessus ses lunettes, atténué par un sourire difficilement réprimé.

— Oh ! fit Mlle Palmer en regardant Gabriel de bas en haut, son intérêt visiblement piqué.

On ne pouvait nier que Gabriel avait beaucoup d'allure. Il n'aurait pas déparé dans l'un des romans de Robin Ratliff tant aimés par la dame de compagnie.

— Est-ce Mlle Burke que j'entends ? s'interrogea lady Deveraux en penchant sa tête grise en direction de la porte.

— Oui, madame, répondit Daphné en s'approchant.

— Daphné, fit Cami en attirant sa sœur dans une étreinte peu habituelle, avant de reculer et de la regarder avec attention, comme si elles avaient été séparées depuis des semaines ou des mois, et non depuis seulement quelques jours. L'air de la campagne te convient parfaitement, à ce que je vois.

— Lyneham Park est un endroit délicieux, assura-t-elle. Vous êtes bien remis tous les deux ? Et les enfants ?

À l'évocation de leur maladie provoquant des démangeaisons, Gabriel se tortilla. Cami leva un sourcil dans sa direction, comme pour lui dire d'arrêter.

— Tout le monde va bien.

— Avez-vous déjà rencontré lord Ryland, l'ami de lord Deveraux ?

Gabriel et lord Ryland hochèrent la tête, expliquant qu'ils avaient déjà été présentés en ville.

— Mais où est donc Deveraux ? demanda Gabriel.

— Il a été appelé pour une affaire urgente, dit lord Ryland. Mais je suis sûr qu'il se joindra à nous pour le dîner, s'il le peut.

— Je suppose que vous souhaitez avoir une conversation en famille, fit lady Deveraux en plantant sa canne au sol pour essayer de se relever.

— Nous ne voulons pas vous forcer à vous déplacer, madame, répliqua Cami, sans pour autant nier la supposition faite par la vieille dame. Nous pouvons trouver un autre endroit…

Bellis apparut alors à la porte, l'air perdu.

— Qu'ai-je manqué ?

Daphné se leva.

— Avec votre permission, madame, dit-elle à lady Deveraux, nous allons nous rendre dans le salon en bas.

— Excellente idée, répondit lady Deveraux en se réinstallant dans son fauteuil. Mais je suis sûre que nos voyageurs auront envie de quelques rafraîchissements. Retrouvons-nous pour un déjeuner léger d'ici une heure dans la salle à manger.

Un murmure d'approbation circula dans la pièce. Lady Deveraux envoya un message à la cuisinière via Mlle Palmer pendant que Daphné indiquait la porte à sa sœur aînée.

— Tu as oublié ton livre ? demanda-t-elle à Bellis en passant à côté d'elle.

Bell sembla confuse, puis se mit à rire.

— Que je suis bête ! Je vais le chercher et je vous retrouve dans le salon. J'en ai pour une minute.

En fait, cette mission lui prit au moins dix minutes. Un temps que Cami ne gaspilla pas : à peine le valet de pied avait-il fermé les portes du salon qu'elle posa à nouveau la question de l'absence de Miles.

— Cela montre un certain manque de bonnes manières. Ne nous attendait-il pas ?

— Le jour précis de votre arrivée n'était pas connu, signala Daphné. Et encore moins l'heure.

Gabriel posa une main apaisante sur l'épaule de son épouse.

— Et bien des choses peuvent nécessiter l'intervention d'un gentleman.

— Je suis sûre de savoir quelle sorte de choses l'a rappelé à Londres.

Abasourdie par cette idée, même si elle aurait peut-être pensé la même chose peu de temps auparavant, Daphné ne sut quoi dire. Ce fut Gabriel qui répondit calmement à sa femme.

— Il n'est pas parti à Londres. Nous l'aurions croisé sur la route.

Plutôt que de se calmer, Cami se lança dans des questions d'un autre ordre.

— Quels sont les plans pour le mariage ? Personne en haut n'en a touché mot. C'est presque comme s'il n'avait aucune intention d'aller au bout, comme s'il voulait simplement t'humilier, ou te traîner au milieu de nulle part loin de ta famille pour profiter de…

— Cami !

Personne n'avait entendu la porte s'ouvrir, mais Bellis se tenait là, bouche bée.

— Comment peux-tu dire des choses pareilles ? Je t'assure que lord Deveraux s'est comporté comme un parfait gentleman depuis notre arrivée...

Daphné parvint à ne pas s'étouffer, mais ses joues rougirent d'un coup.

— Et lord et lady Stalbridge ont été plus qu'attentionnés, poursuivit Bell. Nous n'avons pas manqué d'amis ici. Et nous ne sommes pas allées baguenauder dans la campagne sans chaperon.

Cami sembla chagrinée par cette remarque – un rappel de sa mauvaise conduite passée.

Gabriel porta la main à sa bouche pour cacher un sourire.

La sœur aînée se laissa tomber sur un fauteuil, et son mari vint s'installer derrière elle.

— Je suis désolée, dit Cami, regardant tour à tour Daphné et Bell. C'est juste que, depuis si longtemps maintenant, c'est mon rôle de m'inquiéter pour...

— Ton *rôle*, Cami ?

Daphné vint s'asseoir sur le fauteuil à son côté avant de lui tendre la main.

— Est-ce que papa ou maman t'ont demandé de...

— Non, la coupa-t-elle en secouant la tête. Bien sûr que non. C'est juste que, en tant qu'aînée, je...

— Tu te sens responsable, compléta Bell. Mais nous ne sommes plus des enfants. Nous avons le droit de faire nos propres erreurs.

Cami se saisit de ces paroles.

— Alors toi aussi tu penses que c'est une erreur ? La décision de Daphné d'épouser ce... ce...

— Débauché ? suggéra Gabriel avec un sourire ironique et un sourcil levé, comme s'il l'invitait à se rappeler les choses qu'on disait de lui à une époque. Joueur invétéré ? Bon à rien ?

— C'était différent, protesta faiblement Cami.

Il secoua la tête.

— Je suis tout à fait sûr que notre situation était pire, répliqua-t-il, et son sourire s'élargit. Au moins, Daphné n'a pas écrit de scandaleux mensonges sur Deveraux pour faire avancer sa carrière d'écrivaine.

Une terrible bouillie commença à se former dans l'estomac de Daphné, mélange toxique de culpabilité, d'incrédulité, de doute. Bell insistait sur l'importance pour chacun d'apprendre de ses propres erreurs, tandis que Daphné avait été occupée à répéter celles de sa sœur aînée.

N'était-elle pas capable de faire des choses qui ne soient pas juste une pâle imitation de ce qu'un autre membre de la famille Burke avait déjà fait en mieux ?

— Et, pour votre gouverne, reprit Bell, je ne pense pas qu'il s'agisse d'une erreur. Quelqu'un qui donne de si bons conseils, qui est honnête avec les autres, même lorsque la vérité pique un peu...

Elle ponctua cette remarque d'un clin d'œil à Daphné.

— Une telle personne ne peut être qu'honnête avec elle-même. Aussi, ce mariage est forcément ce que tu veux. Tu ne t'y aventurerais pas si ce n'était pas le cas.

Daphné se leva d'un bond et jeta les bras au cou de sa sœur, tâchant de ne pas pleurer. Tout paraissait si simple dans la bouche de Bell.

— Mais je ne comprends toujours pas pourquoi personne n'a parlé du mariage, dit Cami.

Sa voix prit un ton légèrement méprisant dont ils étaient tous familiers.

— Lady Deveraux n'a même pas l'air de savoir que vous êtes fiancés, ajouta-t-elle.

— Mlle Palmer pense qu'il veut faire la surprise à sa grand-mère, expliqua Bell en s'arrachant à l'étreinte de Daphné. Pour son anniversaire.

— Mais toi, Daphné, tu connais les détails du programme ?

Celle-ci ne put que secouer négativement la tête.

— Eh bien, ça ne me plaît pas du tout, déclara Cami. Le secret mêlé à un mariage précipité, et tout cela pour gagner un pari ! C'est la recette parfaite pour...

— Le romantisme, compléta Gabriel avec un hochement de tête vers Daphné. Dont votre sœur saurait tout si...

— Si elle avait lu ne serait-ce qu'un poème de Galen, termina Bell dans un rire.

— D'accord, d'accord, dit Cami avec un geste de reddition. Je vois que nous sommes à trois contre une. Je vais donc retenir ma langue. Pour l'instant, ajouta-t-elle dans sa barbe.

La conversation glissa peu à peu vers d'autres sujets - leur voyage, les enfants, le bébé de Rosamund et Paris qui n'avait toujours pas daigné faire son apparition – et le pouls de Daphné reprit un rythme normal, le nœud dans son estomac commençant à se desserrer. Elle n'avait pas compris que Bell accordait de la valeur à ses conseils ou admirait son honnêteté... Ou plutôt, celle de Miss Busy B. Mais c'était au moins une raison de continuer.

Quelques instants plus tard, on frappa à la porte.

— Je vous prie de m'excuser, dit lord Stalbridge en entrant dans la pièce. J'espère que je ne vous interromps pas, mais lady Stalbridge se demandait si elle pouvait échanger quelques mots avec Mlle Burke avant notre départ.

— Votre départ ? répéta Cami.

— Oui, à présent que vous et lord Ashborough êtes là pour vous occuper de Mlle Burke et Mlle Bellis, il est temps pour nous de partir. Cette visite est plutôt une affaire de famille.

— Bien entendu, répondit Daphné en se levant pour l'accompagner en dehors de la pièce. Vous avez été plus que généreux de votre temps et de vos attentions.

— Ma femme pensait que vous auriez peut-être quelque chose pour elle, expliqua lord Stalbridge en bas de l'escalier, avant d'ajouter à voix basse : Un message que vous souhaiteriez faire passer à Mme Goode ?

En d'autres termes, quelque chose pour la gazette. Lady Stalbridge avait sans doute prévu de retourner à Londres pour publier l'essai de Daphné.

— Oh, oui, bien sûr. C'est dans ma chambre. J'en ai pour un instant, promit-elle en montant vivement les marches.

Lord Stalbridge ne la suivit pas.

— Je me rends à l'écurie. Mais vous la trouverez dans sa chambre en train de superviser les bagages, lança-t-il.

Daphné hocha la tête et continua à monter l'escalier. Une fois dans sa chambre, elle récupéra son écritoire. Elle attrapa les pages pliées de son essai sans les regarder et les apporta de l'autre côté du couloir pour les donner à lady Stalbridge.

— Je l'ai terminé ce matin, madame.

La comtesse eut l'air surprise.

— Ah ?

— Oui, j'ai fini par comprendre ce que je voulais écrire.

Lady Stalbridge regarda les feuilles de papier mais ne les déplia pas.

— Je dois dire que l'attitude de lord Deveraux ici, à Lyneham Park, est considérablement différente de celle qu'il a en ville. J'ai fini par douter... Je veux dire, je pensais que vous alliez...

— Oui ?

La jeune femme n'arrivait pas à confesser qu'elle n'avait pas écrit l'essai que tout le monde attendait. Lady Stalbridge le découvrirait bien assez tôt. Mais Daphné aurait beaucoup aimé avoir un signe de la comtesse lui disant qu'elle ne serait pas déçue par son choix... ainsi que quelques conseils sur ce que ce choix devrait être...

— Peu importe, dit lady Stalbridge en levant la main. Nos lectrices bénéficieront certainement de la sagesse, quelle qu'elle soit, que Miss Busy B. aura choisi de dispenser.

Daphné se sentit rougir. Elle baissa les yeux.

— Merci d'être venue jusqu'ici. Et remerciez lord Stalbridge de ma part également.

— Avec plaisir, déclara la comtesse en se penchant pour déposer un baiser sur la joue de Daphné. Nous nous reverrons bientôt.

S'apercevant qu'elle avait laissé la porte de sa chambre ouverte, Daphné repartit dans le couloir. Elle entendit alors des voix venant de l'escalier. Il s'agissait de Miles et de lord Ryland.

S'arrêtant près de sa chambre, Daphné ne put s'empêcher d'écouter.

— Je te l'ai déjà dit : il fallait que je m'occupe de quelque chose.

La voix de Miles était teintée d'un agacement joyeux.

— Je ne te dirai rien de plus, poursuivit-il. Pas la peine d'insister.

— J'espère qu'il n'y aura plus d'avoine à semer avant le jour de ton mariage, dit lord Ryland.

Miles rit.

— Tu sais que je veille à ce que mon avoine soit la meilleure, mon vieux.

— Oh, je vois. Tu es allé voir cette Veuve de St. Albans.

— Et elle est très belle, dit Miles, ne niant pas. Mais tu ne dois pas... Daphné ?

Toujours dans le couloir, elle avait refermé sa porte – l'avait presque claquée, à vrai dire, à la fois pour qu'ils soient conscients de sa présence et pour interrompre leur conversation.

— Que faites-vous ici ? lui demanda Miles sur le palier, arborant un sourire qui n'avait rien de coupable.

Si elle n'avait pas connu sa perfidie, elle aurait pu penser qu'il était heureux de la voir.

— Je pensais que vous étiez avec votre famille en bas, poursuivit-il. Je m'apprêtais à aller les saluer, après avoir dit un mot rapide à ma grand-mère.

— Bien sûr. Ils seront ravis de savoir que vous êtes rentré, où que vous soyez allé, grinça-t-elle.

— Alistair, fit-il en se tournant vers son ami, pourrais-tu dire à grand-maman que j'ai un message pour elle ? Je viendrai le lui délivrer aussitôt que j'aurai accueilli les Ashborough comme il se doit.

— Certainement, répondit lord Ryland en inclinant la tête.

Comme il partait, Miles s'approcha pour prendre la main de Daphné et la poser sur son bras.

— Cette rencontre tombe bien, assura-t-il en la conduisant vers l'escalier.

— Vraiment ?

— Oui, j'ai une surprise pour vous.

Son charme enfantin irradiait comme un soleil.

— Retrouvez-moi à la porte du jardin de roses, demain à l'aube.

— À l'aube ?

Le mariage était-il prévu pour le lendemain ?

— Si quelqu'un vous interroge, dites que vous n'arriviez pas à dormir et que vous avez envie d'un peu d'air frais.

— Je ne crois pas...

Ils étaient presque arrivés à la dernière marche. Miles se tourna avant qu'elle ait fini de parler.

— Oh, lady Stalbridge ! Vêtue pour voyager ?

— Oui. À présent que la famille de Mlle Burke est arrivée, lord Stalbridge et moi sommes impatients de rentrer à... euh... d'aller à Ferncliffe, mentit-elle.

— Certainement, fit Miles en s'inclinant. Mais sachez que mes voisins sont toujours les bienvenus à Lyneham.

— Vous êtes trop bon, monsieur. Mademoiselle Burke, dit-elle en inclinant la tête en guise de salut.

Daphné fit une révérence tandis que Miles se dirigeait vers le salon pour accueillir Cami et Gabriel. Lady Stalbridge tapota son réticule et lui fit un clin d'œil.

Daphné la regarda partir, s'apprêtant à regagner Londres pour porter ses mots à l'imprimeur, et elle se demanda si elle avait bien fait.

24

Bien que le soleil n'ait pas encore atteint l'horizon, Miles marchait de long en large devant le portail du jardin – le portail des baisers, comme on le surnommait parfois, parce que pour le passer à deux en même temps il fallait se serrer l'un contre l'autre. Daphné n'était pas en retard à leur rendez-vous matinal, pas vraiment. Mais il était tout de même nerveux. Il transpirait malgré la fraîcheur du matin.

Il y avait eu un moment, la veille, alors qu'ils se trouvaient dans le hall, où il avait pensé qu'elle avait envie de suivre Lady Stalbridge. Voulait-elle la supplier de la prendre avec elle et de l'emmener loin de l'avenir qui l'attendait ici ?

Si cela avait été le cas, elle n'avait pas cédé à la tentation. Elle avait gagné le salon et chanté les louanges de Lyneham Park devant sa famille pendant le déjeuner et le dîner. Elle ne s'était pas enfuie.

Pas encore, en tout cas.

Il supposait que cette peur qu'il avait d'être abandonné n'était pas totalement irrationnelle. Il ne se souvenait pas du décès de ses parents, mais il avait entendu sa grand-mère décrire l'enfant inconsolable qu'il était devenu ensuite, incapable d'accepter que sa maman et son papa ne reviendraient pas.

Il avait porté en lui cette crainte toute sa vie, qui s'était métamorphosée en un désir d'être populaire parmi ses pairs, d'être aimé. Il avait mis des femmes dans son lit par simple peur de passer la nuit en solitaire. Et lorsqu'il fallait dire adieu après une soirée d'amusement, quitter un lieu familier ou se séparer d'une maîtresse, il avait toujours fait en sorte d'être le premier à partir plutôt que celui qui restait seul.

Il soupçonnait Alistair d'avoir deviné depuis longtemps les racines de sa faiblesse – pourquoi, sinon, aurait-il toléré sa compagnie pendant toutes ces années ? Mais même en comprenant par lui-même pourquoi il faisait toutes ces sottises, les jours n'en étaient pas moins amers et les nuits pas moins sombres.

Toutefois, l'heure de l'espoir était venue, suspendue entre l'obscurité et le jour. Il prit une inspiration tremblante et fixa la porte de la maison, guettant l'apparition de Daphné.

— Miles ?

Inexplicablement, sa voix retentit derrière lui. Il se retourna sur le gravier et la découvrit de l'autre côté du portail en fer, qui le regardait.

— Je… je n'arrivais *vraiment* pas à dormir, expliqua-t-elle alors qu'il levait le loquet. Je suis sortie il y a une heure, pensant qu'une promenade dans le jardin m'aiderait à mettre mes pensées au clair. Mais je me suis égarée sur les différents chemins et il m'a fallu attendre la lumière du jour pour retrouver la sortie.

— Vous devez être gelée, dit-il en l'attirant à lui sans réfléchir.

Il enveloppa son corps frissonnant dans ses bras et posa la joue contre les cheveux de Daphné. Elle était sortie sans coiffe, contrairement à son habitude, mais elle portait au moins une pelisse.

Après quelques minutes, les tremblements cessèrent et elle leva le menton pour le dévisager.

— Que vouliez-vous me montrer ?

— Venez par ici.

Il passa le bras sous celui de Daphné et ils prirent la direction de l'écurie. Comme convenu au préalable, un palefrenier sortit une petite jument gris pommelé aux yeux doux et noirs, qu'elle fixa sur Daphné tandis qu'elle s'approchait.

— C'est votre cadeau de mariage, dit Miles.

— Un cheval ?

— Eh bien, disons plutôt un grand poney.

Il lâcha le bras de Daphné et alla prendre la bride du cheval au palefrenier, qui retourna dans le bâtiment.

— C'est la monture la plus douce que j'aie pu trouver dans tout le Hertfordshire. C'est lord Stalbridge qui me l'a indiquée. Elle s'appelle...

Il se tut un instant pour ébouriffer le toupet de la jument et laissa échapper un petit rire.

— ... Veuve de St. Albans. À cause de sa robe grise, j'imagine. Mais vous pouvez l'appeler comme vous voulez.

— Un cheval, dit Daphné en s'approchant prudemment, main tendue, paume ouverte.

Veuve poussa du museau, espérant une friandise, puis, déçue, souffla des naseaux. Daphné gloussa.

— Vous m'avez acheté un cheval.

— Je sais que vous n'êtes pas une grande cavalière, mais Raynham avait raison : c'est indispensable à la campagne. Mon étable est pleine de chevaux pour la chasse, mais j'en voulais un sur lequel vous vous sentiriez en sécurité. Vous serez bien sur celui-ci, dit-il en flattant les flancs de l'animal. Je n'aurai même pas à m'inquiéter si vous décidez d'aller vous promener toute seule.

— Toute seule ?

Daphné secoua la tête, comme si elle ne pouvait imaginer une telle chose.

— Disons que je préférerais que vous ne le fassiez pas, convint-il, mais j'ai pensé que, parfois, vous pourriez avoir envie d'être un peu seule. En parlant de cela, il est temps de vous montrer la deuxième partie de votre cadeau. Vous êtes d'accord pour une petite promenade ?

— Je ne suis pas vêtue pour monter, protesta-t-elle en regardant ses habits.

— Ce n'est pas grave, dit-il en appelant le palefrenier pour qu'il emporte le cheval. Nous pouvons marcher. J'espère seulement que nous ne finirons pas trempés.

Le soleil était tout à fait levé à présent, mais il était en partie caché par de gros nuages noirs et menaçants.

— Ce n'est pas très loin, ajouta-t-il avant de lui prendre le bras et de la conduire à travers les hautes herbes, le long d'une rangée d'arbres.

Lorsque les premières gouttes de pluie commencèrent à tomber, ils arrivèrent à une clairière où s'élevait une petite construction en pierre qui méritait à peine le nom de cottage. Il la poussa vers la porte et baissa la tête sous le linteau pour la rejoindre à l'intérieur.

— Qu'est-ce que c'est que cet endroit ? demanda-t-elle en regardant autour d'elle.

Il pendit son manteau et son chapeau à un crochet derrière la porte, puis tendit la main pour lui prendre sa pelisse.

— Vous souhaitiez voir mon endroit préféré à Lyneham.

Il n'avait jamais su à quoi était originellement destinée cette cabane, une pièce de stockage ou peut-être un abri pour les bergers. Mais quand il l'avait découverte une vingtaine d'années plus tôt, le lieu lui avait paru magique – le seul endroit où il pouvait être lui-même.

Il était venu le jour de leur arrivée pour s'assurer que le toit et la cheminée étaient encore en bon état, et le jour suivant il était revenu pour faire des petits travaux de maçonnerie et nettoyer les toiles d'araignée. La veille, après être allé chercher le cheval, il s'était occupé de l'ameublement : un petit lit avec un dessus-de-lit, un bureau contenant du papier et des plumes, des bougies posées sur le rustique manteau de la cheminée et deux fauteuils.

Il avait même préparé de quoi faire un feu, anticipation dont il se félicita tout en s'agenouillant pour allumer le petit bois.

— Je venais me cacher ici, expliqua-t-il en riant. J'avais besoin d'un endroit où mon précepteur ne me trouverait pas. Et à présent il est à vous, conclut-il en se relevant et en s'essuyant les mains.

Elle regarda à nouveau autour d'elle, puis secoua la tête, clairement perplexe.

— Un cheval, un lieu secret... C'est comme si vous m'incitiez à fuir la maison.

Sa réponse, si tant est qu'il en ait une, resta coincée dans sa gorge. Il lui fallut trois profondes inspirations pour rassembler ses mots.

— C'est peut-être ce que je fais, d'une certaine façon, admit-il enfin. Si j'étais un vrai gentleman, je vous laisserais partir. Je ne vous obligerais pas à tenir votre promesse, une promesse faite sous la contrainte.

Pendant qu'il parlait, elle scrutait les flammes qui léchaient les bûches.

— Vous m'avez prévenue ce soir-là que vous n'étiez pas un gentleman.

Il détourna le regard vers la fenêtre. L'avant-veille, il avait bouché l'ouverture avec une vitre à présent frappée par la pluie.

— C'est vrai.

— En fait, quand lord Ryland a parlé de « Veuve de St. Albans », j'ai pensé...

Ah. Il s'était demandé si elle avait ou non entendu leur conversation.

— Vous avez pensé que vous alliez me surprendre en train de jouer aux échecs.

Son menton trembla comme pour dire oui.

— Mais pourquoi, pourquoi avoir fait ça ? demanda-t-elle sans le regarder en face. Quand je vois l'homme que vous êtes ici, à Lyneham, si concerné par le bien-être et les sentiments des autres, je ne peux m'empêcher de me demander pourquoi vous jouez le rôle d'un infâme débauché quand vous êtes en ville. Pourquoi acceptez-vous qu'on vous appelle « ce diable de Deveraux » ?

— Ne vous méprenez pas, dit-il en lui tendant la main, avant de la reposer finalement sur le bras du fauteuil où il s'était assis. Ce ne sont pas de simples rumeurs. Il y a bien eu de nombreuses femmes, trop de jeux d'argent et trop peu de contrôle de mes mauvais comportements au cours des années. Alistair dit que je suis incapable de penser qu'on pourrait ne pas m'aimer, et que j'évite toujours de me retrouver seul. J'imagine que c'est pour cette raison que j'ai ourdi ce mariage, même si je me disais que je le faisais pour ma grand-mère. Pour la rendre heureuse et pour accomplir mon devoir envers mon titre avant d'avoir trente ans. Mais la réalité, c'est qu'une épouse – n'importe quelle épouse – signifiait principalement pour moi qu'il y aurait toujours quelqu'un dans ma maison. Dans mon lit...

Elle se mordit la lèvre, puis regarda la fenêtre et le lit juste en dessous.

— Et pourtant, vous m'offrez tout cela ? demanda-t-elle en désignant la petite maison, ses yeux de la couleur de la robe de la jument et du ciel au-dehors. Comme un moyen pour vous fuir... ?

Il parvint à lui offrir un faible sourire.

— Personne n'a dit que j'étais intelligent.

— Visiblement, répondit-elle en plissant les yeux. Certainement pas ce précepteur qui vous tapait sur les doigts et dont vous jugiez nécessaire de vous cacher.

Il haussa les épaules.

— Je ne lui en veux plus. Je n'étais pas un élève facile, en aucune façon. J'ai toujours préféré être dehors plutôt que m'installer devant un livre ou m'appliquer à résoudre un problème sur une ardoise. Les chiffres et les lettres sont souvent une source de confusion pour moi, mais pour le reste...

Il esquissa un geste, comme s'il faisait un nœud.

— « Lord Deveraux n'a jamais été un homme de chiffres, mais il est sacrément doué de ses mains », cita-t-elle.

Devant son expression étonnée, elle expliqua :

— Votre intendant a dit cela à lord Stalbridge le soir où nous sommes arrivés, et cela m'a frappée, sans que je comprenne bien pourquoi. Mais on m'a raconté que ma sœur Erica était comme ça, elle aussi, quand elle était enfant. Lorsque Bell et moi étions petites filles, nos leçons étaient très peu conventionnelles. Papa nous a dit une fois que la résistance d'Erica à tous les enseignements habituels, qui avaient si bien fonctionné sur Cami et Paris, l'avait incité à trouver d'autres façons de faire.

— Les vieilles méthodes n'ont pas dû être faciles pour elle. D'autant plus que les filles ont rarement la chance de courir, sauter et jouer, qu'on attend d'elles qu'elles restent assises à coudre toute la journée.

— En effet, j'imagine que ça n'a pas dû être facile. Mais il semble que ça n'a pas été facile pour vous non plus, dit-elle en posant délicatement sa main sur la sienne. Je n'ai jamais compris pourquoi les gens se refusent à voir les enfants comme... eh bien, des personnes à part entière. Les êtres humains ne sont pas tous faits de la même étoffe : il paraît donc logique qu'ils n'apprennent pas tous de la même manière, garçon ou fille, pauvre ou riche.

Il repensa à son idée sur le besoin d'une école dans le village.

— Vous êtes une femme d'une grande sagesse, Daphné Burke, déclara-t-il en regardant les doigts de la jeune femme effleurer sa main. Sans doute d'une trop grande sagesse pour moi.

— C'est sans doute vrai, se moqua-t-elle avec un regard appuyé, digne de Miss Busy B. Mais j'aurais une sérieuse discussion avec quiconque oserait prétendre que vous n'êtes pas intelligent. C'est vous qui avez aménagé tout cela.

Elle se leva et marcha dans la petite pièce, touchant chaque objet, s'attardant un moment sur le bureau avant de s'asseoir au bord du lit.

— Vous avez compris, sans que j'aie besoin de vous l'expliquer, à quel point j'aime avoir mon lieu à moi, un endroit calme où me retirer à l'occasion. Je n'ai moi non plus pas souvent été seule. J'ai rarement eu cette chance, ou même le choix. Et pourtant…

Elle passa sa main sur la couverture.

— … il m'est arrivé parfois de ressentir la solitude.

Il pencha la tête.

— N'est-ce pas la même chose d'être seule et de ressentir la solitude ?

— Pas du tout, répondit-elle. Et je pense qu'une part de vous l'a toujours su, sinon vous ne seriez pas venu vous réfugier ici. Évidemment…

Elle hésita un instant, baissa le regard sur ses bottes de marche qui pointaient sous le bord de sa robe.

— Je suppose que cela signifie aussi que, lorsque vous serez un homme marié, vous connaîtrez encore parfois le sentiment de solitude et pourrez avoir envie d'aller chercher…

— Non, la coupa-t-il, comprenant ce qu'elle s'apprêtait à suggérer. Parce qu'il ne s'agit plus d'épouser une femme sans nom et sans visage pour tenir la maison et me donner un héritier. Ce n'est plus cela aujourd'hui.

— Il ne s'agit pas non plus d'une personne qui vous permettrait de gagner votre pari ? dit-elle sans croiser son regard.

— Non.

Il se leva – et se serait sans doute mis à faire les cent pas s'il y avait eu la place.

— Je pensais que je savais ce dont j'avais besoin… mais j'avais tort.

Elle le fixait à présent. Il s'accrocha à son regard timide et le soutint.

— C'est *vous* dont j'ai besoin.

Ces paroles – le plaidoyer le plus désespéré qu'il ait jamais prononcé – semblèrent rester suspendues, flottant dans l'air entre eux.

Elle tapota la place vide à côté d'elle sur le lit.

S'il lui avait fallu une preuve supplémentaire qu'il n'était en rien un gentleman, la vitesse à laquelle il retira sa veste, la jeta et traversa la pièce lui aurait donné une indication décisive. Il posa un genou sur le lit, puis son bras sur le rebord de la fenêtre derrière elle, ne sachant si le lit pouvait supporter leurs poids combinés. Il tendit son autre main pour relever son menton et l'embrasser, mais elle lui échappa et se laissa tomber sur le matelas, l'invitant à la suivre.

Les cordes sous le lit grincèrent terriblement mais résistèrent lorsqu'il s'allongea. Le lit était étroit, leurs corps disposés côte à côte de telle manière qu'il aurait été futile de vouloir masquer son excitation. Alors qu'il prenait l'arrière de sa tête dans sa main et rapprochait leurs bouches pour un baiser, il ne pouvait y avoir aucun doute quant à ses intentions.

Et son consentement à elle fut indubitable lorsqu'elle fit glisser son pied sur sa jambe, puis sa jambe en entier au-dessus de sa hanche.

— Si nous faisons cela, dit-il, le souffle court, s'arrêtant un instant de l'embrasser en joignant leurs fronts, il vous faudra vraiment m'épouser.

Il sentit son sourire contre sa mâchoire et ses mains tirer sa chemise pour la sortir de son pantalon.

— Je n'ai pas été tenue au courant de tous les détails, mais je crois que c'était le programme.

— Soyez honnête, insista-t-il en reculant légèrement la tête pour la dévisager. Vous avez eu des doutes. Vous avez cherché une solution pour sortir de cette histoire.

— C'est vrai, convint-elle, posant les lèvres contre sa gorge. Mais je ne cherche plus. C'est bien ce que je veux.

Elle serra ses bras autour de lui, rapprochant à nouveau leurs corps.

— C'est vous que je veux.

Quelque part dans un coin de la tête de Daphné, Miss Busy B. s'éclaircit la voix.

Mais lorsqu'elle parla, ce ne fut pas une réprimande, plutôt un doux avertissement.

Cela change tout, tu sais. Es-tu sûre ?

Peut-être la conscience de Daphné n'était-elle pas si divisée qu'elle le pensait.

Elle n'allait pas perdre de temps à débattre avec elle-même. Elle avait pris sa décision la veille, quoique certainement bien avant. Et sa décision n'avait rien à voir… disons, presque rien à voir avec ce qui s'était passé dans la bibliothèque.

Elle était venue à Lyneham avec l'intention de trouver la preuve que Miles était un libertin de la pire espèce, le genre d'homme en qui une femme ne pouvait avoir confiance. La vérité, comme toujours, était plus complexe.

Il n'était pas parfait. *Sauf peut-être quand il fait ça,* pensa-t-elle tandis que ses lèvres voyageaient le long de sa gorge, y dessinant un chemin torride. Mais ses erreurs et ses années de débauche comptaient moins pour elle que l'honnêteté et le respect qu'elle avait perçus au fond de lui : son amour pour son ami, pour sa grand-mère, pour Lyneham Park.

Et si les jeunes femmes avaient besoin de conseils de temps à autre, elles n'avaient pas besoin de leçons de morale, qu'on leur dise encore et encore de préserver leur chasteté, de refuser d'ouvrir leur cœur. C'était ce qu'elle avait écrit et envoyé à Londres avec lady Stalbridge.

Après tout, le but de *La Gazette des demoiselles* était de pousser les jeunes femmes à faire leurs propres choix… même si cela signifiait choisir un débauché.

— Attendez.

Pendant un bref instant, elle crut que cette voix rude appartenait à Miss Busy B., lui enjoignant encore une fois d'être prudente.

Puis Miles se détacha légèrement d'elle, se soulevant du lit.

— Ceci, dit-il en la regardant, n'est pas ce que vous méritez.

Elle se hissa sur les coudes, prête à débattre, à lui expliquer sa pensée à propos de la liberté de choix. Mais avant qu'elle puisse parler, il était allé s'asseoir sur l'un des fauteuils et commençait à retirer ses bottes. Puis il fit glisser ses chausses, révélant des mollets puissants parsemés de poils clairs. Et après qu'il eut dénoué sa cravate, il se releva et ôta sa chemise.

Sa bouche s'assécha. La pénombre de la bibliothèque n'avait pratiquement rien révélé de son anatomie. Mais à présent, elle pouvait tout voir. Son torse et ses bras sculptés. Le V entre ses hanches comme une flèche pointant vers son excitation, à peine masqué par le pantalon. La chaleur torride de son regard.

Courbant un doigt, il lui fit signe de se lever et elle comprit qu'il voulait lui aussi la contempler.

Bien que nerveuse, elle se plia à sa demande silencieuse. Après tout, l'une des choses qui l'avaient aidée à prendre sa décision avait été de comprendre qu'il la *voyait* réellement, elle, alors qu'elle s'était convaincue que son destin était d'être toujours négligée.

Elle se leva du petit lit bas et commença à triturer les attaches de sa robe.

— Attendez, dit-il en l'attrapant par la taille avant de la tourner doucement afin qu'elle se retrouve face au lit, dos à la cheminée.

La fenêtre éclairait son visage d'une pâle lumière d'orage.

— À présent, fit-il avec un sourire diabolique en s'allongeant sur le lit, un coude appuyé sur le matelas, la tête posée dessus, vous pouvez commencer.

Elle posa un pied sur un fauteuil pour délacer sa bottine et l'enlever, puis fit la même chose pour l'autre.

— Gardez vos bas, ordonna-t-il au moment où elle commençait à dénouer les jarretières.

La robe demanda plus de travail, bien qu'elle l'ait choisie aux petites heures de l'aube parce qu'elle ne requérait pas l'assistance d'une domestique. Elle devait avoir l'air terriblement gênée, mais son visage à lui ne reflétait qu'un intense désir à mesure qu'elle parvenait à défaire ses boutons et ses nœuds. Elle se dandina pour faire passer sa robe sous ses bras, puis par-dessus ses hanches jusqu'à ce qu'elle s'étale à ses pieds telle une flaque.

Il ne lui restait plus que son fourreau, car elle ne s'était pas embarrassée à mettre un corset puisqu'elle s'était vêtue seule, à la hâte.

Lorsqu'elle se baissa pour en attraper le bas, Miles se releva légèrement, regardant avec avidité non seulement la peau qui se révélait à mesure qu'elle remontait le fourreau le long de ses cuisses, mais aussi elle. Tout entière.

Elle s'arrêta en haut des cuisses, le bord de son fourreau juste assez bas pour couvrir le petit tapis de boucles brunes qui s'y trouvait. Le sourire enfantin et charmant de Miles se crispa.

— Quel conseil donnerait Miss Busy B. à un homme qui est peu à peu en train de devenir fou de désir ? demanda-t-il.

— Soyez patient.

Elle lui tourna le dos, son visage déjà brûlant face au feu, puis elle passa le fourreau au-dessus de sa tête avant de le laisser tomber sur le sol.

Il prit une profonde inspiration. Le lit craqua quand il se redressa pour s'asseoir.

— Imaginez-vous un seul instant que je ne mourais pas d'envie de voir ce côté de vous également ? Mon Dieu…

Elle l'entendit se lever. Un instant plus tard, ses mains étaient sur ses hanches et son torse puissant était tout contre son dos.

— Vous êtes magnifique, murmura-t-il avec respect. Chaque centimètre de vous.

— Je suis… ordinaire, répondit-elle.

— Je ne vais pas gaspiller ma salive à débattre avec vous sur cette question.

Il posa un baiser à la base de sa nuque, à cet endroit très précis qui la faisait délicieusement frissonner.

— Si je vous avais dit cela le soir du bal des Clearwater, je suis à peu près certaine que vous auriez été d'accord avec moi, lui fit-elle remarquer.

Il passa le bras autour de ses hanches, lui faisant sentir son érection.

— Avez-vous le sentiment que je vous trouve ordinaire à cet instant ?

— Je dois reconnaître que j'ai une expérience limitée... Non, en fait, je n'ai pas d'expérience du tout en la matière, mais je crois savoir que l'anatomie masculine répond de façon assez prévisible à certains stimuli... Oh !

Il avait levé une main et commencé à caresser son téton de son pouce, le faisant darder. Elle sentit son petit rire chaud et espiègle contre son oreille.

— Pas seulement l'anatomie masculine, on dirait. Cela étant...

Il la fit pivoter face au lit.

— Je suis prêt à concéder que Miss Busy B. sait beaucoup de choses. Sinon, comment pourrait-elle donner de si bons conseils ? Mais elle n'en sait certainement pas plus que moi sur le désir que j'ai pour ma... future épouse.

Elle fut surprise par les frissons que provoquèrent ces derniers mots.

— Je veux aller au lit avec vous, susurra-t-il.

Alors elle se précipita vers la couche. Sa hâte était un mélange entre désir fou et nervosité. Comme elle bataillait pour retirer la couverture afin de s'allonger dessous, il lui attrapa la main.

— Vous avez peur d'avoir froid ?

Il irradiait de chaleur, la réchauffant depuis les épaules jusqu'aux hanches. Elle s'aperçut qu'il s'était débarrassé de son pantalon. Elle parvint à secouer la tête. Cependant, il exauça son souhait et tira la couverture. Mais comme elle se tournait pour s'étendre sur le dos, elle ne s'en couvrit pas. Elle n'avait aucun désir de se cacher.

Lui-même ne lui cacha rien. Ni le désir dans ses yeux sombres, ni la tension de ses muscles tandis qu'il s'allongeait près elle. Ni sa... *queue*, comme elle avait entendu appeler cette partie de l'anatomie masculine. Elle en avait vu sur des statues de marbre et, une fois, sur un dessin grivois. Mais elle n'avait pas été préparée à la différence que cela faisait de voir cela sur un homme vivant.

Sur *son* homme.

Pour être honnête, elle s'était attendue à être un peu alarmée à la vue de son membre. Il était plus gros que ce qu'elle avait imaginé mais, heureusement, pas autant que ce que dépeignait le fameux dessin grivois. Elle savait que c'était destiné, d'une manière ou d'une autre, à entrer en elle. Elle ne savait pas que ce serait rouge et magnifique, que sa simple vue accélérerait son pouls et ferait monter en elle un douloureux désir.

Presque de son propre chef, sa main se leva vers lui, et cette fois il ne l'arrêta pas, même s'il ne put s'empêcher de sursauter lorsque ses doigts glacés se posèrent sur sa chair brûlante. Le contraste entre la douceur de sa peau et sa dureté de fer était fascinant.

— Loin de moi l'idée de vous décourager, dit-il d'une voix frémissante. Mais je ne vois aucune raison de nous presser…

Son sexe échappa aux mains de Daphné quand il modifia l'angle entre eux, se baissant pour embrasser sa bouche, sa gorge, ses seins.

— Rose comme les fleurs du jardin, murmura-t-il en titillant son téton de la langue. Voilà, ici…

Il fit glisser ses mains le long de ses cuisses jusqu'à son cœur vibrant. Il passa un doigt le long des lèvres de son sexe, là où, deux nuits plus tôt, il avait posé sa bouche. Et elle espérait qu'il recommencerait.

— Et ici.

Ses lèvres et ses mains la tourmentaient de concert, jusqu'à ce qu'elle soit humide et se tortille de désir.

— S'il vous plaît, souffla-t-elle, passant les doigts dans ses cheveux dorés.

Le moindre geste supplémentaire la ferait basculer dans le précipice.

Son téton émergea de la bouche de Miles quand il se redressa et il lui prit la main, la plaquant sur son membre.

— Guidez-moi où vous me voulez, dit-il.

Ce fut l'instinct qui prit le dessus, non sans une petite incertitude et appréhension alors qu'elle découvrait à quel point il lui fallait écarter les cuisses pour l'accueillir. Il émit un sifflement quand elle passa son membre brûlant contre son humidité à elle, et elle faillit le lâcher, craignant d'avoir fait quelque chose de mal – même si cela lui paraissait, quant à elle, tout à fait agréable.

— Oui, souffla-t-il en poussant les hanches vers l'avant. Oui…

Elle retira sa main et inclina le bassin, haletant tandis qu'il entrait en elle, centimètre par centimètre. Alors qu'il avançait, il lui murmurait des louanges à l'oreille. Pensant qu'elle allait avoir mal, elle tâcha de se détendre, même si cette partie d'elle était déjà serrée autour de lui.

Puis il glissa une main entre leurs corps et son pouce commença à faire des cercles près du point sensible à l'entrée de son sexe. Elle oublia l'anxiété, elle oublia tout à part son désir qu'il entre en elle plus profondément, le petit moment d'inconfort noyé par des vagues de délicieuses sensations.

Doucement, il se retira un peu, puis revint à nouveau, lançant les hanches encore et encore.

— Viens à moi, mon amour, dit-il d'une voix rauque.

Et elle accompagna son mouvement pour le rejoindre dans ce rythme ancestral qui chassait tout le reste, jusqu'à ce qu'elle soit tout entière plongée dans sa chaleur, dans son odeur, dans son désir fou.

— Oh oui, s'il vous plaît, soupira-t-elle encore, ne sachant si elle était en train de supplier qu'il la libère ou si elle souhaitait que le plaisir dure pour toujours.

Enfin, le rythme régulier et habile céda la place à une impatience incontrôlable, un paroxysme impossible à endiguer. Il se raidit, et elle sentit une puissante bouffée de chaleur au plus profond d'elle-même comme il relâchait sa semence en elle. Puis, l'accompagnant dans la bascule, elle se mit à crier à mesure qu'elle jouissait.

— Vous voyez, j'avais raison, déclara-t-il quelques minutes plus tard, encore essoufflé. Dès le soir du bal des Clearwater, lorsque vous avez prétendu que vous ne saviez pas danser, j'ai su que nous irions parfaitement bien ensemble. Cependant..., ajouta-t-il en laissant échapper un rire incrédule, le mot « bien » ne rend pas justice à ce qui vient de se passer.

— Mmm, convint-elle en se lovant contre lui pendant qu'il tirait la couverture sur eux. Vous aviez effectivement raison. J'ai vraiment aimé me faire compromettre.

— Je peux donc m'attendre à une rétractation de la part de Miss Busy B. ?

Elle jeta un coup d'œil en direction de l'espace d'écriture qu'il avait si gentiment aménagé pour elle. Elle avait déjà réfléchi au sujet de son prochain essai, et les événements d'aujourd'hui l'avaient décidée, mais pas dans le sens où il l'entendait.

— Je pense, dit-elle en infligeant à son épaule musclée un petit coup de dents, je pense qu'il faut d'abord que j'enquête un peu plus sérieusement.

25

Quand Daphné se réveilla en ce dernier jour de juin, le ciel était clair… et le chat agité. Le félin serpentait au milieu des objets épars sur la coiffeuse, tâchant de trouver un accès au chapeau à plumes qui pendait sur un coin du miroir.

— Eileen, gronda-t-elle, comment es-tu entrée ?

— Oh, elle t'a réveillée ? demanda innocemment Bell depuis la porte qui séparait leurs chambres. Je n'imaginais pas que tu dormais encore.

— Pourquoi ? Quelle heure est-il ?

Daphné s'assit sur le lit et s'étira, ressentant d'agréables courbatures, fruit de son aventure de la veille. Heureusement, on lui avait posé peu de questions sur l'endroit où elle était allée et on avait accepté sans rechigner son histoire de promenade matinale qui avait duré plus longtemps que prévu, forcée qu'elle avait été de trouver un refuge et d'attendre que la pluie cesse.

— 8 h 30, dit Bell en chassant le chat de la coiffeuse. Et j'ai promis à lord Ryland que tu serais prête pour une promenade en cabriolet d'ici une heure.

— Une promenade en cabriolet ? répéta Daphné en lançant à sa sœur un curieux regard. Mais… ça m'a l'air merveilleux.

— N'est-ce pas ? dit Bell en disparaissant momentanément dans sa chambre, reparaissant avec quelque chose à son bras. J'ai pensé que tu voudrais emprunter ceci pour l'occasion.

La veille, Daphné était finalement parvenue à arracher le programme du mariage à Miles. Mais elle ignorait si sa sœur connaissait le déroulement de la journée à venir, jusqu'à ce que Bell lui tende une robe qu'elle ne l'avait pas encore vue porter.

La mousseline était d'un rose très pâle, presque blanc – la couleur d'un bourgeon de pommier sur le point de devenir fleur –, et si délicate qu'elle semblait flotter dans l'air. Le seul élément décoratif était une bande de soie noire brodée de roses à l'ourlet. De derrière elle, Bell sortit un chapeau cloche à large bord, surmonté de roses lui aussi et du ruban vert qu'elle avait acheté au village.

Daphné savait que, pour faire bonne figure, elle aurait dû protester contre la générosité de sa sœur, dire « Je ne peux pas accepter » ou quelque chose comme ça. Mais imaginer Miles la découvrant dans cette robe fit accélérer son pouls.

— C'est parfait, Bell. Merci.

— Allons-y alors, dit sa sœur, les bras chargés de tissu. Appelle la femme de chambre.

Daphné sauta du lit et alla sonner. La domestique arriva rapidement avec de l'eau chaude pour que les deux sœurs puissent se laver. Puis commença l'effervescence de l'habillage, les détails devenant plus importants qu'ils ne l'avaient jamais été : la douceur de son fourreau de batiste, les bas brodés qui rappelèrent à Daphné la fascination qu'avait montrée Miles la veille pour ses jambes – comment il avait, finalement, dénoué ses jarretières avec les dents –, la robe elle-même, une perfection aérienne qui lui donnait de sentiment d'être… eh bien, d'être une mariée.

Quand arriva le moment d'arranger ses cheveux, elle s'assit à la coiffeuse et Eileen se mit à rôder à ses pieds. Pendant que Daphné, Bell et la femme de chambre discutaient de la coiffure qui s'accorderait le mieux avec le chapeau, la chatte sauta sur la coiffeuse – ou plutôt, elle essaya. La domestique avait repoussé l'écritoire sur le côté ; celle-ci était en équilibre au bord du plateau et bascula lorsque Eileen atterrit dessus. Sans un réflexe rapide de la femme de chambre, elle se serait écrasée au sol.

— Eileen, grogna Bell, bien que la chatte ait déjà disparu sous le lit. Pas encore !

La femme de chambre plaça trois épingles dans les cheveux de Daphné, qui demanda à sa sœur, intriguée :

— Qu'entends-tu par « pas encore » ?

— Oh, dit Bell avec un rire nerveux, ce n'est rien, vraiment.

Quatre épingles plus tard :

— Rien ?

— Non, vraiment. Elle a juste fait la même chose l'autre jour, c'est tout. Même si…

Daphné savait reconnaître une expression coupable sur le visage de sa sœur. Dans le miroir, elle lança un bref regard à la femme de chambre, qui hocha la tête, plaça rapidement trois épingles de plus puis se retira après une brève révérence.

Daphné se tourna sur le tabouret de la coiffeuse pour faire face à Bell.

— Même si quoi ?

— Disons que, la dernière fois, elle a réussi.

— Tu veux dire qu'elle a fait tomber mon écritoire ? Est-ce que quelque chose en est sorti ?

Elle se demanda, presque frénétiquement, si elle l'avait fermée correctement.

Bell s'écarta de quelques pas. Elle se tordait les mains.

— Eh bien… tout.

— *Quoi ?*

— Quand je suis allée chercher le livre pour Mlle Palmer, tu te souviens ? C'est ça qui m'a pris tant de temps. Les feuilles étaient éparpillées sur le sol – tu sais comment est Eileen avec le papier. Et elle avait mordillé une plume. C'est un miracle que le bouchon de la bouteille d'encre ait tenu.

— Et tu as lu mes pages ? demanda Daphné.

Les yeux écarquillés, Bell secoua la tête. Puis sa bouche s'ouvrit et mima un « eh bien… » silencieux.

— Tu les as lues, dit Daphné, qui s'était levée. Qu'est-ce que… qu'est-ce que tu as lu ?

— Quelques phrases, vraiment. Quelque chose à propos… à propos des débauchés. J'ai… supposé que cela avait à voir avec la gazette. Et avec lord Deveraux.

Daphné, bouillant à l'intérieur, prit une inspiration pour se calmer.

— Oui. Miss Busy B. était… en mission, pourrait-on dire. Je devais le laisser me courtiser. Je suis venue à Lyneham Park avec l'intention d'en apprendre suffisamment pour pouvoir écrire un essai, quelque chose qui dénoncerait ses pires défauts et l'empêcherait à l'avenir d'humilier une pauvre femme comme il l'a fait avec Mlle Grey.

Bell respirait fort elle aussi ; elle était clairement choquée.

— Mais ? murmura-t-elle après un instant.

Daphné se laissa retomber sur le tabouret, regard baissé, mains jointes.

— Mais j'ai... j'ai changé d'avis. J'ai écrit un essai différent de celui prévu. Et c'est ça que j'ai donné à lady Stalbridge pour qu'elle le remette à, euh... Mme Goode, pour la gazette. Je pense qu'il est déjà parti à l'impression.

Bell déglutit bruyamment.

— Oh, Dieu merci...

Daphné leva les yeux sur sa sœur, qui ajouta :

— Parce que j'aime beaucoup lord Deveraux. Et je pense qu'il t'aime beaucoup lui aussi. Mais ces quelques phrases que j'ai lues ? Eh bien... (Un frisson la parcourut.)... j'espère qu'il ne les verra jamais.

— Il ne les verra pas, promit Daphné, se retournant face à la coiffeuse et soulevant le couvercle de l'écritoire. Bell ?

— Oui ?

Le contenu de la boîte était en total désordre, les piles de papiers d'habitude parfaitement pliés étaient maintenant mélangées à des papiers froissés.

— Quand tu as remis les choses dans la boîte, est-ce que tu les as replacées exactement comme elles étaient ?

— Eh bien... je ne savais pas vraiment comment... Je n'ai pas l'habitude de fouiner, tu sais. Et j'étais un peu pressée. J'avais peur que tu ne reviennes et que tu ne penses...

Mais Daphné n'écoutait pas sa sœur. Elle fouillait la boîte, dépliant les pages, les regardant une à une, cherchant... cherchant...

— Oh, mon Dieu.

— Quoi ? demanda Bell, de la panique dans la voix. Je te jure que je n'ai rien pris !

Un paquet de feuilles pliées dans la main, Daphné se retourna pour regarder sa sœur. Elle tenta de dire quelque chose, mais elle parvint seulement à secouer la tête. Elle n'en voulait pas à Bell pour ce qui était arrivé.

Ne sachant pas que le contenu de l'écritoire avait été désorganisé, Daphné avait glissé la main à l'intérieur pour saisir l'essai récemment terminé, s'attendant à ce qu'il soit sur le dessus, là où elle l'avait laissé. Sans même regarder, elle avait donné les feuilles à lady Stalbridge. Sauf que...

— C'est *ça*, le deuxième essai, dit-elle en secouant les papiers qu'elle avait à la main. Celui que je voulais voir publier.

Bell tendit la main et lui prit les feuilles avant qu'elle les froisse complètement.

— Si c'est ça le bon essai, tu as donc dû donner à lady Stalbridge le mau... Oh.

À voir l'expression de Bell, Daphné comprit qu'elle lui avait menti au moins sur un point.

Elle avait lu bien plus que quelques phrases du premier essai. Suffisamment pour savoir que Miles ne pardonnerait jamais à Daphné si ce texte sortait au grand jour.

— Il faut que je..., dit Daphné en se levant d'un bond, marchant jusqu'à la porte avant de faire le chemin inverse.

Elle fut surprise par son reflet dans le miroir ; elle était pâle et semblait anxieuse. Quelques instants plus tôt, elle y avait vu... elle avait eu un aperçu de la femme que Miles voyait, celle qui emplissait son regard de désir. Elle s'était vue comme une mariée. Sa mariée.

Et maintenant...

— Il faut que j'aille à Londres pour arrêter ça, décréta-t-elle.

— Tu ne peux pas faire ce voyage toute seule ! Je viens avec toi, déclara Bell.

— Non, dit Daphné en attrapant son chapeau avant de nouer le ruban vert sous son menton. Il faut que tu restes. Lord Ryland va s'attendre… et tu es la seule capable…

— Je vais me débrouiller, ne t'inquiète pas, répondit sa sœur, qui déposa un baiser sur sa joue. Fais attention à toi.

Daphné hocha la tête. En dépit de son appréhension et du fait qu'elle ne soit pas du tout vêtue pour monter à cheval, elle allait devoir mettre Veuve de St. Albans à l'épreuve, au moins jusqu'au village où elle pourrait, espérait-elle, trouver une diligence en partance pour Londres et arriver chez l'imprimeur à temps pour empêcher la publication de l'essai.

C'était un plan assez fou, qu'on pouvait difficilement qualifier de « plan », d'ailleurs. Mais il fallait que ça marche. Parce que, si elle échouait, il ne lui resterait plus qu'à pleurer ses rêves d'un avenir avec Miles, comme autant d'encre renversée.

Miles ne savait pas combien de sourires légèrement réprobateurs de Mme Yearsley il serait encore capable d'endurer. La femme du pasteur craignait-elle que ses pas finissent par creuser une tranchée dans le transept de l'église ? Un futur marié était quand même autorisé à exprimer un peu sa nervosité – surtout lorsque la mariée était attendue pour 10 heures du matin et que les derniers coups de cette heure avaient retenti depuis longtemps.

Mais il s'arrêta, pour lui faire plaisir, et en fut heureux car le bruit de ses talons contre la pierre avait masqué le cliquetis du harnais.

Ils étaient enfin arrivés.

Miles se précipita à la porte, mais Alistair entra avant qu'il puisse sortir, regardant partout dans l'église avant de croiser le regard de son ami. Il avait l'air désolé. Il secoua la tête.

— Qu'est-ce que je suis censé comprendre, mon vieux ? demanda Miles d'un ton beaucoup plus enjoué que ce qu'il ressentait au fond de lui.

Son pouls s'affolait, mais son cœur ne semblait pas avoir l'énergie de faire circuler le sang dans ses veines. Il lui fallut attraper le dossier d'un banc pour ne pas vaciller.

— Où est Daphné ?

Alistair tendit les mains, lui faisant signe de rester où il était. Puis il secoua la tête en direction des Yearsley, blottis à l'entrée de la sacristie, qui le regardaient avec anxiété. Le pasteur, qui sembla comprendre la signification du geste d'Alistair, conduisit sa femme à l'intérieur et ferma la porte.

— Elle est partie, dit Alistair à Miles calmement. Le palefrenier dit qu'elle a demandé à ce que Veuve de St. Albans soit sellée juste après 9 heures, ce matin.

Se souvenant de l'endroit où il se trouvait, Miles s'empêcha de jurer. Mais il s'effondra sur le banc.

— Partie ?

Quel idiot il avait été. Lui faire confiance jusqu'à lui offrir un cheval. Lui faire confiance jusqu'à lui offrir son cœur.

— Oui. Bellis dit qu'elle...

La lourde porte en chêne grinça, s'ouvrant à nouveau, jute assez pour que la jeune sœur de Daphné puisse se glisser dans l'église.

— Je pensais que nous nous étions mis d'accord sur le fait que c'est à moi de donner les explications, dit-elle. Puisque c'est ma faute... la mienne et celle d'Eileen.

Elle s'arrêta au bout de l'allée centrale, tordant ses mains gantées, faisant danser le réticule qui pendait à son poignet, ayant l'air encore plus jeune qu'elle ne l'était.

— Eileen ? répéta Miles, perdu.

— Ma chatte. Enfin, notre chatte, à Daphné et moi. Mais c'est moi qui ai insisté pour l'emmener à Lyneham Park. Si je ne l'avais pas fait...

Miles agrippa le bord du banc sur lequel il était assis pour s'empêcher de crier à quel point il se moquait de ce fichu chat.

Mais, bien entendu, il savait très bien qu'il aurait été injuste de passer ses nerfs sur cette pauvre Bellis.

Il ne pouvait s'en prendre qu'à lui-même pour ce que Daphné avait fait... avait été poussée à faire.

Incapable de se lever, il invita Bellis à s'asseoir sur le banc derrière lui d'un geste de la main, puis se retourna pour écouter son histoire.

— C'est drôle, vraiment, commença-t-elle avec un regard au loin. Eileen est également responsable du fait que Daphné ait rejoint la gaz... le, euh... c'est-à-dire...

— *La Gazette des demoiselles* ? s'enquit Miles.

— Vous saviez ? s'écria Bellis.

Alistair parut, lui aussi, totalement incrédule.

— Je le sais depuis le soir du bal des Clearwater.

— Oh, dit Bellis. *Ooooh*. Alors vous devez savoir qu'elle...

— A conseillé à Mlle Grey de rompre nos fiançailles ? Oh, oui. C'est pour cela que j'ai insisté pour qu'elle me trouve une épouse de remplacement. Vu les circonstances, elle n'avait pas vraiment d'autre choix que d'accepter.

Tandis qu'il leur révélait son horrible chantage, il ne put affronter le regard de l'un ou de l'autre.

— Deux jours plus tard, elle a proposé de m'épouser elle-même, à la condition que je lui fasse la cour. J'ai accepté. Et au cours de la semaine suivante, je...

Il essuya sa main moite sur son genou.

— Je suis tombé amoureux d'elle.

Bellis émit un petit couinement. Alistair ne dit rien.

— Je l'ai fait venir à Lyneham en pensant que, peut-être, elle pourrait elle aussi se mettre à m'apprécier.

— Et elle l'a fait. Elle vous apprécie, assura Bellis. C'est pour ça qu'elle...

— M'a planté au pied de l'autel ? suggéra Miles avec un sourire ironique. C'est une façon originale de le montrer.

— Non ! Voyez-vous, elle était..., fit Bellis en tripotant les rubans de son réticule. Elle était en train de travailler à un essai sur les débauchés. Sur... vous. Elle voulait exposer votre cas au grand jour. Je pense... je pense qu'elle voulait vous mettre en colère.

— Dans une colère telle que je refuserais de l'épouser, au final ?

Bellis haussa une épaule en guise d'acquiescement.

— Lady Stalbridge doit confier le manuscrit à Mlle Goode à Londres pour la publication. Elle l'a emporté directement en ville en partant d'ici.

À cet instant, elle marqua une pause pour ouvrir son réticule et en sortir des feuilles de papier pliées.

— Mais, sans que Lady Stalbridge le sache, Daphné avait commencé à écrire un deuxième essai. Parce qu'elle a pris conscience que plus elle vous voyait, plus elle... elle...

Il ne comprit qu'elle s'était mise à sangloter que lorsqu'il vit des larmes s'écraser sur les feuilles qu'elle tenait. Alistair sortit un mouchoir et le lui donna – geste typique d'un gentleman, ainsi qu'un véritable sacrifice pour lui dont les yeux étaient rouges, bien qu'il n'y ait pas la moindre fleur dans l'église.

Bellis se tamponna les yeux et se ressaisit très vite.

— Elle vous apprécie beaucoup, lord Deveraux. Et en voici la preuve, dit-elle en lui tendant les feuilles.

Miles secoua la tête en prenant les papiers.

— J'aurais préféré qu'elle me transmette son message en personne. Même si c'est pour me dire qu'elle ne veut plus m'épouser.

— Ce n'est pas un m... message, hoqueta Bellis. C'est le deuxième essai, celui que Daphné avait l'intention de donner à lady Stalbridge. Mais elle a donné l'autre par accident, p... p... parce que j'ai laissé Eileen se fourrer dans ses papiers et mettre tout en désordre.

Son explication défiait pratiquement la raison.

— Où est-elle ? demanda Miles quand il recouvra sa voix.

— Bellis dit qu'elle est partie à Londres, intervint Alistair, à présent que la jeune femme pleurait à chaudes larmes et ne pouvait plus s'exprimer. Pour essayer d'empêcher l'impression de l'essai, soupira-t-il. Je pense qu'elle cherche à sauver ta réputation.

Ces derniers mots arrivèrent comme un coup de poing dans l'estomac de Miles, provoquant chez lui ce qui pouvait être soit un rire amer, soit un sanglot. Même lui ne le savait pas. Le bruit résonna contre le plafond de l'église pendant qu'il se prenait la tête dans les mains.

— Attendez ! s'exclama-t-il finalement, concentrant son regard sur Alistair. Quand tu es arrivé, tu as dit qu'elle était partie à cheval.

Grands Dieux, pourquoi lui avait-il dit que le cheval était assez docile pour qu'elle puisse le monter seule ? Tripotant distraitement les papiers que Bell lui avait donnés et qu'il avait rangés dans sa poche de poitrine, il se leva.

— Elle n'avait sûrement pas l'intention d'aller à Londres à cheval, quand même ?

— Elle était si dévastée que je pense qu'elle était prête à faire n'importe quoi, répondit Bellis.

— Ton cabriolet est dehors, lui rappela Alistair. Tiré par deux des chevaux les plus rapides du royaume.

Miles n'eut pas besoin d'autre encouragement. Quoi que Daphné pense de lui, il s'assurerait que rien ne lui arriverait. Il se glissa entre les bancs et dévala l'allée. Ce n'est qu'en posant la main sur la porte qu'il s'arrêta.

— Mais que faire de ma grand-mère et des autres ? Ils vont se demander ce qui s'est passé.

— Je leur raconterai, proposa Bellis, avant d'ajouter pour le rassurer : Je leur en dirai le moins possible. Si vous vous pressez, vous pourrez au moins être de retour pour l'anniversaire de lady Deveraux. Et pour le reste, j'expliquerai au pasteur qu'il y a eu un petit retard.

Un retard. Miles espérait que le choix de ce mot était pertinent.

— Tu la raccompagnes à Lyneham ? demanda-t-il à Alistair.

— Non, dit celui-ci en se tournant vers la porte, faisant tournoyer son grand manteau. Ce sera à Yearsley de s'en charger. Parce que je pars avec toi. Il peut se passer mille choses sur ce trajet, je ne veux pas que tu sois seul.

Les épaules de Miles s'affaissèrent quelque peu quand il hocha la tête, reconnaissant comme toujours de l'amitié d'Alistair, de sa compréhension, même si ce n'était pas franchement le trajet qui l'inquiétait.

C'était plutôt ce qu'il trouverait au bout.

26

Daphné arriva chez le libraire Porter tout juste après midi, à la recherche du nom et de l'adresse de l'imprimeur, priant pour qu'il ne soit pas trop tard.

La clé de l'arrière-salle n'était pas accrochée à son crochet habituel, ce qui signifiait qu'il y avait quelqu'un dans le bureau de la gazette. Elle s'approcha de la porte avec une appréhension croissante. Si elle avait pu se résoudre à affronter la déception de lady Stalbridge, elle serait allée directement à Berkeley Square.

Mais, encore une fois, c'était Constantia Cooper qui se trouvait dans le bureau, occupée à dessiner – bien que, après un rapide coup d'œil, Daphné vit qu'elle n'était pas en train d'exécuter l'un de ces dessins excentriques habituels.

Le bout de son crayon encore posé sur le papier, Constantia la dévisagea.

— Pas d'animal de compagnie, cette fois ? Ou gardez-vous un loir dans votre poche en cas d'urgence ?

Daphné tâcha de sourire, mais sa lèvre trembla en pensant à la manière dont Eileen l'avait conduite ici et à la façon dont le talent de la chatte pour les bêtises avait mené à cette catastrophe.

L'expression de Constantia changea soudain.

— Mademoiselle Burke ? dit-elle en posant son crayon avant de s'écarter de la table et de se lever. Vous allez bien ?

Cette fois-ci, Daphné parvint à secouer la tête.

— J'ai fait une terrible erreur.

Constantia fit le tour de la table et s'approcha d'elle. Elle ne posa pas une main consolatrice sur le bras de Daphné, pas plus qu'elle ne lui offrit un sourire de réconfort.

— Asseyez-vous, ordonna-t-elle. Avant de vous évanouir.

— Je ne vais pas m'évanouir, promit Daphné, bien qu'il lui faille poser une main sur le dossier d'une chaise pour se soutenir. Je n'ai pas le temps… de m'asseoir ou de m'évanouir. Il faut que je sache à qui lady Stalbridge fait appel pour imprimer la gazette.

— Pourquoi ? demanda Constantia, sourcils froncés. Que s'est-il passé ?

— L'essai sur les débauchés, expliqua Daphné. J'ai… changé d'avis. Mon cœur a changé d'avis.

Constantia se contenta de battre des paupières. Daphné savait qu'elle ne considérait pas le cœur comme un baromètre fiable dans les prises de décision. Elle l'avait clairement exprimé dès leur première rencontre.

— C'est trop tard, dit-elle après un moment. Lady Stalbridge a livré votre texte et mon illustration hier. Je pense qu'il a déjà été imprimé, peut-être même déjà distribué aux libraires.

Daphné se rassura comme elle put en se disant qu'au moins elle n'avait pas entendu les vendeurs de journaux dans la rue proclamant le dernier scandale sur « ce diable de Deveraux ».

— Il faut que j'essaie, insista-t-elle auprès de Constantia.

Celle-ci se contenta de hocher la tête. Puis, à la grande surprise de Daphné, elle prit la clé de la salle sur la table, attrapa sa pelisse suspendue au portemanteau et lui enjoignit de se diriger vers la porte. Comme Daphné ne réagissait pas immédiatement, elle tapa du pied.

— Je croyais que c'était très urgent !

— Oh… oh, oui, acquiesça Daphné en passant devant elle. C'est seulement que je ne m'attendais pas… c'est-à-dire que je pensais que vous donneriez simplement l'adresse, ou que vous me la noteriez.

— Si je fais ça, répondit-elle à voix basse comme elles traversaient la librairie, je n'aurai pas tous les détails de ce qui vous est arrivé.

La présence de Constantia sera un réconfort, se dit Daphné sans être totalement sûre d'y croire. Elle se surprit à penser que celle-ci voulait peut-être simplement se livrer à des commérages, ou la critiquer, ce qui ne serait en rien une surprise.

Elle regarda Constantia remettre la clé à sa place habituelle et demander à l'employé d'appeler un fiacre.

— Ils ne s'arrêteraient pas pour deux femmes, dit-elle en levant les yeux au ciel. Et pourtant, mon argent vaut bien celui de n'importe qui.

Après avoir dû batailler pour parvenir à acheter un billet de diligence, Daphné avait parfaitement conscience de la façon dont les allées et venues des jeunes femmes étaient restreintes. Peut-être était-ce d'ailleurs un sujet dont la gazette devrait s'emparer.

Même si, après aujourd'hui, elle doutait fort que sa voix ait beaucoup de poids chez les femmes – ni même un peu.

L'employé s'exécuta rapidement. Constantia donna une adresse au cocher, et les deux femmes se retrouvèrent à observer le paysage familier de Mayfair défiler devant leurs yeux tandis qu'elles se dirigeaient vers l'est.

Assise sur la banquette dans le sens de la marche, Constantia croisa les bras et regarda Daphné d'un air sceptique.

— Donc... il semble que Mlle Nelson avait raison, dit-elle à Daphné qui lui opposa un regard perdu. Elle pensait qu'il était dangereux de vous approcher trop près de lord Deveraux pour écrire cet essai, vous vous rappelez ?

Daphné sentait sa poitrine oppressée, transpercée par la prise de conscience de tout ce qu'elle avait potentiellement perdu. Peut-être Theodosia avait-elle eu raison, en effet, bien qu'elle soit plus préoccupée par les réputations ruinées que par les cœurs brisés.

Mais, encore une fois, il ne s'agissait pas seulement de son cœur. Son corps tout entier était lourd de tout le mal qu'elle avait fait, le chagrin que ses mots causeraient à Miles et à sa grand-mère. Son essai ne ferait que confirmer les choses terribles qu'il pensait déjà de lui-même. Peut-être même cela le pousserait-il à quitter Lyneham et à tirer un trait sur l'homme qu'il était là-bas – l'homme qu'il aurait pu être où qu'il soit si elle n'avait pas cherché à prouver qu'il ne faut jamais faire confiance aux débauchés.

— Je ne suis pas désolée de m'être approchée trop près de lord Deveraux, répondit-elle finalement à Constantia. Si je ne l'avais pas laissé me faire la cour, si je n'étais pas allée dans le Hertfordshire, je n'aurais jamais su quel homme il est vraiment.

J'ai écrit cet essai en étant totalement ignorante, ignorante et en colère.

Constantia considéra un instant cette réponse.

— En d'autres mots, vous pensez que vous êtes amoureuse de cet homme, à présent.

Ce n'était pas une question, mais Daphné acquiesça néanmoins.

Constantia reprit, en toute logique :

— Mais si vous avez changé d'avis à propos de cet essai, pourquoi n'avoir pas dit à lady Stalbridge que vous ne pouviez plus l'écrire ?

— Parce que j'avais peur de la décevoir, dit Daphné en pinçant le ruban vert de son chapeau – du chapeau de Bell – qui, tout comme la robe, était froissé après l'aventure de la matinée. Elle va voir ma réticence à dénoncer lord Deveraux et ma volonté... non, mon désir de l'épouser comme une faiblesse.

Comme Constantia ne répondait pas, Daphné s'obligea à porter les yeux sur son visage, s'attendant à y trouver gravée une forme de dégoût.

Mais ce qu'elle y vit ressemblait plus à de la pitié.

— Vous la méjugez, dit Constantia. Mais même si c'était le cas, rien ne vous obligeait à lui fournir des propos aussi accablants sur cet homme.

— Ce n'était pas mon intention, répondit Daphné vivement, et elle expliqua le mélange des papiers, sans mentionner le chat.

Comme elle terminait de raconter son histoire, l'attelage s'arrêta. Constantia regarda par la vitre.

— Nous y sommes, dit-elle.

Les deux femmes sortirent du fiacre. Constantia commença à discuter fermement avec le cocher, qui était réticent à les attendre. Pendant ce temps,

Daphné s'approcha de la boutique de l'imprimeur, sans trop savoir ce qu'elle allait y trouver.

Miles conduisait le cabriolet en direction de Berkeley Square, sur les indications d'Alistair.

— Lady Stalbridge vivait avec son beau-fils avant son remariage, lui avait expliqué son ami, les pieds appuyés sur le plancher comme s'il pouvait faire ralentir le cabriolet par la seule force de sa volonté. Et je sais de source sûre que, quand le comte et la comtesse sont à Londres, ils résident toujours à Manwaring House.

« De source sûre » signifiait de l'avis d'une ou plusieurs des sept sœurs d'Alistair, mais Miles savait qu'elles se trompaient rarement sur ce genre de choses.

— On pourrait penser que vivre ainsi collé à sa belle-mère ferait interférence avec les tendances un peu folles de Manwaring, commenta Miles.

Alistair lui lança un regard de biais.

— Peut-être, mais le vicomte n'est pas aussi fou qu'on veut bien le dire.

Une remarque qui s'appliquait aussi bien à Miles qu'à Manwaring.

Un domestique les fit entrer et, au bout de quelques instants, ils furent rejoints par Manwaring lui-même. Le vicomte, d'un an ou deux leur cadet, arborait ses boucles brunes en une tignasse artistique et s'habillait avec une élégance à la limite de la préciosité. Cet après-midi, cependant, il avait l'air inhabituellement sombre.

— Messieurs, dit-il en regardant leurs vêtements crottés par la route, avant d'incliner la tête. À quoi dois-je le plaisir de votre visite ?

— Nous sommes..., commença Miles avant de se corriger. *Je suis* à la recherche de lady Stalbridge.

Manwaring eut un léger froncement de sourcils.

— Elle n'est pas à la maison. Elle est en visite.

Miles marmonna un juron dans sa barbe, mais Alistair posa une main sur son épaule et prit la parole :

— Peut-être, monsieur, accepteriez-vous nous aider ?

— Si je le peux, certainement.

Manwaring leur montra des fauteuils, mais Alistair déclina.

— Nous venons tout droit du Hertfordshire pour une affaire qui exige discrétion et célérité, expliqua-t-il. Nous avons compris que lady Stalbridge était en lien avec... Mme Goode.

Les lèvres de Manwaring se retroussèrent en une expression qui n'était pas tout à fait de l'amusement.

— Vous parlez du *Guide de la maîtresse de maison* de Mme Goode ?

— En l'espèce, plutôt du *Guide des mauvaises manières,* intervint Miles qui dut mettre ses mains derrière son dos pour éviter de les agiter ou, pire, d'attraper la cravate élégamment nouée de Manwaring pour souligner l'urgence de la situation.

Manwaring sembla percevoir les pensées de Miles et afficha un léger sourire en ajustant le nœud de sa cravate.

— Il se trouve que c'est le cas, en effet, répondit-il.

— Nous devons découvrir où *La Gazette des demoiselles* est imprimée, expliqua Alistair.

— Je ne suis pas certain que Mme Goode serait prête à donner une telle information, dit Manwaring. La gazette a des détracteurs, comme vous le savez.

Lorsque Miles poussa un grognement, Alistair enfonça les doigts dans son bras.

— Nous le savons. Mais c'est une question…

— De vie ou de mort ? le coupa Manwaring avec un sourire narquois.

— D'amour et de bonheur, précisa Miles en s'avançant vers lui, se défaisant de l'emprise d'Alistair. Et de l'anniversaire d'une femme de quatre-vingts ans.

Manwaring ne blêmit pas. Ne rit pas non plus.

— Eh bien, dans ce cas…

Il alla jusqu'à une table où étaient empilés livres et feuilles de papier. Il prit un crayon et griffonna quelque chose au coin d'une feuille, puis il la tendit à Miles.

— Voici.

Il s'agissait d'une adresse dans Fleet Street.

— Je vous remercie, dit Miles en prenant la feuille, tout en se demandant comment Manwaring pouvait avoir cette information.

— Oui, renchérit Alistair. Mon ami vous sera éternellement reconnaissant…

— Cela reste à voir, marmonna Miles en se dirigeant vers la porte.

— Et si vous pouviez également remercier lady Stalbridge de notre part, poursuivit Alistair en ignorant son intervention, nous vous en saurions gré.

L'expression mi-intriguée, mi-amusée de Manwaring réapparut.

— Oh, je n'y manquerai pas. Lady Stalbridge et Mme Goode seront tenues au courant de votre visite, dit-il avant de s'incliner. Ryland, Deveraux.

Miles était déjà assis dans son cabriolet, les rênes à la main, quand Alistair grimpa à son côté. Bien que légèrement à bout de souffle, celui-ci confisqua les rênes.

— Vu l'état dans lequel tu es, tu vas nous renverser – ainsi probablement que toutes les charrettes et tous les piétons que nous allons croiser.

Miles céda dans un grognement. Heureusement, Alistair abandonna quelque peu son habituelle prudence tandis qu'il conduisait. Ainsi, les cris et les jurons de Miles s'abattirent sur moins de gens qu'ils ne l'auraient fait en temps normal : une bande de jeunes garçons qui chahutaient, oubliant qu'ils n'étaient pas seuls au monde et prompts à se pousser les uns les autres sur la chaussée, et le conducteur d'un chariot de tonneaux de bière qui tendit un poing gros comme un petit jambon en réponse.

Ils s'arrêtèrent derrière un fiacre garé face à la boutique de l'imprimeur. Miles sauta du cabriolet avant même qu'il soit totalement immobilisé.

— Attends ! dit Alistair, sautant lui aussi avant d'accrocher les rênes.

Miles s'arrêta alors qu'il s'apprêtait à tambouriner à la porte de la boutique.

— Je suis sûr que tu as bien réfléchi à ce que tu voulais dire..., reprit son ami.

L'avait-il fait ? Son esprit avait tourné plus vite que les roues du cabriolet dès l'instant où Bellis, dans l'église de Lyneham, lui avait raconté ce qui s'était passé.

— Tu n'as pas lu ce que Bellis t'a donné, fit observer Alistair.

C'était trop pour lui : les mots de Daphné, ses sentiments à son égard, tout cela contenu dans une encre noire qui allait se balancer devant ses yeux s'il dépliait les papiers. Il n'osait imaginer ce qu'elle pouvait avoir écrit. Aussi, il s'était contenté de fourrer le manuscrit bien à l'abri dans sa poche de poitrine.

— Je m'en fiche, mentit-il.

Je l'aime, et rien ne pourra changer ça.

Comme s'il avait entendu ces mots silencieux, Alistair hocha la tête, en partie pour montrer qu'il comprenait, en partie pour l'inciter à frapper à la porte.

Ce fut un petit homme chauve d'environ cinquante ans, avec des lunettes perchées sur le front et un nez trop grand pour son visage, qui ouvrit. Il s'essuyait les mains avec un chiffon plein d'encre.

— Comment puis-je vous aider, messieurs ? demanda-t-il.

— Nous cherchons une jeune femme, expliqua Alistair.

— C'est Mme Goode qui nous envoie, ajouta Miles, ce qui lui valut un regard circonspect de l'homme.

Cependant, il s'effaça et les laissa entrer dans la boutique dont la petite pièce à l'avant était remplie d'échantillons de son travail d'imprimeur. Il leur désigna une porte derrière un comptoir en bois.

La pièce à l'arrière, beaucoup plus grande, était occupée par une énorme presse. Une odeur de papier et d'encre saturait l'atmosphère. La presse résonnait d'un bruit métallique tandis qu'un jeune homme actionnait le levier à une vitesse surprenante, débitant page après page. Des paquets de journaux ficelés étaient empilés sur une étroite table et sur le sol alentour. De l'autre côté de la pièce, assise sur l'une de ces piles, se trouvait Daphné, genoux contre la poitrine, tête baissée.

Miles voulut aller vers elle, mais Alistair lui barra la route en tendant la main pour attraper l'une des pages fraîchement imprimées. Entourée de texte, l'image d'un homme faisait face au lecteur, sourire narquois, une paire de petites cornes pointant sous sa chevelure. C'était certes une caricature, mais on identifiait bien Miles.

— Il semblerait que l'artiste des « planches du mauvais goût » a étendu son répertoire, commenta sèchement Alistair.

— C'est vrai, dit une voix.

De derrière la porte apparut une femme grande et mince, aux cheveux frisés entre blond et roux.

— Ah, c'est donc vous, Miss C. ! dit Alistair en la dévisageant. Intrigué de vous rencontrer.

— Moi de même, lord Ryland, répliqua-t-elle sans faire de révérence.

Le bruit de la presse devait couvrir leurs voix, car Daphné ne semblait pas les entendre. En tout cas, elle ne leva pas la tête.

— Comme je le lui ai dit, lança l'imprimeur en désignant la silhouette recroquevillée de Daphné puis de montrer l'horloge au mur, les exemplaires partent à 16 heures, sauf ordre contraire de Mme Goode en personne.

Il restait douze minutes avant l'heure fatidique.

— Je suis certain qu'un peu de retard n'aura pas d'importance, plaida Alistair.

Miles sortit de la poche de son manteau la bourse de cuir pleine de guinées qu'il avait eu l'intention de distribuer aux gens du village venus le féliciter pour son mariage et la laissa tomber sur l'une des piles de journaux.

— Combien ?

L'imprimeur regarda tour à tour le dessin sur le journal et Miles. Il secoua la tête.

— C'est Mme Goode qui me paie.

Miles récupéra la bourse et la rangea dans sa poche avant de traverser la pièce pour rejoindre Daphné. Là, près du vacarme de la presse, on s'entendait à peine penser. Il s'arrêta à quelques centimètres de la pile sur laquelle elle était assise. Bien qu'il ne parle pas, et bien qu'elle ne lève pas la tête, elle se mit sur ses pieds et étala sa robe avec ses mains dans une pauvre tentative de cacher le contenu de la pile de brochures.

Dans un dernier cliquetis, la presse s'arrêta, et la dernière page imprimée glissa au sol à côté d'eux. Les oreilles de Miles sifflaient dans le silence soudain, mais cela ne l'empêcha pas d'entendre Daphné soupirer.

— J'ai tout fichu en l'air, dit-elle en dégageant sa robe puis en essuyant sans succès ses doigts tachés d'encre. Y compris la robe de Bell.

Miles lui prit le menton pour relever son visage.

— Je préférais la bleue, de toute façon.

— Je suis désolée, murmura-t-elle. J'ai... j'ai essayé... Il est presque 16 heures.

Elle regarda quelque chose derrière lui – l'horloge, sans le moindre doute.

— Au moins, la journée n'est pas encore terminée. Vous n'avez pas encore perdu votre pari, dit-elle avant d'inspirer profondément. À moins que vous ne vouliez plus...

— Non, en effet, je ne veux plus.

Les yeux de Daphné s'embuèrent et ses lèvres se mirent à trembler. Elle hocha la tête, montrant qu'elle comprenait.

Doucement, gentiment, il passa la main sur sa mâchoire, puis la posa sur sa joue, essuyant du pouce les larmes qui commençaient à couler. À contrecœur, elle leva le menton et le regarda dans les yeux.

— Nous nous marierons lundi, dit-il. Le 2 juillet. Je veux que jamais personne ne puisse dire que je me suis marié pour gagner un pari, ou même pour faire plaisir à ma grand-mère. Je veux que jamais il n'y ait de doute dans votre esprit, ou dans l'esprit de quiconque : je vous aime, Daphné, et je vous aimerai toujours.

Le bruit étranglé qui lui échappa, alors qu'elle se jetait dans ses bras, étouffa le carillon sonnant l'heure – ainsi que l'arrivée de lady Stalbridge et lord Manwaring.

— Quel beau diable, je dois dire, lança Manwaring en attrapant l'une des brochures pour observer l'illustration. Son visage m'est vaguement familier…

Miles se tourna, Daphné toujours accrochée à lui, et vit lady Stalbridge qui les jaugeait du regard. Puis elle plongea la main dans son réticule et tendit quelque chose à l'imprimeur.

— Il y a eu une erreur. Au nom de Mme Goode, je vous demande d'annuler la distribution de ce journal. Voici un supplément pour nous assurer que vous détruirez bien tous les exemplaires.

L'imprimeur eut l'air amusé mais il hocha la tête, acceptant le contre-ordre et faisant un signe à son assistant pour qu'il commence à récupérer toutes les piles qui se trouvaient dans la pièce. Miles en attrapa un exemplaire pour le sauver de la destruction.

— Pour la postérité, expliqua-t-il avec un sourire. Le dessin pourrait valoir quelque chose, un de ces jours.

L'artiste aux cheveux blond-roux, Miss C., se tenait à côté d'Alistair, visiblement incapable de décider si elle devait être flattée ou offensée par ce commentaire. Le rouge monta à ses joues mouchetées de taches de rousseur, et elle rajusta ses lunettes.

— Voici, dit Miles en s'écartant juste assez de Daphné pour atteindre sa poche de poitrine.

Il montra les pages que Bellis lui avait données.

— Imprimez ceci, plutôt.

— Mais tu ne l'as pas lu ! protesta Alistair.

Miles dévisagea Daphné. À son regard, il comprit qu'elle avait reconnu le manuscrit.

— Elle n'a pas écrit cela pour moi, rétorqua-t-il à son ami. C'est ce qu'elle voulait dire au monde.

Il tendit les feuilles de papier à lady Stalbridge, qui s'avança en souriant pour les récupérer, avant de conclure :

— Et même si je ne peux nier que, parfois, la vérité pique un peu, au final je fais confiance à Miss Busy B.

27

Après que Daphné se fut lavé les mains et le visage, qu'elle eut remis les épingles dans ses cheveux et laissé la domestique nettoyer comme elle le pouvait la robe de Bell, elle rejoignit lady Stalbridge dans l'élégant salon de la maison londonienne de lord Manwaring. La comtesse se tenait près de la fenêtre, surveillant le chargement de sa voiture dans la rue en contrebas.

— Ah, voici lord Ryland, annonça-t-elle, qui rentre d'avoir raccompagné Mlle Cooper chez elle. Je me demande de quoi ils ont discuté…

— À supposer qu'ils se soient adressé la parole, dit Daphné.

— C'est vrai, fit Lady Stalbridge en quittant la fenêtre des yeux avant de sourire. Je ne pense pas que vous et lord Deveraux aurez à souffrir de ce genre d'embarras.

— Je ne pars pas dans *votre* calèche, madame ?

Une nouvelle fois, lord et lady Stalbridge se préparaient à l'escorter dans le Hertfordshire et, comme le jour suivant était un dimanche – un jour où on ne voyageait pas –, ils avaient pressé leurs domestiques pour être prêts à partir dans la soirée. En ce début d'été, le soleil se coucherait suffisamment tard pour qu'il fasse jour pendant presque toute la durée du voyage.

— Oh, dit la comtesse en balayant l'inquiétude de Daphné d'un geste de la main avant de venir s'asseoir sur un fauteuil à rayures vertes et dorées. Je ne pense pas qu'il faille trop se préoccuper de la bienséance. Vous voyagerez dans le cabriolet de lord Deveraux, et lord Ryland voyagera avec nous. Nous serons bientôt en route pour le grand mariage de la saison… à nouveau.

Daphné s'assit près d'elle, se posant de façon hésitante au bord de son fauteuil.

— J'avais peur que vous ne soyez mécontente de moi.

— Pourquoi cela ?

— Parce que…, commença-t-elle en regardant ses doigts emmêlés sur ses genoux. Au final, j'ai été aussi réceptive que n'importe quelle jeune femme – peut-être même plus – au charme d'un débauché.

En entendant lady Stalbridge rire, elle leva brusquement la tête.

— Madame ?

— Il n'était pas très difficile de voir comment le vent était en train de tourner à Lyneham Park. Vos regards comme les siens vous ont trahis. J'étais presque sûre que vous alliez me dire que vous ne pouviez pas terminer votre essai. J'ai été décontenancée quand j'ai découvert ce que vous aviez écrit. J'ai failli demander à lord Stalbridge de faire demi-tour.

— J'aurais grandement préféré que vous le fassiez, répliqua Daphné avec un sourire las.

— Ah, mais sans les événements d'aujourd'hui, vous auriez potentiellement gardé des doutes.

— Concernant lord Deveraux ?

— Peut-être, dit la comtesse avec un léger haussement d'épaules. Il y avait toujours l'affaire du pari. Mais je pensais à des doutes vous concernant.

Daphné tressaillit.

— Je vous ai observée, donnant des conseils avisés aux personnes autour de vous, pleins de sagesse et forgés par un caractère très affirmé pour quelqu'un de votre âge. La seule personne qui semblait ne pas faire totalement confiance à Miss Busy B., c'était vous. Maintenant, cependant, j'espère que vous voyez à quel point vous êtes pertinente. Rien n'a plus de valeur que la curiosité et le désir d'apprendre.

Une nouvelle fois, Daphné se retrouva à devoir ravaler ses larmes.

— Je pensais que vous verriez d'un mauvais œil celles d'entre nous capables de faire quelque chose d'aussi banal que de tomber amoureuse et de se marier.

Lady Stalbridge eut l'air sincèrement déconcertée.

— Et pourquoi penser une telle chose ?

— Eh bien, vous êtes à la tête de *La Gazette des demoiselles.*

— C'est exact, concéda-t-elle en donnant un coup de menton. Et j'ai l'espoir que trouver le meilleur mari possible ne sera pas la seule manière dont vous exploiterez vos dons. J'espère qu'une partie de vous sera toujours Miss Busy B., même quand le monde vous connaîtra sous le nom de lady Deveraux. Mais le mariage peut être une chose merveilleuse. Je le sais maintenant, si je ne l'ai pas toujours su. Je ne suis pas certaine d'avoir cru vraiment à l'amour qui met des étoiles dans les yeux, comme on le lit dans les romans… jusqu'à ce que je trouve Kit – lord Stalbridge –, que je le retrouve et que je sois libre de faire mes propres choix.

Elle eut un regard lointain qui adoucit son visage habituellement dur, et ses lèvres se retroussèrent en un tendre sourire.

Après un moment, les yeux brillants, elle secoua la tête, comme si elle se rappelait soudain où elle se trouvait et à qui elle parlait.

— Donc, non, je ne suis pas déçue. Je suis heureuse que vous soyez heureuse. Je me suis simplement toujours opposée à l'idée qu'une jeune femme soit un simple satellite gravitant autour des hommes, avec rien d'autre à faire que briller, étinceler, passant de son père à son époux comme si elle était mue par une volonté étrangère à la sienne. Et en parlant de liberté de choix...

Elle prit une pile de papiers sur la table à côté d'elle.

— Je n'ai pas encore donné votre nouvel essai à l'imprimeur, je voulais y jeter un œil avant. Je l'ai lu pendant que vous faisiez un brin de toilette. Mme Goode sera ravie de le publier, assura-t-elle en le tendant à Daphné, sous le nom que vous choisirez. Mais je pense que lord Deveraux devrait le lire avant qu'il parte à l'imprimerie – non pas que la décision lui appartienne, mais il mérite de savoir ce que vous ressentez.

Daphné hocha la tête, espérant que ce mouvement masquait le rouge qui lui montait aux joues.

— Oui, madame.

— Tout est prêt ? demanda lord Stalbridge depuis le pas de la porte.

— Bien entendu, mon cher, répondit son épouse en se levant de son fauteuil, enfilant sa pelisse pendant que Daphné rangeait son essai et mettait son chapeau.

En bas, Miles l'attendait, prêt à la faire monter dans son cabriolet.

— À la maison, madame ? plaisanta-t-il.

Mais la chaleur dans ses yeux et la pression de sa main étaient totalement sincères. Lyneham Park serait son foyer à présent – un foyer qu'elle allait bâtir avec lui.

— Oui, s'il vous plaît, dit-elle.

Avant d'ajouter, avec un clin d'œil malicieux :

— Monsieur le vicomte.

Il lui offrit un parfait sourire libertin.

— Je commence à penser, ma chère, que vous êtes réticente à révéler au monde quel diable je suis parce que vous préférez me garder pour vous seule.

Il leva sa main jusqu'à ses lèvres et embrassa ses doigts un à un, comme une promesse d'autres baisers à venir, quand ils ne seraient plus sous l'œil attentif d'un chaperon.

Une fois que le cabriolet eut distancé largement la voiture des Stalbridge, Daphné passa un bras sous celui de Miles. Elle sentait la force de ses muscles sous sa main comme il conduisait les chevaux en direction du nord.

— Regrettez-vous de m'avoir envoyé ce bouquet de plumes ? demanda-t-elle, mi-sérieuse, mi-taquine.

— Daphné, la réprimanda-t-il, faisant glisser les rênes dans une seule main pour pouvoir poser l'autre sur la sienne. J'espère que je vous ai prouvé aujourd'hui que vous pouvez écrire et publier ce que vous voulez – tant que c'est réellement ce que vous désirez, madame.

Un frisson la traversa. Encore un jour, et elle serait sa femme.

— Et si ce que j'ai envie d'écrire était un traité d'éducation ? demanda-t-elle. Quelque chose qui va à l'encontre des idées reçues sur la façon dont on doit éduquer les enfants, et les filles en particulier, quelque chose qui serait sans nul doute qualifié de farfelu et de radical ?

— Je serais alors content pour tous les enfants dont les enseignants et les parents seraient assez sages pour suivre vos conseils, répondit-il sans hésiter.

Quand ils arrivèrent à Lyneham Park, la lumière du jour n'était plus qu'une ligne violette à l'horizon. Devant cette toile de fond, les bougies allumées de la maison semblaient leur souhaiter la bienvenue.

— Il semblerait que votre grand-mère soit toujours éveillée, dit Daphné en regardant les fenêtres éclairées du salon d'hiver.

— D'après ce que j'ai compris, elle et Mlle Palmer viennent tout juste de commencer un nouveau livre, quelque chose qu'elles ont emprunté à votre sœur.

Daphné pouffa, se souvenant de l'exemplaire de *L'Otage du bandit de grand chemin* prêté par Bell.

Frost leur ouvrit la porte et s'inclina en les laissant entrer, ni surpris par cette arrivée tardive ni chamboulé par le soudain afflux d'invités.

— Lady Deveraux est dans le salon d'hiver, monsieur.

— Oui, merci, nous avons vu la lumière.

Prenant Daphné par la main, Miles monta l'escalier avec elle avant de crier « Joyeux anniversaire, grand-maman ! » tandis qu'ils passaient le seuil de la pièce.

— J'ai une surprise pour vous, ajouta-t-il.

Il se trouva que lady Deveraux n'était pas en train d'écouter Mlle Palmer lui lire le roman de Robin Ratliff. Elle était en train de jouer au piquet avec Gabriel… et, visiblement, elle était en train de gagner.

Elle fit taire Miles d'un geste de la main.

— Un instant, mon garçon.

Puis elle posa triomphalement sa dernière carte.

— Ah, ah ! Trois parties de suite. Vous me devez un shilling.

Avec un sourire dépité, Gabriel se mit à battre les cartes d'une main experte.

— C'est vrai, madame.

— Mais… comment ? demanda Miles en regardant le paquet de cartes, puis les yeux de sa grand-mère quasi aveugle.

— Lord Ash m'a dit qu'il connaissait une manière de marquer les cartes en les piquant avec des épingles, un vieux truc d'escroc, expliqua lady Deveraux. Cela me permet de sentir les cartes dans ma main.

Elle en prit une pour lui montrer, passant un doigt sur la face de la carte et la retournant.

— Mais le motif au dos rend impossible pour mon adversaire de les identifier.

— C'est brillant ! s'exclama Miles avec un regard d'authentique gratitude à l'intention de Gabriel.

— Ce serait vraiment dommage de ne pas mettre à profit le temps que j'ai passé aux tables de jeu, répondit humblement celui-ci en reprenant la carte à lady Deveraux.

— Maintenant, dit-elle en se tournant vers son petit-fils, tu m'as parlé d'une surprise ?

— Deux, en réalité. D'abord, il y aura une célébration en votre honneur dans le parc demain après-midi, et tout le monde à Lyneham sera invité, déclara Miles en balayant du regard les visages réjouis réunis dans la pièce, avant de s'arrêter finalement sur celui de Daphné à son côté. Et ensuite, lundi matin à la première heure, Mlle Burke et moi nous marions.

Mlle Palmer poussa un cri perçant, et Bell en fit de même. Le visage de lady Deveraux s'illumina d'un sourire. Elle tendit la main en direction de Daphné et la serra.

— Je ne saurais être plus heureuse pour vous deux, dit-elle, avant de pencher la tête en direction de Miles. Mais le fait que tu sois fou de Mlle Burke ne peut pas être réellement qualifié de surprise, mon garçon.

Tout le monde rit de bon cœur, à l'exception de Cami qui se tenait près de son mari et regardait toujours Miles avec suspicion.

— La date du mariage est on ne peut plus inattendue, commenta-t-elle. Je pensais...

Gabriel la regarda et, bien que Daphné ne puisse voir son visage, quelque chose dans son expression fit disparaître au moins une partie des réserves qu'avait Cami à propos de ce mariage.

— Parfois, dit-il avec un regard entendu à Miles dont les doigts étaient mêlés à ceux de Daphné, on perd délibérément une partie de cartes pour s'assurer de gagner la main qui compte vraiment.

Le lundi matin, Miles arpentait une nouvelle fois la nef transversale de la petite église de pierre, mais cette fois-ci plus par impatience que par anxiété. Et même Mme Yearsley ne le regarda pas de travers.

Loin d'être une cérémonie privée, les invités parsemaient les bancs de l'église : grand-maman, lord et lady Ashborough, Bellis, qui serait bientôt la seule Mlle Burke restante, les Stalbridge, les Palmer. Alistair se tenait patiemment devant l'autel, prêt à être le témoin de ce moment historique où « ce diable de Deveraux » allait jurer d'aimer et de chérir une femme pour le reste de son existence.

Rien, dans toute sa vie, n'avait jamais paru aussi facile à Miles.

Parce qu'elle était là, au bout de l'allée, vêtue de cette chatoyante robe bleu acier qu'il admirait tant, à présent légèrement adoucie par l'ajout du voile en dentelle de sa grand-mère, épinglé à sa chevelure brune par une couronne de roses cueillies le matin même dans le jardin de Lyneham Park.

Daphné s'avança, incertaine, peu habituée à être le centre de l'attention, le point sur lequel tous les regards convergeaient. Mais quand ses yeux rencontrèrent ceux de Miles, sa nervosité disparut... ou peut-être celle-ci prit possession de ses pieds, qui la précipitèrent en avant avec une hâte presque inconvenante.

Côte à côte, ils étaient face au pasteur, qui hocha la tête vers eux puis en direction de l'assemblée.

— Chers amis, commença-t-il.

Mais soudain, Daphné leva le menton sous son voile.

— Attendez, dit-elle.

Le cœur de Miles, qui battait à un rythme élevé mais stable jusque-là, partit au triple galop.

Daphné lui sourit pour le rassurer, puis se tourna vers leurs familles et leurs amis.

— Avant de commencer, je voudrais dire quelque chose.

— C'est parfaitement contraire aux règles, protesta Yearsley.

Miles entendit Alistair derrière lui qui murmurait :

— Eh bien, commencez à vous y habituer.

Quand elle se mit à déplier un papier qui lui était familier, Miles comprit. Sa première impulsion aurait été de l'en empêcher, de lui dire que ce n'était pas nécessaire. Mais il lui avait promis que toutes les décisions concernant ce qu'elle écrivait resteraient les siennes.

— C'est un passage d'un essai qui sera bientôt publié par Mme Goode, expliqua-t-elle avant de commencer à lire. « On dit aux jeunes femmes que le mariage est un devoir sacré et un honneur. Par là, on entend trop souvent qu'il s'agit d'un devoir de se plier aux intérêts de sa famille et de celle d'un autre, pour lequel elle aura l'honneur de se faire appeler madame, et pas grand-chose de plus. À notre époque moderne, des jeunes femmes sont encore mariées contre leur gré. Non pas - ou pas seulement - parce que leurs pères ou leurs frères sont des tyrans, mais parce que les jeunes femmes ne savent pas réellement ce qu'elles désirent, elles n'ont pas appris à suivre leur cœur. On leur a enseigné, encore et encore, à renoncer au charmeur un brin débauché au profit d'un homme au caractère fiable. Et c'était, au début, l'intention de l'autrice de ces lignes de donner un tel conseil. Mais une jeune femme n'aurait-elle pas droit aux deux ? »

Là, elle se tourna vers Miles. Ses joues étaient roses.

— « On doit lui donner la liberté de connaître la nature humaine et sa propre nature, d'étudier la façon dont fonctionne la société, mais aussi son âme, car ce n'est que comme cela qu'elle saura ce qu'elle désire vraiment. En ce qui concerne son propre bonheur, elle doit avoir la liberté de choisir par elle-même. »

Elle replia soigneusement le papier et le rangea, les mains tremblantes.

Pendant un long moment, un silence resta suspendu au-dessus de la petite assemblée. Puis la grand-mère de Miles cogna sa canne sur le sol de l'église.

— Bravo ! dit-elle.

Puis, se tournant vers Mlle Palmer, elle ajouta :

— Cette fille m'a plu dès le début.

Le pasteur Yearsley se racla la gorge, montrant ainsi sa désapprobation.

— Peut-on continuer ? demanda-t-il, lèvres pincées.

Daphné hocha la tête.

Et quand ils arrivèrent au moment où elle regarda Miles dans les yeux et prononça « Oui, je le veux », celui-ci comprit pleinement la signification de son petit discours. Peut-être l'avait-elle vraiment écrit pour lui, après tout.

Elle l'épousait aujourd'hui non pas pour l'aider à gagner un pari, ni parce que les débauchés repentis font les meilleurs époux. Mais parce qu'elle l'aimait, y compris avec ses défauts.

Elle avait regardé sous le masque du charmeur un brin débauché et elle l'avait vu, *lui* – tout comme il l'avait vue, *elle*. Et à présent elle le choisissait librement, avec son intelligence, son cœur généreux et son corps infiniment désirable. Il ferait en sorte qu'elle ne regrette jamais ce choix.

Ils sortirent tous deux, bras dessus bras dessous, pour retrouver leurs proches sous le beau ciel d'été. Mais Miles n'avait d'yeux que pour son épouse.

À partir d'aujourd'hui, il avait la vie entière pour lui prouver l'exactitude d'un autre vieux proverbe : « La femme a toujours raison. »

Épilogue

Un an plus tard

Bien que la porte du petit cottage de pierre soit ouverte pour laisser entrer la tiède brise d'été, Miles frappa sur le montant pour demander la permission d'entrer.

— Entrez, dit doucement Daphné sans tourner la tête, penchée qu'elle était sur son travail, révélant ce point sur sa nuque qu'il aimait tant embrasser.

L'intérieur du cottage n'avait pas beaucoup changé depuis la première fois qu'il le lui avait montré, si on exceptait l'ajout d'un couffin dans le coin près de son bureau, où il entendait de temps à autre son fils gazouiller.

C'était une image à laquelle il avait encore du mal à croire. C'était plus qu'il n'avait imaginé avoir la chance de connaître un jour, et plus que ce qu'il méritait.

— Vous savez, mon amour, déclara-t-il en s'approchant, qu'il n'y a aucune honte à laisser le petit Geoffrey Alistair à la nurserie ? Cet endroit est censé être votre lieu de retraite.

— Ça l'est, répondit Daphné en mettant un point à une phrase avant de se tourner vers lui. Il ne me dérange pas. L'air frais nous fait du bien à tous les deux et comme cela, quand il a faim, je ne suis pas loin.

Elle se baissa pour prendre le bébé dans son couffin.

Incapable de résister, Miles fondit sur elle pour embrasser sa nuque visible sous ses cheveux remontés en un chignon lâche.

— Et quand j'ai faim, *moi* ? plaisanta-t-il.

— Il semblerait que vous savez où me trouver, répliqua-t-elle avec un regard faussement sévère qui brillait de désir.

Le cœur de Miles s'emballa.

— Daph ?

Les semaines depuis la naissance du bébé avaient été parmi les plus longues de toute son existence. Il désirait sa femme, ses courbes nouvellement adoucies et pulpeuses, si fort que cela l'inquiétait. Il attendrait aussi longtemps qu'elle en éprouverait le besoin, bien entendu. Mais il ne pouvait s'empêcher d'espérer.

— Est-ce que cela signifie… ?

Le sourire qu'elle lui renvoya était teinté de feinte cruauté.

— Peut-être.

— Chipie !

Il la regarda rassembler ses papiers en une pile bien nette, en partie entravée par le bébé dans ses bras.

— Tenez, dit-il en lui montrant le courrier et en tendant les bras pour attraper le bébé. Vous m'avez presque fait oublier la raison de ma venue.

— Qu'est-ce que c'est ?

Il posa la petite pile sur le bureau et, une fois qu'il eut les mains libres, elle lui confia son fils, emmitouflé dans une couverture violette que la grand-mère de Miles avait commencé à tricoter le jour où il avait amené Daphné à la maison pour la première fois – même s'il ne s'agissait pas d'une couverture pour bébé, à l'époque. En tout cas, il ne pensait pas que c'était ce qu'avait voulu faire sa grand-mère au départ, mais sait-on jamais…

Geoffrey Alistair leva les yeux, son visage rond surmonté de quelques cheveux d'un brun doré, et planta un regard bleu gris solennel dans les yeux de son père. Cette confiance, le caractère sacré de ce lien, serrait le cœur de Miles chaque fois.

— Miles ? souffla doucement Daphné, tirant légèrement le bord de la couverture pour admirer leur enfant avec lui.

— Hmm ? Oh, oui, le courrier. Eh bien, il y a le dernier numéro de *La Gazette des demoiselles*, avec les habituelles paroles de sagesse de Miss Busy B.

— L'avez-vous lue ? s'enquit-elle en prenant la gazette et en commençant à la feuilleter.

— Non, mais depuis quand vos paroles ne sont-elles pas des paroles de sagesse ?

— Depuis que j'ai répondu à la lettre d'une jeune fille demandant un conseil sur la manière de faire comprendre à ses parents qu'elle refusait d'assister à la saison londonienne.

Miles décala légèrement le bébé pour poser sa main sur l'épaule de Daphné.

— Je crains de ne pas lui avoir offert de véritable réponse, ajouta-t-elle. Je lui ai simplement redit les choses habituelles : qu'elle doit être guidée par la façon dont elle perçoit la situation, qu'elle sait mieux que quiconque qu'une jeune fille peut rencontrer son futur époux ailleurs que dans les bals mondains. Ce genre de choses. Et puis, j'ai ajouté que si elle s'ouvrait à l'expérience de la saison, elle serait peut-être agréablement surprise. Comme moi-même je l'ai été.

— Ah ? D'habitude, Miss Busy B. ne parle pas de son expérience personnelle.

— Non, pas souvent en effet.

— Je ne vois pas le mal, dit-il après un instant de réflexion. C'est l'expérience qui bien souvent fait accéder à la sagesse, et n'est-ce pas l'un des objectifs de la gazette ?

— Oui, bien sûr, mais je...

— Et donner à une jeune femme des informations suffisantes pour l'aider à faire ses propres choix me semble en adéquation avec la philosophie de Miss Busy B.

De plaisir et de fierté, le visage de Daphné s'empourpra.

— Je l'espère. Mais j'ai ensuite pensé à certaines jeunes femmes que je connais, pour qui la saison a été un véritable cauchemar... Vivi, par exemple.

Il aurait dû se douter que la sœur du duc de Raynham, une intellectuelle, n'était pas du genre à apprécier l'ennuyeux tourbillon social de Londres.

— En parlant de lady Viviane, il y a une lettre qui vient de Hawesdale Chase dans la pile.

Daphné referma aussitôt la gazette et se remit à parcourir le courrier.

— La voici ! J'espère que tout va bien...

Elle en rompit le sceau d'une main impatiente. Puis elle parcourut la page.

— Oh, bébé Izzy a commencé à faire ses premiers pas derrière ses frères... Elle va bientôt leur causer un tas de soucis, j'en suis sûre.

Elle fit une pause et lut quelques lignes supplémentaires.

— Vivi a l'air d'être vraiment heureuse d'être une tante célibataire. Elle démarre un nouveau projet, une entreprise de charité... Oh !

Daphné se laissa tomber dans la chaise derrière elle, si distraite qu'elle faillit rater le siège.

— Quelque chose ne va pas ?

Elle fixa la lettre un moment, puis leva les yeux vers lui.

— Au contraire. Vivi veut ajouter son nom à la liste des souscripteurs de mon livre, et elle offre...

Elle fit un geste, la lettre à la main.

— C'est assez pour faire imprimer le livre, précisa-t-elle.

Les éditeurs se méfiaient tant des théories radicales que Daphné soutenait dans son traité d'éducation qu'ils s'étaient tous défilés et n'avaient pas pris son manuscrit. Miles, qui croyait en ce livre, aurait volontiers payé l'impression, mais Daphné avait absolument souhaité se débrouiller par elle-même en levant de l'argent à travers des souscriptions auprès de gens fortunés.

La liste des souscripteurs apparaîtrait dans le livre, comme une sorte de soutien à ses idées. Lady Stalbridge et Mme Goode – même si Miles était de plus en plus convaincu qu'il s'agissait de la même personne – avaient ajouté leur nom à la liste. Mais Daphné avait refusé de permettre à ses sœurs ou à son époux de financer le projet. Au lieu de cela, elle avait contacté, à force de longues lettres et de visites interminables, des personnes dont les noms offriraient de la crédibilité au livre. Par moments, cependant, elle avait pensé ne jamais y arriver.

— Elle propose également d'écrire une préface, poursuivit Daphné en se replongeant dans la lettre, fondée sur ses expériences d'enfant avec des gouvernantes et expliquant pourquoi elle soutient mes idées. Elle ne le ferait pas simplement pour moi, vous savez.

Elle leva les yeux, et il put voir les larmes de joie qui y brillaient.

— Elle n'accolerait jamais son nom à quelque chose auquel elle ne croit pas.

— Bien sûr que non, convint-il en se baissant pour l'embrasser. Nous croyons tous en vous.

Geoffrey approuva d'un babillage convaincu.

Daphné posa le courrier et reprit le bébé.

— Je ne mérite pas tout ce bonheur. Est-ce dangereux, pensez-vous – est-ce tenter le sort que tant de choses merveilleuses m'arrivent en même temps ?

— J'espère que non, répondit-il en riant. Parce que, si c'est le cas, je suis bien plus en danger que vous.

Il commença à ranger les papiers, y compris la lettre de lady Viviane et la gazette, dans la petite sacoche qu'elle transportait toujours de son bureau de la bibliothèque à celui du cottage.

— Mais, juste au cas où, je ferais mieux de ne pas vous annoncer la dernière nouvelle, ajouta-t-il.

— Miles ! s'exclama-t-elle en faisant la moue.

— Quel exemple donnerais-je à notre enfant, dit-il en glissant la sacoche sous son bras et en poussant son épouse vers la porte, si je vous donnais satisfaction chaque fois que vous boudez ?

Sur le seuil, elle se hissa sur la pointe des pieds et murmura à son oreille, lui dépeignant toutes les manières dont elle allait le récompenser dès qu'ils seraient de retour à la maison et que le bébé serait confié à la nourrice.

— Ce n'est pas juste, protesta-t-il.

Elle lui offrit un sourire coquin.

— Je sais.

— Très bien, fit-il dans un soupir en secouant la tête. Palmer m'a dit en déposant le courrier que l'école du village serait terminée d'ici la fin de la semaine, et que la dernière caisse de fournitures avait été livrée à sa sœur ce matin. Donner la charge de l'école à Mlle Palmer était une idée de génie : les enfants vont l'adorer.

— C'est vrai, convint Daphné sans modestie, mais je ne suis pas sûre que votre grand-mère me pardonnera de sitôt de lui avoir chipé sa dame de compagnie.

— Probablement pas, surtout que les trois dernières candidates qu'elle a reçues pour un entretien ont refusé de lire les romans de Robin Ratliff à voix haute.

Daphné se mit à rire – le son le plus merveilleux, le plus musical du monde.

— Il ne faut pas qu'elle s'en inquiète. Je serai plus qu'heureuse de lui faire la lecture tous les soirs.

— Vraiment ? Votre sensibilité ne sera-t-elle pas affectée par ces scandaleuses aventures érotiques ? demanda-t-il, haussant les sourcils.

— Si c'est le cas, je n'aurai ensuite qu'à aller au lit, répliqua-t-elle en passant son bras sous celui de Miles, pinçant son biceps au passage. Monsieur le vicomte.

Miles secoua la tête.

— Mais, lady Deveraux, fit-il, faussement choqué, que dirait Mme Goode ?

— Elle dirait qu'un lit bien fait est une œuvre d'art domestique qui se doit d'être appréciée à sa juste valeur.

— Et Miss Busy B. ?

Elle pencha la tête avec un air canaille et le regarda en battant des cils.

— Elle serait obligée d'admettre que, parfois, ce qui est inconvenant est généralement plus amusant.

Elle jeta un œil au lit drapé d'une couverture, placé dans le coin de la pièce.

Comme il avait décidé que cet espace serait celui de Daphné et seulement le sien, ils ne s'étaient plus autorisés à batifoler sur ce lit depuis la première fois – occasion au cours de laquelle, pensait-il, Geoffrey Alistair avait été conçu.

— Quelle femme intelligente ! Et ma chère Daphné ? Que dirait-elle ?

Elle afficha un air sérieux.

— Elle dirait : « Je vous aime, Miles, pour de nombreuses raisons. Notamment parce que vous m'aimez assez pour me voir tout entière. Et parce que vous me faites suffisamment confiance pour me montrer qui vous êtes vraiment. »

— Un débauché repenti ?

— Loin de là, j'espère, le taquina-t-elle. En tout cas, pas totalement repenti.

— Je vous aime, Daph, dit-il.

Et il se pencha pour murmurer tout contre ses lèvres, telle l'esquisse d'un baiser :

— Et pour vous montrer à quel point, j'ai prévu de vous ramener à la maison et de vous compromettre comme il se doit, encore et encore.

Comme il fermait la porte derrière eux, Daphné se mit à rire et détala dans l'herbe haute, son bébé dans les bras. Sous le chaud soleil d'été, Miles les suivit à travers le domaine de Lyneham Park, son monde – ou plutôt, ce coin du monde qui contenait toutes les petites pièces cruciales du puzzle qui avaient fait de lui un homme complet – enfin.

Remerciements

Je remercie ceux qui m'ont soutenue pendant l'écriture de ce livre : ma famille, tout particulièrement mon mari, infiniment patient avec moi ; mon amie Amy, qui sait quand me donner un petit coup de coude pour m'encourager ; les dames du Drawing Room Group. Merci également à mon agente, Jill Marsal, et à toutes les personnes chez Kensington qui ont permis à ce rêve de devenir réalité, en particulier aux trois éditrices qui ont travaillé avec moi pendant les diverses étapes de ce projet : Elizabeth Trout, Liz May et Esi Sogah.

14454

Composition
FACOMPO

Achevé d'imprimer en Italie
par GRAFICA VENETA
le 20 juillet 2025

Dépôt légal : août 2025
EAN 9782290413708
OTP L21EPSN002677-642658

ÉDITIONS J'AI LU
82, rue Saint-Lazare, 75009 Paris

Diffusion France et étranger : Flammarion